D1149697

HEMELKIND

Rita Spijker

HEMELKIND

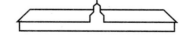

Proloog

ER DANSTEN LICHTWEZENS OM ME HEEN. ZE ZWEEFDEN TUSSEN de takken van de linde. Sommige gedaantes waren donker goud-geel, andere bijna wit. Ik zag ze zelfs met gesloten ogen. Ze kwamen zo dichtbij dat ik ze aan zou kunnen raken. Eentje maakte een koprol. De verschijningen boezemden me geen enkele angst in. Ze deden me denken aan een groepje staartmezen, zoals ze over elkaar heen buitelden en door de boom schoten.

Een immens gevoel van verlangen erbij te horen bekroop me. Ik zou willen roepen, maar ik had geen stem. Mijn lichaam trok koud aan me, het besef alleen te zijn klopte hamerend in mijn bloed. Ik wilde uitvloeien, opgenomen worden in al die lichtheid.

Ik had ieder woord van oom Arie duidelijk verstaan, maar ik kreeg geen grip op de betekenis. Ik gaf het op en trok me zo ver mogelijk terug in mijn stervenskoude lichaam.

> Het wassende water.
> Water wast,
> wat er was.
> Wat was,
> was.
> Was me.

Ik ben Moon en ik houd mijn belofte.

1

Nieuwe maan

DUS ZO RUIKT EEN STERFBED. DIE GEDACHTE DRONG ZICH AAN me op toen ik vaders slaapkamer binnenging. Op een zeker moment had het aanvankelijke vleugje bitterheid dat rond vaders lichaam zweefde zich verdicht tot een adembenemende walm. Ik had me aangeleerd om in zijn kamer licht en oppervlakkig te ademen, hoewel ik me diep schaamde voor mijn fysieke reactie, de walging die in mijn slokdarm omhoog kroop als ik te dicht bij hem kwam.

Op de zevende dag maakte ik onhandig ruimte op het nachtkastje voor een vaas met de asters die ik in de tuin had geplukt. Er vielen enkele potjes met pillen op de grond, een ervan rolde tot ver onder het bed. Toen ik het opraapte, kwam ik op ooghoogte met vader. In zijn ogen glinsterde vocht, zijn lippen waren zo hartverscheurend gebarsten dat ik mijn oppervlakkige ademhaling een moment vergat. Hij wees en reikte naar het glas met zijn ondergebit. Ik viste het rijtje kunststof tanden uit het water en legde het in zijn mond. Daarna gaf ik hem een dosis pijnstillers die hij met moeite innam. Ik wachtte.

'Heb je nagedacht, Monica? Heb ik je ooit eerder iets gevraagd?'

'Nee, vader, tenminste niet zoiets... groots.'

'Als je moeder nog leefde... Ach, zij zou me begrijpen. Zij had het beter kunnen verwoorden dan ik.'

'Stil nu maar, vader. We hebben het er later nog wel over.'

'Voor mij is er geen later, kind.'

'Ga maar even slapen. Laat eerst de medicijnen hun werk doen.'

'Denk erover, alsjeblieft. Zeg ja tegen de laatste wens van je oude vader. Ik heb je nooit eerder iets gevraagd, ik heb je altijd gelaten. Maar nu... Jij bent alles wat ik heb. De enige die het kan.'

'Dat zou ik niet weten, vader, of ik het kan.'

'Probeer het, kind. Voor mij. Voor je moeder.'

Mijn blik zwierf rusteloos langs de muren van de kamer en stokte bij de trouwfoto van mijn ouders. Ze hielden elkaars handen vast. Dat was genoeg om hun liefde te tonen. Hun ogen straalden een kracht uit die je nog maar zelden bij iemand zag.

Ik voelde hoe op de wollen deken vaders vingers steviger om de mijne grepen, alsof hij mijn antwoord wilde bespoedigen. Hij had niet veel tijd meer. Mijn blik verliet de foto en gleed van de muur naar het versleten vloerzeil en de tas die naast mijn voeten stond. In de tas zat mijn ontslagbrief. Die enveloppe, met daarin een nauwelijks beschreven eenvoudig velletje papier, zou me voorgoed terugbrengen naar de hoeve.

'Kijk me eens aan, kind.'

Ik sloeg mijn ogen naar hem op. In zijn verwijde pupillen gloeide liefde, en ook nog iets anders, iets groots en stils wat op de naderende dood betrekking leek te hebben. Vaders hand lag gewichtloos tegen de mijne. Achter mijn ribben bonsde mijn hart alsof het uit wilde breken.

'Nog niet gaan, vader, alsjeblieft.'

Mijn stem smoorde in een mislukte poging om me groot te houden. Ik slikte als een bezetene en sloeg mijn ogen neer. Op het nachtkastje stond naast de verzameling medicijnen een doos met tissues, ik nam er twee uit en veegde hardhandig mijn tranen weg. Ik snoot mijn neus, met veel lawaai en een afgewend gezicht.

'Je snuit je neus net als je moeder deed.'

Ik lachte onwillekeurig en propte de tissues hardhandig in elkaar. Zoiets had hij nooit eerder gezegd. Moeder was na haar dood zelden genoemd in dit huis.

Mijn vingers gleden over vaders voorhoofd, hij sloot zijn ogen en ademde hoorbaar in. Onrustig streken zijn handen langs de plooien in de deken.

'Monica, haal mijn pen eens, en een stuk papier.'

Zo snel ik kon liep ik de trap af naar beneden. In de keuken kon ik zonder gevaar met grote teugen ademhalen. In de tafellade vond ik een vulpen en het schrijfblokje dat vader altijd gebruikte voor boodschappenlijstjes. De Zaanse klok in de voorkamer sloeg, ik verstijfde en telde de slagen. Elf. Achter me drupte de kraan en in de doodse stilte tussen de slagen spatten de druppels ritmisch in de gootsteen. Door het keukenraam zag ik een vlucht wilde ganzen langstrekken. De V van vertrek. Van verlies en verdriet.

Moeder was altijd opgetogen geweest wanneer de ganzen kwamen. Zodra ze het gegak hoorde, vloog ze naar buiten om met haar hoofd in haar nek de strakke formaties te volgen. 'Ze weten precies waar ze naartoe gaan, Monica. Mijn hemel, kind, kijk eens hoe netjes ze vliegen, hoe keurig in het gelid.'

Ik had geen idee gehad wat 'gelid' betekende, maar ik knikte en hield haar hand vast. De komst van de ganzen kondigde de winteravonden aan. Zodra ik ze hoorde, kreeg ik zin om voor de kachel bij vader of moeder op schoot te kruipen, of me diep onder de gestikte deken op mijn bed te verstoppen. Ik kon me zo verheugen op bekers warme anijsmelk en nieuwe gebreide sokken.

'Je moeder is een vogelmens, Monica. Het verbaast me dat ze geen veren heeft,' had vader eens gezegd. Daarna had hij van achter zijn rug een bos pauwenveren tevoorschijn getoverd die hij moeder aanbood. Ze had de veren lachend aangenomen en ermee langs mijn gezicht gestreken. 'Ogen dicht. Niet kijken.' Ze streek over mijn hals en mijn gesloten oogleden. 'Even een vlekje wegpoetsen, kind. Je bent net als je vader, grote oren en overal vlekjes.' Ze kietelde me tot ik gierend van de lach omviel. Toen moest vader zijn ogen sluiten en kreeg zijn gezicht een beurt. Groen en blauw flitsten door de lucht tussen ons in. 'Genoeg nu, er is nog een hoop te doen,' zei moeder toen, en ze zette de veren in de grote oranje vaas in de woonkamer. Het deerde haar niet dat de kleuren met elkaar vloekten. Elk jaar nam vader een nieuwe bos mee.

Moeder had geen veren gehad, geen vleugels en geen staart. Toch had ze op het eind van haar leven heel even gevlogen. De zwaluwen waren wild tekeergegaan toen vader haar vond. Dat vertelde hij later. 'De zwaluwen leken te waken over je moeder. Ze vlogen voortdurend vlak over haar heen.' Dat vond ik troostend.

Ze had de hoeve in een houten kist verlaten. Ze werd weggedragen door strakke mannen in het zwart. Hun hoge ronde hoeden leken los op hun hoofd te staan, ik was bang geweest dat ze eraf zouden waaien in de wind. Ik had niet mogen kijken naar hoe ze in de kist lag. 'Het is beter wanneer je je moeder herinnert zoals ze echt was, kind.' Ik zweeg, had niet geweten hoe ik moest praten. In mijn keel zat jarenlang een bonkende klont die de boel afsloot.

Ik merkte dat ik mijn vingers rond de rand van de keukentafel klemde. Mijn knokkels waren wit. In de stilte na de elf slagen van de klok hoorde ik het bloed in mijn oren suizen, met elke uitademing verdween er iets van mijn benauwdheid. Toen ik opkeek waren de ganzen uit het zicht. Ik maakte me los van de tafel en vulde een karaf water. Bedaar hart, bedaar.

De deur van de ouderslaapkamer kraakte even. Vader leek erop te liggen wachten. Hij opende onmiddellijk zijn ogen en hees zichzelf met moeite overeind. Ik legde het dienblad omgekeerd op zijn benen, streek het papier glad en overhandigde hem de pen.

Geconcentreerd begon hij te schrijven, letter voor letter. Ik zat erbij en keek ernaar, op een houten keukenstoel naast het bed. Vader was moe. Zijn hoofd bewoog met korte rukjes en zijn vingers konden de zware pen nauwelijks vasthouden. Er cirkelde een zin door mijn hoofd: hij is de vader, ik ben het kind.

De afgelopen negen jaar had ik vader slechts sporadisch opgezocht. Maar precies een week geleden was er het telefoontje van tante Teppema geweest.

'Monica, je kunt maar beter naar huis komen. Hij gaat hard achteruit.'

Die mededeling had een schokgolf in me teweeggebracht. Hij was mijn vader, ik had mijn vader in de steek gelaten. Het telefoontje wekte het verleden tot leven. Ik zag zijn gezicht weer zacht lachend boven de krant als moeder me maande harder te werken. Zijn handen om de mijne als ik uitgleed op mijn schaatsen op de vaart. De aardappels die we op een groeiende berg gooiden en de reuzenpompoenen in zijn armen. Ik zag hoe ik tussen vader en moeder zwaaide, hoe vader me liggend in het gras de namen van de vogels leerde. Ik herinnerde me hoe moeder me meenam naar de vliering waar de uilen nestelden, terwijl vader onder aan de ladder bleef staan. De zwaluwen op de binnenplaats. Moeder en vader rug aan rug in de bonenbedden. Het versteende verdriet in vaders mondhoeken, later. De blik waarmee hij me niet meer leek te zien. De traag-

heid van de winteravonden toen het getik van moeders brei-
pennen ontbrak. Hoe hij met kromme schouders de slaapka-
merdeur binnenging voor een nieuwe nacht alleen.

Ik had mijn vader in de steek gelaten terwijl ik er had moeten zijn. Jarenlang. Tante Teppema's boodschap had me wakker geschud. Mijn hart had in mijn keel geklopt toen ik de deur
van zijn slaapkamer opende. Daar had hij gelegen, centimeters
gekrompen en met een kromgetrokken romp. De lijnen in zijn
gezicht waren diepe groeven geworden en het vel had los en
rimpelig om zijn handen gehangen. Hij kon zijn oogleden nauwelijks bewegen. Toen hij me ten slotte aankeek, had ik begrepen dat hij stervende was. Ik zou alles voor hem doen, dat was
ik aan hem verplicht. Ik bedankte tante Teppema. Ik waste en
voedde hem, raakte hem aan en glimlachte om de geluiden die
hij maakte. Ik verdroeg zijn geur.

Het puntje van vaders tong stak roze tussen zijn lippen.
Ik hield van hem, maar ik was doodsbenauwd voor wat hij
schreef. Ik durfde niet te kijken naar de letters die hij moeizaam een voor een op het gelinieerde vel liet verschijnen. Hoe
zou ik durven weigeren om zijn laatste wens te vervullen? Hoe
zou ik hem kunnen laten sterven zonder de geruststelling dat
ik zou doen wat hij van me vroeg? Dit was de gelegenheid om
goed te maken wat ik al die jaren na de dood van moeder nagelaten had. Ik zou mijn schuld kunnen inlossen. Maar hoe zou
ik kunnen leven met een belofte die me beangstigde? Tegelijkertijd: wat zou ik voor dochter zijn als ik weigerde?

'Monica, ik vraag het je nog één keer.'

Bleek en rillend zakte hij achterover in het kussen, het papier
fladderde als de vleugels van een gevangen witje tussen zijn
vingers. Ik pakte het blaadje uit zijn hand en las. Toen nam ik
de pen van hem over en zette mijn handtekening.

'Goed, vader. Ik beloof het.'

Ik stopte de vulpen terug tussen zijn vingers en legde het papier op het dienblad dat op zijn knieën rustte.

'Tekent u ook, vader?'

Hij knikte en schreef zijn naam dicht naast de mijne.

De volgende ochtend was hij dood. Ik wist het toen ik de deur naar zijn kamer opende. Er was een stilte die anders was, zijn ademhaling ontbrak. Op zijn gezicht lag een zweem van een glimlach. Het papier met onze afspraak lag tussen zijn gevouwen handen. Ik hoorde de echo van mijn antwoord voortdurend in mijn hoofd.

Omdat ik geen idee had wat ik moest doen, stond ik maar gewoon een tijdje stil te huilen. Mijn armen hingen zwaar langs mijn zij en ik transpireerde overvloedig. Vader was gestorven en het enige wat ik kon doen was zijn laatste wens inwilligen.

Ik wilde dit beeld vastleggen en haalde mijn camera. De glimlach om zijn lippen fascineerde me. Misschien had hij moeder gezien. Misschien verheugde hij zich in mijn belofte. Ik zou het nooit weten. Het duurde lang voordat ik durfde af te drukken. De foto zou getuigen van mijn daad.

Vlak voor mijn voeten zakte de kist het donkere gat in. Het velletje papier met mijn belofte zat in een enveloppe in mijn tas. Het andere, de ontslagbrief, had ik in het verzorgingshuis overhandigd. Mijn vertrek was aanvaard, zij het niet helemaal zonder morren, want ik was een gewaardeerde collega geweest. Nooit ziek en altijd bereid de handen uit de mouwen te steken wanneer er extra inzet gevraagd werd.

'Op de hoeve van je ouders? Alleen?' Meer hadden ze niet hardop durven vragen. Maar ik hoorde het gefluister achter mijn rug zodra ik me had omgedraaid. 'Ze gaat op de hoeve wonen, in haar eentje. Nee, ze heeft geen man. Hij zal wel goed geboerd hebben, die ouwe. Gespaard in een sok.'

Ik had voor donker hout gekozen. In de brochure werden tientallen soorten kisten aangeboden, de donkere kleur had het meest passend geleken voor een man. Ik had vader er niet in willen zien liggen. Het leek op de een of andere manier niet eerlijk tegenover moeder.

De kist schokte toen mannen in zwarte jassen met tressen de touwen lieten vieren. Hun hoge hoeden wiebelden en er verscheen een vochtige waas op hun gezicht. Ze vertrokken hun mond in een vreemde, strakke glimlach die hun wangen rood kleurde. Deze geconcentreerd werkende mannen deden me denken aan een televisieprogramma waarin een barende vrouw werd gefilmd.

Mijn knieën trokken me voortdurend naar beneden, alsof ze wilden dat ik mijn lichaam naast het graf uitstrekte. Aan de andere kant van het gat, recht tegenover me, stonden oom Arie en tante Wil. Oom Arie staarde naar het gat, zijn armen hingen slap langszij. Hij begroef vandaag zijn enige broer. Alsof hij zich aan mijn blik brandde, zo plotseling sloeg hij zijn ogen op. Ik keek hem recht aan en een rode blos trok omhoog vanuit zijn hals. Hij sloeg zijn ogen vrijwel direct weer neer, ik verbeeldde me even de moedervlek op zijn ooglid te zien.

Ik had geweten dat het niet voor mijn ogen bestemd was, maar toch was ik stokstijf achter de deur van de bijkeuken blijven staan. Ik had gezien dat oom Arie dicht bij moeder stond. Te dichtbij, dat wist ik gewoon, dat was iets wat je voelde. Ze stonden tegenover elkaar, moeder droeg haar mooie jurk met de gouden broche op het kraagje. Oom Arie trok zijn ooglid naar beneden en boog zijn gezicht naar haar toe. 'Hier, precies in de plooi. Het zit in de familie.' Vader en ik hadden hetzelfde vlekje op ons ooglid, hij op zijn rechterooglid en ik op het linker. Ik had de moedervlek van oom Arie nooit goed gezien. Als hij te dichtbij kwam, sloot ik mijn ogen.

Ik was geschrokken toen moeder terugdeinsde. Ze wapperde donkerrood en hijgend met haar handen voor haar boezem dat oom Arie weg moest gaan en keerde zich naar de planken met schoonmaakspullen. Hij ging, terug naar de keuken waar tante Wil en de jongens zaten. Moeder hield zich even vast aan de kastdeur. Ze zag eruit of ze bang was, zoals wel vaker als er plotseling iemand achter haar stond of als vader haar riep terwijl ze bezig was. Ze was een schrikkerige vrouw, nerveus en snel kleurend. Vader zei ooit dat ze zo veranderd was na mijn geboorte. 'Onze Monica brengt vreugde en onrust met zich mee. Wat uit de hemel is gevallen, heb je slechts te leen. Je bent nerveus als een dier met jongen, vrouw.' Moeder had naar hem gelachen en mij op schoot getrokken. Ik was een jaar of zeven geweest.

Nu, aan mijn vaders graf, stonden naast oom Arie mijn drie neven. De mannen hielden hun handen op de rug, hun vrouwen drukten stevig hun tas tegen hun buik. Neef Henk was lang en vierkant geworden. Hij was de enige die geen vrouw aan zijn zijde had.

Tante Wil ving mijn blik en glimlachte vriendelijk, haar rode lippenstift maakte dat ze er bleek en ontdaan uitzag. Ik knikte naar haar en liet mijn ogen opnieuw op het gat tussen ons rusten. Ik vermeed het naar moeders kant van de grafsteen te kijken. De groene aanslag in de uitgehakte letters voedde mijn ongemak.

De kist was op de bodem aangekomen. De dragers legden de touwen neer en namen hun hoed af. De begrafenisondernemer kuchte. Er werd iets gezegd wat ik onmogelijk kon verstaan omdat mijn oren plotseling gevuld leken met watten. Iemand reikte me het schepje aan en ik begreep dat het aan mij was het ritueel te voltooien. Het schepje aarde viel ruisend op de kist. Het zand rook naar koud ijzer en ik stelde me voor hoe vader in de grond achter zou blijven. Dat hij naast moeder lag maakte geen enkel verschil, ze zouden elkaar toch niet kunnen bereiken.

Wat een waanidee om te denken dat het fijn zou zijn voor de doden om naast elkaar te liggen. Een familiegraf, het zou wat. De dood bracht mijn ouders terug bij elkaar, maar liet mij alleen achter.

Toen ik naar mijn neven keek, was het alsof ik een doffe stomp tegen mijn maag kreeg. Zij hadden tenminste elkaar nog. Ik was enig kind en moest het doen met drie neven die ik na de lagere school nauwelijks meer gezien had. Ze stonden dicht op elkaar. Vroeger kwam neef Henk op de hoeve om met me te spelen, maar meer nog om vaders gereedschap te lenen. Hij had een boomhut gebouwd op het erf van de hoeve. Daar zaten we maar wat, naast elkaar en zonder veel te zeggen. Hij sloeg spijkers in de vloer en de muren, terwijl ik matjes vlocht van bloemen en gras.

De laatste keer dat we speelden, was ook in de boomhut geweest. De stok waarin neef Henk figuren sneed, was uit zijn handen gegleden toen moeder plotseling en schreeuwend was opgedoken onder de boom. 'Monica, kom onmiddellijk naar beneden. Henk, naar huis jij!' Ze had me aan mijn rok naar beneden gesleurd en Henk een kletsende oorvijg gegeven. Hij was gebukt weggerend, dwars door de boomgaard, met zijn hand op zijn oor. Moeder keek me boos aan. 'Monica, luister goed. Laat ik je nooit meer met Henk in die hut zien. Mijn hemel, kind, daar ben je nu te groot voor. En met een rok, stel je voor. Nu je je maandbloedingen hebt, zijn de dingen anders.' Ze had hijgend en steunend haar hand op haar borst gelegd en haar ogen gesloten, alsof ze dat wat ze had gezien niet had kunnen verdragen.

Ik was over het smalle pad naar het woonhuis gerend. In mijn kamer had ik een lange broek aangetrokken, nadat ik me met een groeiende afkeer van mezelf van onderen had verschoond.

Na moeders dood was neef Henk gewoon niet meer komen opdagen, afgezien van een enkele zondagmiddag met zijn familie.

Waarom had ik niemand meegenomen naar vaders begrafenis? De waarheid was dat er niemand was om mee te nemen. Ik was simpelweg iemand zonder vriendinnen.

'Kom maar, ik neem het van je over.' Tante Teppema legde haar hand op mijn arm. Met een schok voelde ik haar warmte, dwars door de mouw van mijn jas.

Haar aanraking was dezelfde als die bij moeders begrafenis. Er was hetzelfde rechthoekige gat, het geluid van neerploffend zand en het trekken aan mijn knieën. De gebogen hoofden, de tranen brandend in mijn ogen. De stilte.

De rest van de plechtigheid ging volledig langs me heen. Ik concentreerde me op mijn arm, wilde het nagloeien van de aanraking zo lang mogelijk laten duren. Het doffe neerkomen van de scheppen zand op de kist was het enige geluid dat ik hoorde.

Het was voorbij. Ik draaide me af van het graf en liet mijn ouders achter. Er waren zachte fluisterende stemmen rondom me en opnieuw de hand van tante Teppema. 'Zo, en nu een warm bakje troost, meid. Daar zijn we wel aan toe.'

Altijd en eeuwig die gemeenplaatsen. Ze was na moeders dood op de hoeve komen werken, ik was het gewend haar tante te noemen, ook al was ze geen familie.

Ze pakte mijn arm en leidde me naar het café waar de koffietafel voor ons klaar zou staan. Ik liet me willoos meevoeren langs oude en nieuwe zerken. Het grind knarste onder onze schoenen en de zon bleef verscholen achter een laaghangend wolkendek. Ik wachtte op een teken van vader, op een zonnestraal, een opvliegende vogel. Een vlinder zou te ver gaan, het was immers al oktober, maar iets zou hij toch wel kunnen klaarspelen vanuit het hiernamaals?

Het bleef stil en grijs en in het café stonden de stoelen klaar. De broodjes waren precies zo klef als ik me had voorgesteld. Ham en kaas. Krentenbrood en cake. We vormden een klein gezelschap met elkaar, de meeste vrienden van vader leefden niet meer.

'Zo Monica, dus jij keert terug naar de hoeve?' De stem van oom Arie donderde door de kleine ruimte. Hij trok aan zijn sigaar en blies een rookwolk naar boven. Zijn waterige oogjes keken me aan. 'En helemaal alleen? Is dat niet een beetje eenzaam voor zo'n jonge vrouw?'

Ik aarzelde voor ik antwoordde, nam de tijd om mijn sigaret te doven en woorden te verzamelen in mijn hoofd. Alle gezichten waren naar mij toegekeerd. Oom Arie leek op vader. Dat was het ergste, dat ik vader zag als ik naar oom Arie keek.

Tante Teppema was me gelukkig voor: 'Moon woont al jaren op zichzelf, Arie. Bovendien weet ze de weg naar ons. Toch, Moon?' Ze nam een slok koffie, slikte hoorbaar en vervolgde: 'Moon, als je eieren nodig hebt, of wat dan ook, ben je welkom. Ik vind het fijn dat de hoeve in bekende handen blijft. In de familie.' Ze wenkte een van de meisjes. 'Tijd voor een hartversterkertje. Een bessenjenever met ijs, alsjeblieft.'

Oom Aries vraag was verdwenen, opgelost in haar antwoord, de rook en het rumoer van bestellingen.

Ik mompelde een bedankje tegen tante Teppema en zag neef Henk op me afkomen.

'Goh Moon, wat hoor ik: ga je je baan opzeggen?'

Hij ging naast me zitten, hij was wel dertig centimeter langer dan ik. Ik liet mijn hand in mijn tas glijden en tastte naar de enveloppe, onhoorbaar zuchtend.

'Ik heb al ontslag genomen, per direct. De bejaardenzorg heb ik na zeven jaar wel gezien, ik heb genoeg oude mensen verzorgd. Ik zal wel zien hoe het loopt. Morgen verhuis ik mijn spullen hiernaartoe. Juffrouw, mag ik een jonge met ijs?'

Neef Henk knikte en bood me een sigaret aan. Ik brandde mijn neus haast aan de oplaaiende vlam uit zijn aansteker. De geur van benzine mengde zich met de rook. Wat had ik zelfverzekerd geklonken. Veel meer dan ik me voelde. Ik wendde mijn hoofd af en veegde opkomende tranen uit mijn ogen.

'Je hebt niemand meegenomen... Geen verkering?'

Neef Henk vroeg het met de open blik van de dorpsjongen die hij nog altijd was. Gewoon benieuwd, eerder belangstellend dan nieuwsgierig.

'Nee. Hoezo, weet je iemand of zo?' Een zuinig lachje trok mijn lippen strak.

'Nou nee, dat niet.' Vanuit zijn hals kwam een rode gloed opzetten.

Er werd een glas voor me neergezet en ik rook ranzig frituurvet in de kleding van de jonge serveerster. De walm benam me de adem en ik leegde het glas in één keer. De ijskoude jenever brandde in mijn slokdarm.

Neef Henk wenkte de serveerster en bestelde nog een drankje. Ik zoog hard aan mijn sigaret. Vader was altijd op de hoeve aanwezig geweest. Hoe zou ik daar in mijn eentje kunnen wonen? Tegelijkertijd: hoe zou ik het leeg kunnen laten staan? Of, erger nog, hoe zou ik er vreemden kunnen laten wonen? Ik hield van de hoeve, kende elk hoekje en iedere boom. Ik zou de noordvleugel persoonlijk bewaken. Niemand zou er een voet zetten zonder mijn medeweten. Bovendien had ik het aan vader beloofd.

'En jij? Heb jij iemand?'

Hij trok zijn schouders schokkend omhoog en reikte me een vol glas aan. Ik had geen flauw idee wat zijn antwoord betekende. Hij maakte een gebaar alsof hij een toost wilde uitbrengen. Aan de overkant van de ruimte werd besmuikt gelachen. Verdomme, straks werd het nog gezellig ook. Ik kon de gedachte daaraan niet verdragen en zette mijn glas met een harde tik terug op tafel.

Bij de koffietafel na moeders begrafenis was ik haast gestikt in de sigarenwalm die er hing. De ruimte was overvol geweest, gevuld met rook, gefluister en zwarte kleren. Ik dronk met de neefjes sinas aan de bar. Ik had heel lang op het toilet gezeten, niet bij machte me te bewegen omdat ik begreep dat moeder nooit terug zou komen en ik me niet voor kon stellen wat dat betekende. Toen ik eindelijk weer in staat was geweest de deur te openen, had oom Arie in de gang gestaan. Hij had zijn hand naar me uitgestoken, maar ik was razendsnel met een boog om hem heen gelopen. Zijn ogen waren nat geweest. Terug in het zaaltje zocht ik in verwarring naar moeder. Het duurde een fractie van een seconde voor ik me realiseerde dat ze er niet meer was. Moeder was niet hier, moeder was dood en dat was voorgoed. Vader zat met gebogen hoofd aan een tafeltje in de hoek. Alle stoelen waren bezet. Het fluisteren om me heen was luider geworden en de rook dichter. Ik was weer naar de gang gerend, maar voordat ik de wc-deur kon openen, was ik dubbel geklapt en had ik mijn braaksel in een grote boog tegen de muur gespoten.

Ook nu voelde ik het zuur in mijn slokdarm branden. 'Sorry Henk, ik moet weg. Kom maar eens langs op de hoeve. Als je in de buurt bent.'

Hij pakte mijn hand en wenste me sterkte. 'Volgens mij is er veel achterstallig onderhoud. Laat maar weten of ik je kan helpen.'

Ik bukte me om mijn tas te pakken en antwoordde niet. Het afscheid was snel genomen. Tante Teppema herhaalde haar aanbod van de eieren en hulp. De broers van neef Henk keken verlegen over en langs me heen, hun moeder verontschuldigde oom Arie. 'Hij moest net even naar het huuske.'

Des te beter.

Het verdriet zat groot en dwars in mijn keel en ik kon niets terugzeggen. Het enige waar ik naar verlangde, was schone lucht en ruimte.

Mijn blik gleed langs de andere gasten en ik bedankte onhandig voor hun komst. Er werd naar me geknikt, ik hoorde een mompelend koor waaruit het woord 'sterkte' zich loszong. Neef Henk hield de deur voor me open en ik liep zonder iets te zeggen langs hem. Mijn hakken bonkten op de plavuizen in de gang, ik liet de cafédeur achter me openstaan.

Buiten was het herfstig, en zo stil als het op een gewone middag midden in de week kan zijn. Mijn ouders lagen in de koude grond en ik was op weg naar mijn erfenis. Nu was ik alleen. Of ik nou voorover of achterover zou vallen, er zou geen mens zijn om me op te vangen.

Mijn auto stond op het verder lege parkeerterrein van het café. Stapvoets verliet ik de bebouwing van het dorp. Bij het naderen van de viersprong reed ik zo mogelijk nog langzamer. In de tuin van de familie Mertens stonden enorme dahlia's, ze leken te gloeien in het grijze middaglicht. Er schoten tranen in mijn ogen bij het zien van het vurige dieprood en donkergeel. Ik nam me voor dahliaknollen te kopen, in de border naast de voordeur zouden de bloemen prachtig staan.

Midden op de verlaten kruising kwam ik tot stilstand. Ik voelde me een vreemde op deze plek. Mijn hele jeugd had ik hier doorgebracht, en toch kwamen de wegen en huizen me vandaag onbekend voor.

Dat mocht zo blijven. Ik zou de hoeve tot mijn wereld maken. Ik zou me terugtrekken tussen de muren van mijn jeugd, alleen daar zou ik de belofte aan vader kunnen vervullen.

In de brede vaart rechts van de weg lag het water bewegingloos tussen de oevers. Er zwom een koppel eenden uit het riet, de oranjerode zwemvliezen braken het spiegelende oppervlak. Plotseling stoof het rijtje uiteen, de dieren schoten alle kanten op om dekking te zoeken – vleugels en vliezen en opspattend water.

Vader had me op de vaart leren schaatsen achter een houten keukenstoel. Met eindeloos geduld had hij me opgeraapt en weer overeind gezet. Moeder stond lachend aan de kant, zij was bang om te vallen op het ijs. Vader en ik durfden wel, we schaatsten uiteindelijk hele stukken naast elkaar. Op de vlonder namen we bekers warme chocolademelk van moeder aan. Mijn wollen wanten dropen van het smeltwater. Vader hield zijn blote handen om de groene beker geklemd. Hij lachte en dronk slurpend. Dat had ik toen niet erg gevonden, al dat lawaai. Omdat moeder er nog was. Omdat hij toen nog lachte.

Gevangen in het midden van de kruising was ik niet in staat te beslissen welke weg ik zou nemen. Ik aarzelde zo lang dat ik kramp kreeg in de voet waarmee ik de koppeling indrukte. De auto hikte even toen ik eindelijk doorreed. Na een kilometer verscheen in de verte de hoeve. Het vertrouwde beeld vervloeide door mijn tranen. Ik schudde mijn hoofd en veegde met mijn mouw mijn ogen droog. Toen ik de oprit indraaide, zag ik dat het bladerdak van de lindebomen voor het huis al flink dun was.

Moeder was op de hoeve geboren. Als enig kind erfde ze het huis na de dood van haar ouders. Vader trok bij haar in toen ze trouwden. Na jaren en jaren wachten kregen ze mij, het langverwachte kind. 'Onze Monica is uit de hemel komen vallen,' zeiden ze altijd. Vader was al vijftig geweest toen ik werd geboren, moeder bijna vijfenveertig.

Na moeders dood was het stil geworden op het erf en in het woonhuis, zo stil. Ik was niet in staat geweest om de zwijgende bel te doorbreken waarin vader zich had gehuld. Ik had de hoeve verlaten toen ik achttien was, teruggetrokken en afgevlakt. Doelloos en zonder kompas was het enige wat ik had kunnen bedenken dat ik weg moest. Weg van de hoeve, van vader en van het dorp. Een kale vlakte was het binnen in me toen ik naar de stad was verhuisd. Tot tante Teppema's telefoontje elf dagen geleden was ik maar een paar keer teruggeweest in mijn ouderlijk huis. Maar nu was ik net als moeder de enige erfgenaam, de hoeve was van mij.

Ik besloot om te draaien om een allerlaatste nacht in mijn flatje in de stad door te brengen. Morgen zou ik de hoeve komen bewonen.

Zeven jaar had ik in het nieuwbouwappartement gewoond. Groot was het niet: een woonkamer, een keukentje en een slaapkamer. De hele avond en een deel van de nacht pakte ik alles wat ik wilde meenemen in dozen en zakken. Alleen de koelkast moest nog schoongemaakt worden voor ik de stekker uit het stopcontact zou trekken. Het inpakken sterkte me in het besluit mijn leven in de stad achter me te laten. Ik zou opnieuw beginnen. Moeder had het ook gered toen ze de hoeve erfde.

Bij het uitruimen van de grote kast in de slaapkamer vond ik op de onderste plank een vergeten doos. Toen ik hier pas woonde was er op tv een programma over intimiteit en relaties uitgezonden. Met verhitte wangen had ik op de bank gezeten en gezien hoe een therapeut een echtpaar aanwijzingen gaf over het verbeteren van hun seksuele relatie. Tijdens de uitzending was ik een paar keer weggelopen om niet te hoeven zien hoe de therapeut de hand van de man tussen de benen van zijn vrouw legde. Het beeld van de donkerte tussen de dijen van de vrouw dreef me weg van het televisietoestel. Hetzelfde beeld dwong me terug. De vrouw droeg een zwarte, bijna doorzichtige kanten slip en er werd met een vinger gewezen naar 'het plekje'. Ik kon het woord dat keer op keer zo achteloos werd gebruikt door de therapeut haast niet eens dénken. Maar zonder het te beseffen had ik het in de kantlijn van een tijdschrift op de salontafel geschreven. Toen ik zag wat ik gedaan had, kraste ik de pen leeg over de acht letters.

Daarna had de therapeut zijn aandacht op de man gericht. Ik was dichter naar het toestel gekropen en had gezien hoe een aanvankelijk slap geslacht groeide en groeide. Toen de therapeut voordeed wat de mogelijkheden waren, wendde ik me huiverend van het beeld af. Maar ondanks mijn ontzetting keek ik het programma helemaal uit. Dagenlang hadden de beelden uit de uitzending me achtervolgd. Wanneer ik de bewoners in het verzorgingshuis waste of hen hielp zich aan te kleden, kon ik het niet laten me voor te stellen dat zij eens seksueel actief waren geweest. Ik sloot mijn ogen voor de erecties die ik soms per ongeluk zag. De gedachte dat de dunne huid met levervlekken ooit gekust en gestreeld was, deed me walgen. Ik kende de in- en uitgangen, het vocht en de uitwerpselen, het zweet en het speeksel dat een lichaam dagelijks verloor. Hoe zou het in hemelsnaam fijn kunnen zijn je daarin te verliezen, ook al was je jong? Wat een vrouw tussen haar benen had, was niet om aan te zien. Het was niet voor niets dat het zo hoog tussen dijen en achter haar verborgen zat. Schaamhaar, had moeder me verteld, verbergt de schaamte van een vrouw. Bij de bejaarden die ik hielp was slechts een dun en rafelig flosje over.

De na-ijlende beelden van de vrouw in haar doorzichtige slip en de wijzende vingers van de therapeut maakten me warm en woedend. Als ik daaraan dacht, stapte ik zo snel ik kon onder de douche en waste me van onderen grondig en hardhandig met een washandje. Ik had mijn eigen schaamte nooit met blote vingers aangeraakt.

Ondanks mijn ongemak had ik in de televisiegids opgezocht wanneer de volgende uitzending zou zijn en zorgde ik ervoor dat ik thuis was. Zelfbevlekking was een woord dat ik kende, dat masturberen een werkwoord was had ik me nooit gerealiseerd. Ik dwong mezelf naar het programma te kijken, terwijl mijn hart in mijn keel klopte en ik overvloedig transpireerde. Enkele weken na de tweede uitzending deed ik een bestelling bij een postorderbedrijf.

Drie lange dagen maakte ik me zorgen. Het zou een ramp zijn als de buren de doos per ongeluk zouden aannemen en openen. Geen mens mocht weten dat ik zoiets deed. Moeders woorden weerklonken gedurende die dagen extra luid in mijn hoofd. 'Houd je daaronder goed op slot, kind. Je schaamte is van jou alleen.'

Toen de doos met de bestelling arriveerde, verborg ik hem in het aanrechtkastje. Hij was neutraal bruin en van doodgewoon karton. Er was behalve mijn naam en adres niets op te zien. Nadat ik voldoende moed had verzameld, sneed ik met een aardappelmesje het bruine tape door. Op mijn bovenlip en in mijn handpalmen werd het vochtig. Ik probeerde moeders stem te negeren. 'Schaam je schaam je schaam je...' Het gevoel iets heel erg fouts te doen werd zo sterk dat ik de doos huilend achter de tv smeet. Woedend waste ik daarna met een koud washandje mijn gezicht. Toen ik mezelf in de badkamerspiegel aankeek, nam ik een besluit. Ik overstemde moeder door de volumeknop van de radio ver open te draaien en deed alle lampen uit. Ik verzekerde me van goed gesloten gordijnen. In de kamer was het niet helemaal donker, er hing een vaal kleurloos licht. Het rode setje paste perfect, het leek voor mijn lichaam gemaakt. Aanvankelijk droeg ik mijn ochtendjas over de slip en de bh heen, maar later trok ik de ceintuur los en durfde ik naar mijn lichaam te kijken. De rest van de avond bracht ik door in het donker, gekleed in alleen de lingerie. Soms brak moeders stem door de muziek heen en ging ik een hevige innerlijke dialoog met haar aan. Telkens weer laaide het vuur op als ik haar vroeg: 'En ik dan? Hoe hebben jullie mij dan gemaakt? Jij hebt het toch ook gedaan met vader? Jullie hebben toch ook seks gehad?' Dan was het steeds even stil, alsof moeder nieuwe kracht moest opdoen voor weer een ronde. Haar antwoord kwam in de vorm van een tegenvraag. 'Denk jij nog steeds dat seks en liefde hetzelfde zijn? Wat moet jij met dat soort kennis? Mijn hemel, kind, jij hebt geen mannen nodig.'

De doos met de lingerie stopte ik onder in een vuilniszak. Ik wilde het setje niet meenemen naar de hoeve, het leek me passend dat het in de stad achterbleef. Om twee uur ging ik naar bed. Klaarwakker en onrustig woelde ik me door de rest van de nacht.

Er zou een man nodig zijn om mijn belofte na te komen. Dat was het meest zorgwekkend, dat ik een man nodig had voor het zaad.

De volgende ochtend haalde ik een busje bij het verhuurbedrijf. Een voor een sjouwde ik daarna de dozen en de weinige meubels die ik had naar beneden. De koelkast en de wasmachine, het bed en de grote kast liet ik staan voor de nieuwe bewoners.

Toen ik alles had ingeladen, was het busje nog lang niet vol. Ik liep een laatste keer naar boven, sloot de deur en gooide de sleutels door de brievenbus. Ze kletterden rinkelend op de kale vloer waar even eerder nog de deurmat had gelegen.

Er was niemand in de flat van wie ik afscheid wilde nemen. Even later zat ik onwennig op de hoge stoel achter het stuur. Ik reed naar het verzorgingshuis waar ik zeven jaar gewerkt had.

Ik was per ongeluk in de bejaardenzorg verzeild geraakt. Na de middelbare school studeerde ik twee jaar biologie, maar op een dag was ik gewoon gestopt. Een week lang was ik in bed gebleven, er was niets geweest waarvoor ik wilde opstaan. Ik miste niets, verlangde niets en voelde niets. Mijn bed zweefde in een bel van stilte. Midden in de zevende nacht had het aanhoudende gejank van een krolse kater me uit bed gedreven. Ik had me aangekleed en was het vluchtende dier achternagegaan. Al snel was ik de kater kwijtgeraakt, maar ik bleef door de donkere straten van mijn buurt lopen. Tijdens die wandeling nam ik het besluit te stoppen met mijn studie. Twee weken later werd ik aangenomen als leerling-bejaardenverzorgster. Nu nam ik afscheid van de bejaarden. Ik had een doel, er was een opdracht te vervullen.

De ramen van de verzorgingsflat weerspiegelden brede stroken lucht, ruit na ruit, rij na rij. Ik dacht eraan hoe dikwijls ik over de gebogen gestalten van de oude mensen heen naar buiten had gekeken. Daar, op de bovenste verdieping, werkte ik het liefst. Wanneer je over de daken keek, kon je in de verte het groen van de velden zien.

De bomen hadden hun blad al grotendeels verloren. Boven in de kruin van de enorme beuk stak een verlaten duivennest donker af tegen de lucht. Ik had gezien hoe de jongen hun eerste onhandige vluchten maakten. De hele zomer had ik het koeren van de vogels kunnen horen, op sommige dagen was ik bijna gek geworden van het eindeloos herhaalde eentonige geroep.

Een felle windvlaag joeg een papieren beker over de tegels. Maandag zou de huishoudelijke dienst wel weer hoofdschuddend met bezems tekeergaan.

Felle vreugde vlamde in mijn borst toen de grote rode kater van de conciërge om de hoek kwam lopen. Toch nog! Ik pakte mijn tas van de passagiersstoel, stapte uit en hurkte neer naast de bus. Ik stak mijn hand naar de kater uit en probeerde zijn aandacht te trekken met smekende geluidjes. Daar kwam hij aan, zijn gele ogen waren strak op mij gericht. Mijn linkerhand tastte naar het pakje in de tas. De slager had een extra stuk afgesneden toen ik vertelde dat het de laatste keer zou zijn. De leverworst was zo stevig ingepakt dat ik grote moeite had het vetvrije papier los te scheuren. De kat rook het vlees dwars door de verpakking heen en duwde zijn kop ongeduldig en hard tegen mijn handen. In enkele happen verslond hij de gemalen massa. Zoals altijd schrok ik van de dierlijke gulzigheid, het schrokken en verslinden. Ik legde mijn hand op zijn vacht en streelde met korte streken over de bobbelige ruggengraat. De kat likte het lege papier en daarna zijn bek omstandig schoon. Hij zocht naar meer, snuffelde overal en schraapte met zijn ruige kattentong over mijn vingers. Het veroorzaakte een bekende siddering die via mijn arm door mijn bovenlichaam ging, helemaal tot onder in mijn rug. Ik hield mijn handpalm open omhoog, bedelend om meer van die droge, stroeve halen over mijn huid. De kat likte, ik aaide.

Ik dacht aan vader en waar hij nu was. Hij was weg en opgegaan in god mocht weten wat. Misschien zweefde hij wel om me heen, keek hij naar zijn dwaze dochter die een kat zat te aaien. Ik sloot mijn ogen en kreeg het gevoel dat ik verdween, dat ik oploste in de raspende halen en het geronk uit het warme kattenlijf. Plotseling schoot het dier onder mijn handen vandaan. Hij rende met grote sprongen over de parkeerplaats en verdween uit het zicht.

Toen ik opkeek vielen de eerste druppels op mijn warme wangen. Nou ja, dan zag tenminste niemand dat ik huilde. Alsof er iemand was die in mij geïnteresseerd zou kunnen zijn, die naar mij zou willen kijken.

Ik haalde het fototoestel uit mijn tas en nam enkele foto's. De ramen van de bovenste etage, waarin de lucht weerspiegeld werd. Het lege parkeerterrein. De kartonnen beker aan de rand van een hoop rommel. De grote deuren van de ingang. Er was geen mens te zien.

Ik klom weer in de bus. Een windvlaag blies het papier waarin de leverworst had gezeten de parkeerplaats op. Zonder om te kijken reed ik de dertig kilometer naar mijn ouderlijk huis. Af en toe likte ik, kort en vlug, de binnenkant van mijn hand.

DE EERSTE DAGEN NA MIJN VERHUIZING ZAG IK VADER OVERAL in de grote lege hoeve. Ik vond hem in de deurklink die koel tegen mijn hand lag als ik de deur naar de stal opende, in het holle geluid van mijn eigen voetstappen wanneer ik door de lege kamers dwaalde, in de geur van de koffie die door de keuken trok. In de motvlinder die wild fladderend opvloog toen ik een kastdeur opende. In de lucht op de overloop. In de verdroogde geranium die vergeten in een hoek van het erf stond.

Toen ik de deur van zijn slaapkamer opende, sloeg hij me recht in het gezicht. Geschokt strompelde ik terug de overloop op. Het verdriet in mijn borst zwol als de homp bleek deeg die moeder vroeger onder een schone doek op een warme plek te rijzen zette. Ik nam de trap met twee treden tegelijk en zwalkte als een dronkenlap de gang door naar de keuken. Daar was vader opnieuw. Ik verstarde en bij de derde slag van de Zaanse klok in de voorkamer duwde ik mijn vingers pijnlijk diep in mijn oren. Snot en tranen liepen over mijn gezicht en ik moest negen slagen wachten voordat ik ze kon wegvegen. Toen het slaan ophield, zocht ik vaders wandelstok. Die vond ik achter de versleten leunstoel, waar ik ook een flits van een bruine ribbroek meende te zien. Ik was in een paar passen in de voorkamer en haalde uit. Na een welgemikte slag was het glas aan scherven. De klok tikte door. Ik sloeg nog een paar keer en wrikte net zo lang aan de wijzers tot ze afbraken.

'Zo, alvast zelf begonnen met klussen?'

De stem kwam uit de deuropening. Die was geheel gevuld met het grote lichaam van neef Henk. Een van de wijzers viel uit mijn hand en ik liet de wandelstok zakken. Toen bogen mijn benen gewoon door. Zoals vla uit een pak gulpt, zo leken mijn spieren in een trage stroom te smelten. Ik zakte op de grond en had geen wil meer. Niet om op te staan, niet om iets te zeggen en niet om aardig te zijn tegen de onverwachte bezoeker. Niets. Stilte. Dood. Zou het zo zijn? Zo willoos?

Maar neef Henk wilde nog van alles. Hij maakte zich los uit de deuropening en kwam op me af. Zijn grote bruine werkschoenen met stalen neuzen kwamen vlak bij mijn gezicht tot stilstand. Ik hoorde het kraken van een gewricht, voelde een hand op mijn hoofd. Even meende ik het bloed binnen in zijn aderen te horen ruisen. Of was het in mijn eigen oren?

'Vader... de klok... de tijd tikt...'

Neef Henk legde zijn handen onder mijn hoofd en tilde me een eindje omhoog. Zijn stem vibreerde in mijn oor. 'Sst, stil maar.'

Ik bleef liggen tot ik weer ergens een spoortje wilskracht voelde en probeerde ten slotte een arm omhoog te brengen naar mijn gezicht. Dat lukte. Ik wreef mijn ogen droog en kwam met moeite overeind, tot ik naast hem zat. Zijn hand verdween, maar ik bleef de druk voelen in een pulserende warmte op mijn hoofdhuid, tussen mijn haren. Ineens was hij me veel te dichtbij. Er was een lauwe melkachtige geur die me misselijk maakte. Ik stond moeizaam op, hij was sneller en ik hield me aan hem vast tot we samen rechtop stonden. Neef Henk torende boven me uit. Hij wees naar de stilgevallen klok.

'Wil je die eruit hebben?'

'Ja. Koffie?'

Ik had me al omgedraaid. De koffiepot glipte uit mijn handen en er sloeg een stuk uit het kopje waarop hij terechtkwam.

Neef Henk raapte in de woonkamer de scherven van de vloer en verzamelde ze in de grote aardewerken asbak.

Als kind had ik daarin de kastanjes verzameld die ik in de herfst van het schoolplein raapte. Ik stapelde ze hoog op, bouwde een glanzende bruine piramide. De rest verstopte ik onder de salontafel in moeders breimand, als eieren in een nest. Als vader 's avonds klaar was met werken, haalde hij een grote doos lucifers uit de keuken en de priem van de werkbank uit de schuur. Ik maakte het liefst mensfiguurtjes, vader niet-bestaande dieren, en zo ontstond er een hele wereld in de lage vensterbank. Toen ik ook eikels en beukennootjes begon mee te nemen, had vader er plotseling genoeg van. Zijn vingers waren veel te grof voor zulke kleine dingen. Ik pelde de nootjes terwijl moeder zat te breien en vader de krant las. De groei van het dorp in de vensterbank stagneerde als de kastanjes verschrompelden en de dieren en huisjes kromtrokken.

De koffie was klaar en ik schonk twee kopjes in. Over mijn schouder zag ik hoe neef Henk met moeite de zware klok wist los te maken. Toen hij het ding van de muur tilde, wendde ik mijn hoofd af en boog me over het aanrecht.

'Waar wil je hem hebben?'

Opnieuw vulde hij de deuropening met zijn grote lichaam. Zijn heldere ogen keken me recht aan en hij hield de klok in zijn armen alsof hij een baby wiegde. Een van de wijzers stak scherp omhoog uit het glas.

Ik wees naar achteren. 'Zet maar in de bijkeuken.'

Toen hij terugkwam, nam hij plaats aan de keukentafel en trok hij een kop koffie naar zich toe.

'Suiker en melk?' Mijn eigen stem kwam me vreemd voor. Ik schoof het flesje koffiemelk en de suikerpot zijn kant op en ging op de stoel tegenover hem zitten. Hij roerde lang en veegde voortdurend met zijn linkerhand langs zijn voorhoofd.

'Er is niks bij, ik ben nog niet naar de winkel geweest.'

'Geeft niet.' Hij dronk de hete koffie in drie snelle slokken. 'Zo. Gaat het hier een beetje?'

Ik hield de koffiepot vragend omhoog. Hij knikte en ik schonk zijn kopje nogmaals vol.

'Dat getik werd me gewoon te veel. En ieder uur die slagen. Ik heb die klok niet nodig om te weten hoe laat het is.'

De waarheid was dat het altijd het tikken van de klok was geweest dat de stilte na moeders dood zo verschrikkelijk hoorbaar had gemaakt. De maaltijden leken er veel langer door te duren. De geluiden die vader maakte, hadden me met een verstikkende weerzin vervuld. Ik had me aangeleerd een harde ruis in mijn oren op te wekken, zodat ik doof werd voor het smakken en slurpen. Het krijsen van de vork waarmee hij de laatste restjes eten op zijn bord bijeen had geschraapt, ging er dwars doorheen en bezorgde me koude rillingen. In zijn vuile bord goot hij vervolgens yoghurt die door de restjes andijvie en vleesjus verkleurde tot een braakselachtig beige. Zo ging het iedere dag, terwijl de klok tikte en we zwegen tot het eindwoord. 'Wij danken de boeren voor de aardappelen, de groentes en het vlees. De bakker voor het brood, nou ja, eigenlijk ook de boeren voor het graan, en de melkboer. Hoor je dat, Monica, de melkbóér, voor de kaas en de melk. Daarvoor danken wij.' Daarna ging vader in de rookstoel zitten om het avondblad te lezen en waste ik af. Als de klok acht uur sloeg, sloot ik mijn schoolboeken. Dan dekte ik de tafel alvast voor het ontbijt en ging naar boven.

'Tot morgen, kind, dan wacht ons weer een nieuwe dag. Maar eerst slapen.'

'Ja, vader. Welterusten.'

We kusten elkaar niet. Soms lag zijn hand even op mijn hoofd. Ik durfde mijn pijn niet te laten zien. 'Ieder draagt zijn eigen verdriet, Moon, hij het zijne en jij het jouwe,' had tante Teppema gezegd. 'Je moeder was een flinke vrouw, denk daar maar aan. Wat zou zij gezegd hebben van al die tranen?' Ik stelde me voor dat moeder wist van mijn wanhoop en de klont in mijn keel. Ze luisterde naar alles wat ik vertelde, en heel soms meende ik te horen dat ze iets terugzei.

Neef Henk kuchte. Ik voelde hoezeer zijn aanwezigheid de keuken vulde. Met zijn geluiden en zijn geur verdreef hij de vertrouwdheid. Het was anders dan vroeger in de boomhut.

'Zeg Moon, ik dacht: als je de tuin winterklaar wilt hebben, moet je daar nu wel iets aan doen. Zal ik morgen komen? Ik heb momenteel weinig anders te doen.'

Ik volgde zijn blik naar buiten. Door het smalle keukenraam keek je recht op de overwoekerde moestuin. Er was weinig geoogst dit jaar, terwijl vader zoals altijd in het voorjaar van alles had geplant. Niemand had verwacht dat het zo snel zou gaan, dat hij de winter niet zou halen.

'Ja, als je dat wilt doen.' Meer wist ik niet te zeggen. Hoe had ik neef Henk moeten uitleggen dat zijn aanwezigheid me verwarde? Dat hij op vaders stoel zat en dat ik hem eraf zou willen duwen? Dat ik tegelijkertijd wilde dat hij een tijdje bleef en dat hij weg zou gaan. Dat ik alleen wilde zijn om door de kamers en de tuin te dwalen. Dat ik het misschien niet zou kunnen verdragen een andere man in de tuin aan het werk te zien.

Neef Henk stond op en schoof zijn stoel aan. 'Een uur of negen, schikt dat? Dan begin ik met het loof.'

'Goed. Bedankt alvast.'

Terwijl hij zijn hand opstak, verdween hij naar buiten. Hij gooide met een enorme zwaai zijn been over de stang van zijn fiets en reed weg, zijn hoofd diep tussen zijn schouders, zijn brede rug gekromd tegen de wind.

Ik liet mijn voorhoofd tegen het koude glas zakken en sloot mijn ogen. De stilte leek zonder het tikken van de klok een heel eigen toon hebben. Achter me wist ik de tafel met de twee lege kopjes, de suikerpot en de koffiemelk, het lepeltje dat neef Henk had afgelikt voordat hij het op het tafelzeil had neergelegd.

Ik herinnerde me vaag hoe vader en moeder hier tegenover elkaar hadden gezeten. Het onscherpe beeld bracht een oud gevoel van vertrouwdheid mee. Het voelde als de voorverwarmde flanellen nachtpon die koesterend over me heen was gegleden nadat ik me 's winters rillend had uitgekleed in de kille slaapkamer.

Ik maakte me los van het keukenraam, los van mijn herinnering, en ging naar boven. Voor de deur van vaders slaapkamer hield ik stil. Ik was bang voor de geur, maar verlangde ernaar de trouwfoto naar beneden te halen. Toen ik de deurkruk naar beneden wilde duwen, liet ik plotseling los. Ik kon het niet. Ik durfde niet. Zacht legde ik mijn oor tegen de deur. Ik hoorde vaders wekker, zag haarscherp voor me hoe hij op het nachtkastje stond. Door het tikken heen meende ik mijn eigen stem te horen. 'Goed vader, ik beloof het.'

Ik maakte me los van de deur en bracht mijn hand omhoog naar mijn neus. De geur deed me denken aan de vacht van de rode kater en de matte glans van de koperen gewichten van de Zaanse klok. Vlak voordat ik mijn eigen kamer inging, stond ik mezelf één klein likje toe.

'HIER, IK HEB WAT BOODSCHAPPEN MEEGEBRACHT. EN ER ZAT een briefje in de bus, van vrouw Teppema.'

Neef Henk zette met een klap een kartonnen doos op de keukentafel. Het was pas kwart voor negen. Mijn haren waren nog nat en ik was blootsvoets. De scherpe geur van waspoeder dreef de keuken in. Ik zag brood en melk en boter en kaas, de groene hals van een fles wijn. Eigenlijk had ik liever bier.

'Dat had echt niet gehoeven.' Ik wrong de laatste druppels uit mijn paardenstaart.

'Nee. Maar ik heb het wel gedaan.' Hij draaide zich om, klaar om aan het werk te gaan.

'Wil je koffie?'

'Breng straks maar een kop naar de tuin.' Voordat ik kon antwoorden was hij al op weg naar buiten.

Voorzichtig scheurde ik de enveloppe open. Vijf regels op een wit velletje. Tante Teppema was benieuwd hoe het met me ging en wilde zich niet opdringen in deze periode van rouw. Ik moest bellen als ik behoefte had aan gezelschap. 'Je weet dat wij hier de deur niet bij elkaar platlopen. Als je eieren of een werkster nodig hebt, hoor ik het wel. Sterkte.'

Ik liet het briefje in de doos vallen en staarde naar het pak meel. Dacht neef Henk dat ik pannenkoeken zou willen bakken? Er waren ook gevulde koeken en twee repen chocola, melk en puur. Vier rollen toiletpapier. Hij had aan mij gedacht. Aan wat ik nodig had, aan gewone dagelijkse dingen. De witte rollen in hun doorzichtige plastic verpakking joegen het bloed naar mijn wangen. Zo praktisch had nou ook weer niet gehoeven.

Ik pakte de rollen uit de doos en bracht ze naar het toilet in de gang. Mijn blote voeten kletsten koud op de versleten donkerrode plavuizen. Toen ik terugliep langs de kapstok zag ik mijn gezicht in de spiegel. Met moeite trok ik het elastiekje uit mijn natte haren. Het deed gemeen zeer en mijn gezicht vertrok van pijn. Mijn lange haren vielen vanzelf in een middenscheiding, het plakte donker en vochtig op mijn hoofd. Ik kamde er met stroeve vingers doorheen en was verbaasd over de hoeveelheid haren die loslieten. Als het zo doorging zou ik binnenkort kaal zijn. Ik liet mijn armen zakken en bleef een tijdje naar mezelf staan staren. De huid onder mijn ogen had het blauwige dat je soms in melk zag nadat je de room eraf had geschept. De afgelopen nacht had ik nauwelijks geslapen. Onrustig had ik liggen woelen totdat ik uiteindelijk, moe en verdrietig, was opgestaan. De wekker wees twintig over twee. Toen ik het gordijn openschoof en zag hoe de maan botergeel en vol aan de rand van de hemel stond, had ik van verbazing suizend mijn adem naar binnen gezogen. Er was me een liedje te binnen geschoten. De woorden lagen verscholen achter de melodie, toen ik die begon te neuriën kwamen ze een voor een tevoorschijn.

Maantje maantje in de lucht,
waarvoor ben je op de vlucht?
Iedere nacht kom jij voorbij,
steeds een stukje licht erbij.
Tot je dik en vol en rond bent,
en je niet meer zo hard rent.

Dan verdwijn je langzaamaan,
tot er alleen nog sterren staan.
Maantje maantje neem me mee,
op je reizen over zee.

Had ik me verbeeld dat ik moeders stem hoorde, fluisterzingend in mijn oor? Die stem bracht verdriet mee dat zich trekkend vastzette in mijn mondhoeken. Ik had me dicht naar het raam gebogen, tot mijn voorhoofd terugschrok van het koude glas. Met mijn wijsvinger had ik een gezichtje getekend in de condens. Als ik mijn hoofd op de juiste manier schuin hield en mijn ogen tot spleetjes samenkneep, paste het gezichtje precies in de ronding van maan. Ik hoorde moeders fluisterstem: 'Mijn hemel, kind, zie je het mannetje van de maan?' In de verte had een streep goud geglinsterd. Het water in de vaart lag zwart en roerloos tussen de oevers. Het was het tijdstip waarop de nachtvorst regeerde. Huiverend en verkleumd had ik de nacht buitengesloten achter de gordijnen. Het had lang geduurd voor ik in slaap viel.

Ik draaide mijn klamme haar opnieuw in een staart, de kou van de plavuizen trok akelig omhoog door mijn voetzolen. Boven, in mijn kamer, trok ik dikke wollen sokken aan en haalde ik mijn fotocamera tevoorschijn. Het was het enige aandenken dat ik had aan het verzorgingshuis. Een dankbare bewoner had de camera aan me geschonken toen ik belangstelling had getoond voor de foto's in zijn kamer. Het was niet toegestaan geschenken aan te nemen van bewoners, dus hadden meneer Derksen en ik erover gezwegen. Mijn werkzaamheden bij hem duurden altijd wat langer dan bij de andere bewoners. Hij had me een hoop te vertellen, en ik was een oplettende leerling geweest.

Nu stond ik weer voor het slaapkamerraam. Ik volgde de bewegingen van neef Henk door de lens. Van hieruit leek hij klei-

ner dan hij in werkelijkheid was. Hij harkte met wijde armbewegingen het vergeelde bonen- en aardappelloof bij elkaar en
vormde er met de mestvork een grote, piramidevormige stapel van. Toen stootte hij de mestvork met kracht de grond in,
veegde zijn handen af aan zijn blauwe overall en liep naar de
boomgaard. Hij bukte zich en even leek het of hij viel. Ik dacht
dat hij afgewaaide takken zou gaan rapen, maar hij kwam omhoog met iets donkers in de kom van zijn handen. Hij keek
naar het huis en ik schoof onmiddellijk achter het gordijn. Wat
had hij gevonden? Behoedzaam schoof ik de stof een klein
stukje opzij.

Neef Henk stond met licht gebogen rug onder een van de
appelbomen. Hij leek op te gaan in zijn vondst. Ik zoomde
in en stelde scherp. Hij boog door zijn knieën en opende zijn
handen op het gras. Toen de donkere bol stekels kreeg en bewoog, drukte ik af. Er lag een glimlach om zijn mond en hij
leek iets te zeggen. Ik nam een tweede foto nadat hij was opgestaan en met zijn handen in zijn zij de vlucht van de egel
volgde. Het zien van de gelijkenis met vader stolde in mijn
bloed.

Ik haastte me naar beneden. Terwijl de koffie pruttelend
doorliep, vlocht ik mijn vochtige haren, ruimde de boodschappen in de kastjes en vulde de doos met rondslingerende kranten en reclamefolders. Ik zette kopjes en koek op het dienblad
en trok een vest aan.

Neef Henk stond achter een zuil van rook die opsteeg uit
het fel vlammende loof. De prikkelende geur dreef mijn neus-
gaten binnen en vermengde zich met de koffiedamp. Toen
hij me zag, trok hij de mestvork terug uit de hoop en dreef
hem opnieuw krachtig de aarde in. De rook die opsteeg uit de
brandende berg was bijna wit. Er moest nog veel vocht in het
blad zitten.

Ik zette het dienblad naast een hoop takken op de grond en overhandigde neef Henk een kop. Hij nam een gevulde koek van het schoteltje dat ik hem voorhield. Hij dronk, slikte, hapte en kauwde. Zijn ogen lieten het vuur geen moment los.

'Geen pompoen dit jaar?' Er vlogen kleine stukjes koek uit zijn mond.

Ik haalde mijn schouders op. 'Nee, ik geloof het niet.'

We stonden naast elkaar, keken naar onze koffie en naar het vuur.

Zijn blik volgde de weg van de rook door de lucht, een grijze streep dreef precies in de richting van het kerkhof.

'Mis je hem erg?' Hij bleef naar boven kijken terwijl hij de vraag stelde.

'Ja.' Meer woorden kreeg ik niet voor elkaar. Ik wilde niet vertellen dat ik vader overal zag. Dat ik soms zijn stem meende te horen: 'Alsjeblieft Moon, ik heb je nooit eerder iets gevraagd.' Nee, hij had me nooit iets gevraagd omdat ik er niet voor hem was. Maar zou ik hem gehoord hebben? Ik kon neef Henk onmogelijk vertellen dat ik te bang was om de slaapkamer binnen te gaan, bang voor de geuren en de echo's die er zweefden. Dat ik een belofte had gedaan. Dat ik nu, meer dan toen hij nog leefde, aan vader gebonden was. Dat een samengekoekte klont in mijn borst me de adem benam en de lucht uit mijn longen leek te persen.

'Wil je nog koffie?'

Neef Henk hield zijn kop bij en ik schonk in. Hij nam nog een koek. Het vuur tussen ons leek op te leven, het knetterde en stoomde, golfde rood en oranje tussen de bladeren.

'Er scharrelde een egel in de boomgaard. Ik dacht dat hij gewond was, maar dat was niet zo.'

'Oh, en?'

'Hij is onder die stapel dood hout gevlucht.'

'Je zou denken dat je niet meer zou hoeven vluchten als je stekels had.'

'Dat zou je denken, ja. Maar wat weten wij nou helemaal?'

Later die ochtend, toen ik weer alleen was, zocht ik onder de stapel takken naar de egel. Er was niets te zien. Achter me smeulde het vuur na. Een dunne sliert rook kringelde nu recht omhoog. Ik plukte wat asters, pakte mijn fiets en reed naar het kerkhof.

Het was er stil, de lucht leek er zwaarder en het geluid van het knarsende grind onder mijn voeten deed pijn in mijn oren. Vaders naam was nog niet ingevuld. De steenhouwer zou zo spoedig mogelijk beginnen, zo had hij toegezegd. Het roze van de asters gloeide op tegen al het zwart en grijs om me heen. Met vader was ik nooit naar het kerkhof geweest. Ik ging alleen, bang als ik was hem te belasten met mijn tranen.

Moeder stierf toen ik dertien was. Vader vond haar op de stenen vloer in de noordvleugel, onder de vliering waar het hooi was opgeslagen. Haar gezicht lag naar beneden gekeerd en haar armen waren gespreid geweest, alsof ze tijdens het vallen had willen vliegen. De afstand tussen de vliering en de vloer met de gemeen scherpe gleuven was alleen veel te klein om te kunnen vliegen. Of te zweven. Maar wel groot genoeg om zo veel vaart te maken dat je te pletter sloeg. Hoe of waardoor moeder viel heeft niemand ooit geweten. Er werd mij niet veel verteld, af en toe ving ik iets op uit gesprekken van volwassenen. Vader zweeg erover. Ik had bedacht dat moeder naar de zwaluwnesten had willen kijken, of naar de uilen. Boven op de zolder had ze dicht bij de vogels kunnen komen. Ze moet de bovenste tree van de ladder gemist hebben toen ze naar beneden wilde. Misschien was ze te lang naar boven blijven kijken, omdat ze niets van de vogels wilde missen. Dat vond ik een fijne gedachte, dat ze met de vogels had willen vliegen en dat ze vergeten was dat ze geen vleugels had. Misschien had ze wel een beetje lopen dagdromen daarboven. Iedereen wist dat dat gevaarlijk was, maar soms vergat je waar je was, daar kon je niets aan doen. Ik kende het van het staren in een sloot, het donkere, heldere water dat me meezoog naar de diepte, daar waar de vissen en het wier bewogen. Hoe vaak had vader me niet gezocht, roepend in het veld? Wat ik met water had, moet moeder met vogels hebben gehad. Dat kon ik begrijpen.

Toen vader besloot de noordvleugel af te sluiten, dacht ik dat hij alles achter zich wilde laten. We spraken niet over het ongeluk, er was werk te doen en het leven ging door. Tante Teppema kwam een paar keer per week voor het zware werk, ramen lappen, dweilen, de douche en de wc. De rest van het huishouden deed ik. Ik hield moeder levend door haar dingen te doen. Ik wist precies hoe ze de stofdoek uitklopte, de was opvouwde en de tafel dekte. Ik speelde dat ik haar was, probeerde te bewegen zoals zij had gedaan en sprak mezelf toe met haar stem. Ik liet haar ogen en haar stem in mijn hoofd wonen, zodat ze me zou kunnen zien.

Vader werd al even stil als ik. Moeder stond levensgroot maar ongezien tussen ons in. Als ik haar bezocht in haar grafwoning op het kerkhof spraken we geluidloos met elkaar. Ik bezwoer haar dat ik goed voor vader was, al had ik geen idee wat ik moest doen.

Ik verschoof de asters naar het midden van het graf. Mijn nagels waren vuil en ik rook een muffe geur onder mijn oksels. Ik vond een stokje en deed een poging het mos uit moeders naam te krabben. De volgende keer zou ik een borstel meebrengen.

Er leek een zacht gemurmel uit de grond op te stijgen dat kippenvel over mijn armen joeg. Ik luisterde ingespannen en legde mijn handen plat op de steen, tot het zoemen verdween.

'Nee vader, ik vergeet het niet.'

TOEN DE TUIN NA EEN WEEK WINTERKLAAR WAS, STOND NEEF Henk op een ochtend plotseling in de keuken. Ik zat aan tafel mijn ochtendkoffie te drinken. Een grote tas viel uit zijn handen op de grond. Hij deed zijn pet af en liet zijn ogen onrustig tussen mij en het raam dwalen. In zijn ogen zag ik dat hij naar ruimte verlangde. Ik herkende het van mezelf, van toen ik in het verzorgingshuis werkte. Het was een zwervend zoeken naar lucht en uitzicht, de kriebelende rusteloosheid in het bloed. Het was weg willen, maar niet weten waarheen. Ik wendde mijn blik af en stond op om koffie in te schenken.

Zijn stem had een benauwde klank toen hij zijn vraag stelde.

'Ik moet weg thuis. Kan ik hier voorlopig wonen? Ik dacht dat ik misschien een tijdje in de zuidvleugel zou kunnen bivakkeren.'

Ik zweeg, luisterde naar de toon van dit nieuwe geluid en verbaasde me over de onzekerheid die weerklonk.

Neef Henk stond tegen het aanrecht geleund en warmde zijn handen aan de mok. Het gifgroene aardewerk vloekte met de koffie, maar toen neef Henk me aankeek, zag ik hoe de kleur van de mok zijn ogen deed oplichten. Hij sprak opnieuw, zekerder dan zonet.

'Er is genoeg te klussen hier. Je weet dat het dak boven het melkhuis lekt, toch? De pannen moeten nodig vernieuwd worden. Ik zou in ruil voor onderdak de boel kunnen opknappen.'

Ik overdacht de consequenties. Zijn familie wilde ik hier niet over de vloer hebben. En een andere man dan vader op de hoeve leek haast ondenkbaar. Toch stond hij daar op zijn gemak tegen het aanrecht geleund. Het maakte me nerveus dat ik geen andere tegenargumenten kon bedenken, het leek eigenlijk al besloten.

'Maar er is daar toch niks? Geen gas, geen meubels...'

Ik stokte bij de gedachte aan een bed. Hij zou moeten slapen. Maar waar?

'Ik heb een oude caravan, die zou ik in de zuidvleugel kunnen rijden. Of ik zet hem voorlopig achter in de boomgaard, daar zou niemand er last van hebben.'

Ik ging akkoord, en een paar dagen later woonde hij op mijn erf. Zien deed ik hem nauwelijks, ik sprak hem alleen over de dingen die gekocht moesten worden en over de reparaties. Hij kookte zelf en viel me nergens mee lastig.

Op een grijze namiddag stond hij ineens met een enorme bos zonnebloemen voor het raam. Ik wenkte hem binnen en begroef mijn gezicht in het oplichtende geel. Toen ik het mes in de stelen zette om ze schuin af te snijden, zag ik hem zitten. In de weerspiegeling van het raam leek hij volstrekt op zijn plaats aan de keukentafel. Hij zat op vaders plek en ik merkte dat ik het niet zo erg vond. Ik draaide me om en ging tegenover hem zitten. Langzaam liet ik de nieuwe constellatie tot me doordringen. Ikzelf op moeders plek. Hij op die van vader. Het oude tafelzeil glansde onder mijn vingers. Plotseling lagen zijn grote handen over de mijne.

'Bedankt Moon, dat ik hier zolang mag wonen.'

Hij leek van zichzelf te schrikken en trok zijn handen terug. Daarna stond hij zo snel op dat de stoel achter hem wankelde.

Toen hij al buiten was en langs het raam liep, voelde ik het nagloeien van zijn warmte. Lange tijd bleef ik bewegingloos zitten. De stilte leek zich te verdikken naarmate het donkerder werd. Met hun vollemaansgezichten naar me toegekeerd, stonden de zonnebloemen te stralen in de schemer die boven de tafel hing.

Toen ik eindelijk opstond, rook ik even aan mijn handen. Ik likte de knokkels met een lange haal en ging naar boven om mijn camera te halen. Aan de onrust in mijn buik merkte ik dat er iets niet in orde was. Hij had moeten blijven. Hij had met mij aan de keukentafel moeten zitten wachten op het donker. Ik had naar hem willen kijken tot ik er genoeg van had.

Het was helemaal donker geworden en ik trok het dikke vest strak om me heen. Er scheen een bleek licht uit de caravan. De maan was niet te zien. Ik maakte een foto van de caravan, zonder flits. Achter het raam verscheen, als op de beeldbuis van een televisietoestel, de donkere gestalte van neef Henk. Hij nam een hap van iets wat hij van tafel pakte en streek met beide handen door zijn haren. Het volgende filmpje was van een man die dampend water in een theepot goot. Ik maakte een foto van zijn gebogen hoofd in de waterdamp. Ik wilde mijn hoofd naast hem in die vochtige warmte verbergen, de druppeltjes op mijn gezicht voelen, een stoombad nemen in zijn caravan. Ook al was ik niet verkouden, ik verlangde ernaar het wel te zijn en daarmee een geldige reden te hebben voor mijn wens.

Ik hoorde een dier scharrelen. Toen klonk plotseling luid en duidelijk vaders stem in mijn hoofd. 'Toe maar kind, ga maar. Hij wacht misschien wel op je.' De camera gleed bijna uit mijn handen, ik stond stijf van schrik en ongeloof.

Ik trok me wat verder terug en verschool me achter een van de struiken aan de rand van de boomgaard. Hier was het donkerder en ik huiverde van de optrekkende grondkou. Vaders stem echode na in mijn hoofd. Ik zei de woorden zachtjes voor me uit. Moeders fluisterstem antwoordde. 'Niet doen kind, denk aan de schande.'

Opnieuw klonk het schuivende geluid van een dier. Ik dacht aan de stekels van de egel, aan het ineenrollen bij gevaar, aan het uitzetten. Aan neef Henks handen, die een kommetje vormden waar het diertje veilig in lag. Hoe hij het had vrijgelaten en had nagekeken met die glimlach om zijn mond.

Neef Henk zette een kopje op tafel en ging zitten. Zijn lichaam leek te groot, als van een reus in een poppenhuis. Toen de eerste dikke druppels regen vielen, sloot ik mijn koude handen beschermend om de camera. Vader en moeder lieten zich niet meer horen.

Ik wilde niet gaan en ik wilde niet blijven. Een paar minuten lang liet ik me natregenen. Ik tuurde naar binnen. Daar gebeurde niet veel. Neef Henk pakte een tijdschrift, ging zitten lezen en bracht af en toe de theekop naar zijn mond. Dat was alles, gewoon een man die lezend thee dronk, in een verlichte caravan op mijn erf. En ik stond, verstopt in het struikgewas, naar hem te gluren als een achterlijke zonderling. Op mezelf, vervreemd van de gewone wereld, met hier en daar een steekje los. Nooit had ik me tijdens de lessen geschiedenis en aardrijkskunde kunnen verplaatsen in de levenswijzen van andere culturen. Ik had me met geen enkel volk kunnen identificeren. Overal op de wereld leken de mensen in stamverband te wonen, in woongemeenschappen. Overal waren de gezinnen groot.

De deur van de caravan zwaaide open en een gele plas licht gulpte naar buiten. Ik schrok zo van de onverwachte beweging dat ik een kreet slaakte.

Neef Henk kwam naar buiten. 'Hé, is daar iemand? Moon?'

Ik zag hoe hij zoekend om zich heen keek. Mijn adem ontsnapte sissend, ik stapte de bundel licht binnen en stak aarzelend een slap handje naar hem op.

'Ik ben het. Sorry dat ik hier zo rondsluip, maar ik wilde wat foto's maken.'

Hij klonk verbaasd. 'In het donker? Wat zoek je dan?'

De impact van de vraag overviel me. Elk antwoord dat ik in gedachten razendsnel formuleerde, leek lachwekkend en ongeloofwaardig. Ik wikte en woog tot hij voorstelde dat ik binnenkwam. Daar had ik wel onmiddellijk antwoord op. Terwijl ik me roepend verontschuldigde, vluchtte ik rennend terug naar het woonhuis.

Ik meende vaders stem te horen toen ik de grendels van de buitendeur sloot. In het knarsen van het ijzer klonk een vermaning. Iets over aanstellen en volwassen worden. Toen ik de gordijnen een voor een strak dichttrok, had ik spijt van mijn overhaaste vlucht.

Neef Henks vraag resoneerde onder mijn schedel. Wat zocht ik? En waarom in het donker?

Eenmaal veilig in de beschutting van mijn slaapkamer gluurde ik vanachter de gordijnen naar de caravan. Het licht brandde er nog, er was niemand te zien.

Ik stelde me voor dat ik bij neef Henk naar binnen was gegaan. Deze gedachte joeg het bloed naar mijn wangen en mijn buik. Ik controleerde de gesloten gordijnen zorgvuldig op eventuele kieren en stapte in het ijskoude bed. Het leek alsof het gewicht van de dikke laag dekens afkomstig was van zijn lichaam, alsof de warmte werd afgegeven door zijn huid. Toen ik mezelf aarzelend betastte, stokte mijn adem. Ik meende moeders stem te horen en siste woedend tegen het donker terug dat ze me met rust moest laten. Ik dacht aan de man in de caravan, aan de stoppels op zijn kin, de palm van zijn hand. Ik bleef op mijn rug liggen en wreef net zolang tot ik haast stikte en de dekens hijgend van me af schopte. Mijn rug kromde zich en er volgde een pijnlijke, spastische trilling, diep in mijn onderlijf. Korte tijd lag ik doodstil, tot de bewegingen wegebden. Toen sloeg de kou op mijn klamme huid en trok ik de dekens helemaal over me heen. Ik had het gevoel een verstijfde drenkeling te zijn, de zee om me heen leek een eindeloze, verlaten vlakte. Ik draaide me op mijn zij en trok mijn knieën op. De zware deken absorbeerde mijn lichaamsvocht, af en toe snoot ik mijn neus in een oud slaapshirt.

Aan de binnenkant van mijn gezwollen oogleden brandde de trouwfoto van mijn ouders op mijn netvlies. Ik kon mijn ogen niet afhouden van het beeld met de ineengestrengelde handen. Trouw. Vader en moeder hadden een belofte afgelegd die je aflas aan hun handen.

Ik deed het licht aan en schoof het mandje onder mijn bed vandaan. Bovenop lag de brief met mijn eigen belofte. Ik las en herlas de schots en scheef staande woorden, keek naar vaders handtekening naast de mijne. Was het de bedoeling dat ik neef Henk zou gebruiken? Ik zou de schaamte voorbij moeten om zaad in me toe te laten.

Het duurde eindeloos lang voor ik in slaap viel, met mijn duim tegen mijn lippen.

ENKELE DAGEN LATER MAAKTE NEEF HENK DE DAKGOTEN schoon. Ik hield de ladder vast.

'Ik ga een cursus volgen.'

'Oh. Wat ga je doen?'

'Een schriftelijke cursus fotografie.'

Ik verwachtte een minzame reactie. Hij had niet zoveel op met vreemde dingen.

Het was koud geworden. Neef Henk had de caravan uit de boomgaard gehaald en hem met mijn toestemming door de enorme deuren de zuidvleugel in gereden. Klein en wit stond het ding daar onder de hoge houten binten, een huis in een huis. Het had wel iets grappigs. Gisteren had ik neef Henk bezig gezien met een harde bezem. Hij veegde de stenen vloer rondom zijn nieuwe woning. In een schuin invallende straal zonlicht had stof gedwarreld dat hem met bewegend goud omlijstte. Ik had achter een van de steunberen gestaan en geprobeerd uit te maken wat het betekende dat er een man in een van de schuren woonde. En dat die man in kwestie neef Henk was. Was het een teken van vader? Een aansporing om mijn belofte te vervullen? Ik kon mezelf wijsmaken dat we een familiebedrijf op zouden richten. Behalve het klussen aan het huis was er alleen geen sprake van wat voor bedrijfsmatigs dan ook. Maar was een gezin niet ook een soort bedrijf?

'Schriftelijke fotografie? Hoe werkt dat?'

Neef Henk keek met opgetrokken wenkbrauwen naar beneden, waar ik met gespreide armen de ladder vasthad.

'Je krijgt opdrachten, van een docent. Er zijn twee lesboeken over perspectief. En iets over portretfotografie. En als je vragen hebt, worden die beantwoord. Schriftelijk.'

'Oh, op zo'n manier. Nou, als je nog eens een oefenmodel nodig hebt...'

Hij grijnsde, terwijl hij met een gerichte worp een gebarsten dakpan achter me op de grond kapot liet vallen.

Ik boog mijn hoofd voor zijn aanbod.

Hij vervolgde: 'Dat lijkt me wel wat. Zeg het maar als ik moet opdraven.'

Hij gooide een volgende dakpan naar beneden, precies boven op de vorige. Handenvol kletsnatte bladeren volgden.

Ik concentreerde me op mijn greep op de ladder, kneep mijn vuisten wit rondom de sporten.

'Echt waar?'

'Ja, wat dacht jij dan?' Hij klom naar beneden en zijn grote handen begonnen de rode pannenscherven bijeen te rapen.

Ik had veel nagedacht na die regenachtige avond in de boomgaard en de nacht die erop volgde. Gedurende die lange, zwarte uren waarin ik haast was verdronken in het gemis van mijn ouders, was ik koortsachtig gaan nadenken over mijn toekomst. Langzaam maar zeker was het idee gegroeid dat ik met neef Henk mijn belofte aan vader kon inlossen. Het leek meer en meer de enige oplossing. Ik zou niet alleen mijn jawoord gestalte kunnen geven en daarmee mijn schuld inlossen, het zou misschien zelfs leuk zijn om een kind te hebben.

Behalve neef Henk kende ik geen mannen. Bovendien was hij in de buurt. En ik had het idee dat hij mij wel wilde bevruchten. Er was duidelijk iets broeierigs in zijn blik geweest toen hij me de zonnebloemen bracht. Hij had zijn handen op de mijne gelegd. En nu had hij voorgesteld om voor me te poseren. Met mijn camera zou ik hem ongestraft kunnen naderen. Zwanger worden van hem leek, in alle eenvoud, het beste idee. Iedere gedachte aan mogelijke misvormingen wegens al te nauwe familiebanden verwierp ik als zinloos. Het ging even zo vaak goed tussen neven en nichten. Het idee dat oom Arie dan opa zou worden van mijn kind zette ik ook van me af. Neef Henk zou natuurlijk helemaal niet hoeven weten dat het kind van hem was, ik zou ook kunnen zeggen dat ik een vriendje had in de stad.

Ik liet neef Henk en de gebarsten dakpannen achter me en liep achterom naar het zandpad. De hoeve was een besloten plek, de muren waren dik en het stof lag verzameld in zachte, grijze lagen. Daarbuiten lagen de velden onder de ruime boog van de hemel. De wind had er vrij spel en zette me aan tot rennen. In een woeste beweging zwaaiden mijn armen heen en weer. Ik trok het elastiek uit mijn paardenstaart en schudde mijn hoofd. Ik wilde brullen en schreeuwen, maar mijn stem was veel te klein om het enorme plan in mijn hoofd mee uit te spreken. Te nauw en te iel om de impact van de belofte mee te kunnen vatten. Een angstig gepiep was al wat ik voortbracht. In mijn zij begon het fel te steken en ik minderde vaart. Uiteindelijk stond ik voorovergebogen stil, aan mijn mond hing een dun draadje speeksel. Ik drukte mijn hand in mijn zij en hapte gulzig naar lucht. Pas toen de pijn was afgenomen, durfde ik weer rechtop te gaan staan.

Het witte pad voor me ontroerde me onverwacht. Het lag zo gewoon, zo eeuwig, tussen de landerijen en de vaart. Neergelegd door mensenhanden, in zijn loop bepaald. Soms gaf het iets uit een ver verleden bloot, een vuurstenen werktuig, een fossiele schelp.

's Zomers had ik hier in de vaart gezwommen. Een eind verderop, vlak bij de vlonder, was het diep genoeg geweest om te duiken. Ik zou nooit de keer vergeten dat ik hier met Marijke was. Ik had mijn nieuwe badpak aangehad en voelde hoeveel sneller ik daarmee zou kunnen zwemmen. De gladde stof had glanzend als een vissenvel op mijn huid gelegen. We zwommen een wedstrijdje en ik liet Marijke ver achter me, mijn armen maaiden messcherp door het water. Toen ik buiten adem stilhield en me op mijn rug draaide om de afstand tussen ons te schatten, zag ik naast me op de oever een enorm rieten nest met drie jonge zwanen. Ik draaide me bliksemsnel weer op mijn buik, maar de moederzwaan kwam met klapperende vleugels op me af gevlogen. Ik voelde de wind en de woede van het dier. Mijn angst was zo groot dat ik blindelings onderdook. Er streken glibberige slierten wier langs mijn benen. Tientallen meters verderop durfde ik pas weer op te duiken. Buiten adem keek ik achterom en zag de zwaan ver achter me, heen en weer zwemmend voor haar nest. Ik was alleen en op mezelf aangewezen, al was Marijke dicht bij me in de buurt geweest. Ik had bedacht dat het niet verstandig was je te verliezen in jezelf. Dat je moest blijven opletten. Rillend was ik op de vlonder gekropen en naast Marijke gaan zitten om me in de zon te laten drogen. Ze wilde mijn badpak lenen, maar ik had het niet uit durven doen. De gladde vissenstof had me gered, je zou wel gek zijn om zoiets weg te geven.

Dat badpak heb ik altijd bewaard. Het moest ergens in de grote kast op mijn slaapkamer liggen.

De pijn in mijn zij was helemaal weggetrokken. Nu, aan het begin van de winter, miste ik het kwaken van de talloze kikkers. Ze zaten diep weggestopt in modderige holen, wachtend op voorjaarswarmte. In de verte stak de spitse kerktoren scherp af tegen de lucht. De kale takken van de enorme beuken rondom het kerkje vormden een soort kroon. Ik wilde dat ik mijn camera bij me had. Daar, in de verte, lagen mijn ouders.

Verderop, in de richting van de eendenkooi, sprongen twee reeën over de sloot. Ze renden zo snel, zo gemakkelijk en licht. De opwippende witte staartjes bleven lang zichtbaar. Ik stond stil, gevangen in de beweging van hun vlucht. De vastberadenheid die ik zonet had gevoeld, was van korte duur. De angst voor het vervullen van mijn belofte en het verdriet om de dood van mijn ouders trokken me naar beneden. Ik bood geen weerstand aan mijn val en lag een tijdje doodstil op het zand. Door de kou leek mijn gedachtestroom te stollen. Vlak voor mijn ogen stak een mier het pad over, in de ogen van het minieme beestje moest het witte pad een enorme zandvlakte zijn.

Een dezer dagen zou ik neef Henk benaderen.

IN GEDACHTEN HAD IK DE CARAVAN 'ZWALUWEI' GEDOOPT. IK vertelde het niet aan neef Henk, ook al was hij net als ik opgegroeid met de rijen aangekoekte nesten onder de dakranden van de boerderij.

De terugkomst van de zwaluwparen was ieder jaar een feestelijke gebeurtenis. Ik had als kind nooit helemaal durven vertrouwen op hun terugkeer. De ingenieus in elkaar geplakte vogelnesten straalden een knusheid uit die me plotseling in een felle woede kon doen uitbarsten. Het voorjaar na moeders overlijden had ik een jong doodgetrapt. Het lag schreeuwend op de grond terwijl de ouders in loeischerpe duikvluchten langs mijn hoofd scheerden. Ik had mijn armen beschermend omhooggehouden en mijn voet opgetild. Toen ik de wijd open bek en het schreeuwen niet meer kon verdragen, had ik mijn voet met kracht op het trillende hoopje naakt vel gezet. Ik balde mijn vuisten en stampte nog een keer op het jong, terwijl ik de ouders met woeste uithalen van mijn armen uit de lucht probeerde te slaan. Daarna was ik in de resten van de oude boomhut gekropen en had ik de longen uit mijn lijf gehuild. De zwaluw was moeders lievelingsvogel geweest.

De caravan in de hoge schuur had iets vertrouwds, door de zachte, ronde vorm en de veiligheid van het enorme dak erboven. Dat maakte het tot de beste plek voor mijn eerste keer. Daar moest het gebeuren.

Ik waste me grondig, met veel zeep en schone washandjes, en droogde me goed af. Eigenlijk vond ik dat ik eerst zelf moest weten hoe het voelde. Ik sloot mijn ogen en begon overvloedig te zweten. Nee, eerst maar koffie zetten. Weer naar boven. Weer wassen, aarzelen en de ruis in mijn oren opwekken tegen moeders stem. Het bed opmaken. Uiteindelijk liet ik, staand voor de wastafel, mijn onbedekte middelvinger heel licht langs mijn schaamte gaan. Het volume van moeders vermanende stem in mijn hoofd nam onmiddellijk toe. 'Schaam je. Nee. Schaam je.' Ik trok mijn hand terug en probeerde de stem te negeren. Het was onmogelijk om tegelijkertijd het ruisen aan te houden en mezelf aan te raken. In de spiegel keek ik recht in mijn angstige ogen. Ik haalde diep adem, sloot mijn ogen en legde in een nieuwe poging mijn hand op mijn onderbuik. Een plotselinge, felle, hete woede om moeders verbod brak door mijn schaamte en dreef mijn vinger bij mezelf naar binnen. Mijn bloed joeg kloppend naar mijn slapen en ik trok mijn vinger onmiddellijk terug. Huiverend opende ik mijn ogen. Behalve een lichte paniek was er niets vreemd aan mijn gezicht te zien. Mijn benen trilden terwijl ik me snel opnieuw waste. Toen ik me aankleedde, sputterde moeder nog wat op de achtergrond. In stilte weersprak ik haar, verwijtend en boos. Het was vaders wens. Het was mijn belofte. Ik spreidde mijn hand op de gestikte deken van mijn bed en nam een foto. Binnen in me brandde de afdruk van mijn eigen aanraking.

Beneden zat ik lang aan de keukentafel. Het huis leek om me heen te ademen. Ik dronk koffie, staarde uit het raam en wachtte op de avond. In die stille uren meende ik soms een stem te horen die tot mij sprak. 'In den beginne was het woord, en het woord werd vlees.' Een echo uit het verleden, niets meer dan een toevallig blootgelegd fossiel na een aardverschuiving. Ik wist dat de woorden afkomstig waren uit de Bijbel en nam ze ondanks mijn ongeloof voor waar aan. Angst maakt geloven gemakkelijk.

Toen het allang donker was, stond ik op en trok ik mijn vest aan. De zware buitendeur aan de lange kant van de zuidvleugel ging gemakkelijk open, de caravan zweefde als een oplichtend eitje in een donkere zee van ruimte. Ik begon te lopen, herhaalde de strofe in mijn hoofd. In den beginne was het woord, en het woord werd vlees.

Neef Henk zat aan tafel, gebogen over een opengeslagen krant. Ik klopte op de witte kunststof deur, hoorde een gemompeld 'Ja' en trok de deur open. Mijn hart klopte voelbaar in mijn keel, wat mijn stem een vreemde trilling meegaf.

'Nou, komt het gelegen?'

Ik hield de camera uitnodigend voor me. Mijn wenkbrauwen schoten omhoog. Van het werken met bejaarden wist ik dat mijn gezichtsuitdrukking nu een combinatie van uitnodiging en dwang tot een bevestigend antwoord in zich droeg – ik had haar leren gebruiken bij sommige moeilijke bewoners.

Neef Henk knikte. Hij bleef zitten waar hij zat en leek reusachtig. Zijn grote dijen waren tussen het belachelijk kleine bankje en het beige formica tafelblad geperst. Ik trok de deur achter me dicht, wankelde even en bleef met mijn rug tegen de deur geleund staan. Mijn vingers speelden met de zoomlens. Neef Henk bleef onbeweeglijk zitten terwijl ik zijn gezicht zo dichtbij haalde als ik durfde. Ik drukte een paar keer af, stelde scherp op zijn handen en onderdrukte de neiging de palm van mijn eigen hand te likken.

'Wil je een biertje?'

'Ja, doe maar.' Misschien zou het bier me helpen makkelijker te ademen.

Hij vouwde de krant ineen, bukte opzij en opende het kleine koelkastje. Ik drukte weer een paar keer af. Het bier dat hij me gaf was koud en schuimend, het gleed makkelijk door mijn keel. Ik ging tegenover hem zitten.

'Wat wil je precies?'

'Niks speciaals, gewoon wat foto's van jou. Oefenen.' Ik maakte nog een paar opnames terwijl ik hem antwoordde.

Onder de tafel raakten zijn knieën de mijne, zijn knieschijven leken dwars door mijn broek te branden. Ik schoof opzij, zodat ik loskwam van de hitte.

In mijn hoofd hief een stemmenkoor, aangevoerd door moeder, een oorverdovend gezang vol verboden aan. Ik probeerde uit alle macht een tegengeluid te geven, maar er was geen ruimte. Eén zinnetje leek vorm te krijgen en zong zich tergend langzaam los uit de kakofonie. Eindelijk verstond ik het: schaam je.

Ik zette er een zin tegenover: ik ben Moon en ik houd mijn belofte.

Ik had zaad nodig. Mijn probleem was dat ik nog nooit zaad had ontvangen. Maar nu moest ik toenadering zoeken, ik mocht me niet terugtrekken.

Neef Henk dronk zijn bier gulzig, vlak tegenover me. We zwegen. Ik verborg me achter mijn lens en zoomde weer in op zijn handen. Ik hield ervan hem in de tuin aan het werk te zien. Hij was aardig tegen me en voorkwam dat oom Arie me zou komen opzoeken. Dat had hij beloofd, zijn vader zou geen voet over de drempel van de hoeve zetten. Ik was blij dat de onrust daardoor uit de lucht was. Ik had geen behoefte aan anderen. Ik had televisie, er kwam iedere dag een krant. Ik had een auto en een fiets. Boeken en mijn camera. Dat was me genoeg.

'Nog een biertje?'

Hij nam het lege flesje van me aan. Hoelang had hij naar me zitten kijken?

Klokkende geluiden. Ik nam een foto van de druppels op het bruine glas. Neef Henk leek een liedje in zijn hoofd te hebben, hij tikte ritmisch met zijn voeten op de vloer en zette de transistorradio aan.

'Heb jij eigenlijk weleens verkering gehad?'

Ik zoomde in op zijn ogen toen ik hem de vraag stelde.

Hij keek me recht aan, door de lens heen voelde ik de directheid van zijn blik. Het broeierige wat ik af en toe gezien had, leek op te gloeien als de vlammen uit een zomerse hooibroei. Hij was een open vuur.

'Jawel. Maar ik wacht op jou.'

Ik verborg mijn schrik achter de camera, maar voelde hoe het opkomende trillen van mijn lippen me zou verraden. 'Oh.' Ik slikte moeilijk, durfde de camera niet te laten zakken.

Hij legde zijn handen plat op tafel en drukte zich omhoog.

'Wil je de rest ook zien?'

Voor ik kon antwoorden trok hij zijn trui over zijn hoofd. Hij plantte zijn handen in zijn zij en stond vlak bij me. Zijn huid wasemde iets uit wat ik onwillekeurig diep inademde – stalwarmte en hooi. Het donkere haar onder zijn oksels was vochtig aan de uiteinden en kleefde in kleine puntjes aan elkaar. Ik deed mijn uiterste best het koor in mijn hoofd te negeren en concentreerde me op de huid van neef Henk. Zijn lichte tepels krompen onder mijn blik ineen. Ineens was ik me volledig bewust van mijn eigen huiveringen. Er zat een pluisje in zijn navel. Ik legde het vast, maar negeerde de plek waar zijn geslacht zat. Hij draaide zich om en toonde zijn bleke rug, de huid glansde waar hij straktrok over de schouders. Ook dat legde ik vast. Verder naar beneden werd hij smal. Boven zijn lendenen was er ruimte tussen de wijkende onderrugwervels en zijn broekband. Ik rekte me iets uit en drukte af toen ik die plek goed in beeld had. Het was er donker als het binnenste van een zwaluwnest.

Neef Henk draaide zich om en stond vlak voor me. Er viel niets meer te ontwijken, niets meer te negeren. Zijn geslacht tekende zich overduidelijk af. Het lag schuin omhoog, in een dikke, rechte lijn. Hij was er klaar voor. Zijn zaad wachtte.

Hij boog zich naar me toe, pakte met beide handen mijn bovenarmen stevig beet en trok me omhoog. Een onverwacht opkomend suizen in mijn oren dempte het gillende koor.

'Kom op Moon, ik wil je zo graag. Ik wacht hier al zo lang op.'

Hij pakte de camera uit mijn hand en legde die op tafel. Zijn handen gleden over mijn rug en trokken me tegen hem aan. Mijn wang lag tegen zijn borst, ik hoorde zijn hart zwaar en gelijkmatig bonzen. Hij boog zich naar me over met geopende lippen. Toen hij zijn handen op mijn borsten legde, perste ik onwillekeurig mijn dijen tegen elkaar. Mijn armen hingen verlamd omlaag.

'Wil je dit, Moon?'

'Ja.'

Ik volgde zijn bewegingen naar het bed. Hij kleedde me uit tot op mijn huid. Het werd heel stil, overal, alsof ik er zelf niet was. Een deken van mist dempte alle geluiden en iets zwaars in de lucht maakte mijn bewegingen loom en traag. Er waren geen stemmen, er was geen angst.

Toen ik zijn harde geslacht langs mijn dij voelde strijken, verbaasde ik me over de zijdeachtige huid. Ik weigerde het condoom, legde hem uit dat ik maatregelen had genomen.

Toen hij zich bij me naar binnen drong, schrok ik van de scheurende pijn. Hij leek veel te groot voor me. Langzaam bewoog hij heen en weer. Vlak nadat zijn geslacht nog meer in me opzwol en ik iets heets in mijn onderbuik voelde, beet hij zich jankend vast in mijn hals. Toen schokte hij onbeheerst.

Ik beet hard op mijn onderlip. Voor het eerst in mijn leven had ik iets levends binnen in me.

Ik kleedde me zwijgend aan en trok het onderlaken van zijn bed om het thuis voor hem in de week te zetten.

Met het laken in een prop tegen me aan geklemd liep ik over het paadje naar het woonhuis. Het was een bewolkte nacht – geen ster, geen maan, geen hemellichaam.

In de bijkeuken maakte ik een emmer koud sop. Ik drukte mijn dijen voortdurend stevig tegen elkaar. Toen spreidde ik het laken uit. Ik nam eerst een likje en maakte daarna een foto van de rode vlek.

De hele nacht lag ik klaarwakker. Achter op mijn tong lag de smaak van ijzer. Achter in mijn hoofd zweefden moeders vermaningen en verboden. Achter mijn ogen brandde de rode vlek op mijn netvlies.

2

WASSENDE MAAN

DE HERFST VERGLEED IN DE WINTER EN WE VIERDEN KERST in het woonhuis. Neef Henk had me een paar dagen tevoren meegenomen, de velden in, om een haas te schieten. Ik had donkere kleren aangetrokken en een pet van vader opgezet. De vettige binnenrand was wonderlijk geurloos geweest toen ik eraan rook. Ik moest erom huilen, om die verdwenen geur. De pet viel tot over mijn oren. Neef Henk lachte toen hij me zag en trok de klep verder over mijn ogen. Ik sloeg zijn hand hard weg, ook al liet ik mijn mond lachen. Ik zag dat hij niet altijd wist wat hij aan me had.

'Je bent als de maan, Moon.'

Ik kon rond en vol zijn, bleek en scherp, zelfs onzichtbaar. Hij wist nooit wie er tegen hem aankroop midden in de nacht.

Er lag rijp op de velden en je kon ver kijken. Het bevroren gras knisperde onder onze laarzen. Ik liep in de voetsporen van neef Henk. Mijn laars paste haast twee keer in die van hem. De zon stond verblindend laag boven de weilanden, ik trok de klep diep over mijn ogen. Mijn adem wolkte stomend voor me uit. We liepen in een fijn ritme en ik zwaaide mijn armen ver uit. Ik had zin om uren zo stil en zo gedachteloos verder te lopen. Ik hoopte dat het kind later ook zou jagen.

Ik vertraagde mijn pas toen ik me herinnerde hoe ik ooit eens van de keldertrap gevallen was. Vader had een haas aangereden en deze op de keldervloer gelegd om te versterven. Ik was drie en watervlug. Moeder had de deur niet goed dichtgedaan en de eerste tree was te ver weg voor mijn korte beentjes. Ik viel in het donker naar beneden, precies op het zachte, stijve dode lijf. Ik geloofde niet in toeval, maar dat hazen kinderen aantrokken was een uitgemaakte zaak. Daarom liep ik hier ook.

Misschien dat ik komende maand geluk had. Ik stelde me de baby voor in een kribbe onder de boom. De zilveren engeltjes en het glanzende kaarslicht. Vaders wens vervuld, vrede in mijn hoofd.

Het geweerschot knalde onverwacht mijn oren binnen. Van schrik viel ik op mijn knieën. Ik zag neef Henk een vreemde sprong maken en bij me vandaan rennen. De kruitdamp dreef mijn neus binnen toen ik opstond en alleen terugliep naar de hoeve.

Hij had de haas gevild en ik had hem gebraden. Nu hij regelmatig 's avonds bij me at, was ik langzaam gewend geraakt aan zijn aanwezigheid. Hij mocht er pas na vijven in, ik wilde hem niet de hele dag over de vloer. We waren aan tafel allebei een stoel opgeschoven, we zaten nu tussen vader en moeder in. Iedereen had een plek nodig, vond ik. Neef Henk had het niet opgemerkt, ik zweeg er ook over.

We kloven aan de hazenpoten. Voor de gelegenheid schonk ik rode wijn in hoge glazen. Neef Henk had geprotesteerd, hij stond op zijn pilsje. Maar ik had geweigerd bier te schenken bij de haas, en na het zien van mijn strenge blik had hij zijn mond erover gehouden.

'Wat dacht je ervan als ik een woninkje bouwde? Op de plek van de caravan?'

Volledig verrast keek ik op van mijn bord. Ik veegde mijn vette lippen schoon met een donkergroene servet en nam een slok wijn, en nog een. De wijn walste rond in mijn glas.

'Inbouwen?'

'Ja, inbouwen. Het is groot genoeg. ' Met zijn tanden scheurde hij een stuk donker vlees van het bot.

'Je bedoelt om in te wonen? Ben je de caravan zat?'

Mijn ogen knepen uit zichzelf samen. Ik probeerde de gedachten achter zijn blik te peilen.

Neef Henk slikte het droge vlees met moeite door. Ik wist wel dat ik eigenlijk helemaal niet kon koken. Alles wat ik maakte was óf te gaar óf half rauw.

'Ik dacht, nu we elkaar... Nou, ja.' Zijn handen fladderden voor zijn gezicht heen en weer.

'Dat we elkaar wat?' Ik wilde hem horen zeggen wat ik zelf niet wist te formuleren. Ik daagde hem uit, jende hem. 'Nou?'

'Dat ik net zo goed echt hier kan komen wonen. En aangezien jij nogal op je privacy gesteld bent, dacht ik dat náást elkaar misschien een optie was.' Er verscheen een glanzend laagje op zijn voorhoofd en hij dronk zijn glas in één teug leeg.

Ik draaide mijn gezicht van hem weg, stond op en liep naar het aanrecht. Het water spoot uit de kraan.

Ik draaide me om en leunde met mijn armen naar achteren tegen het aanrecht. Mijn borsten waren duidelijk zichtbaar in mijn natgespatte strakke truitje. Neef Henk keek en kleurde. Ik duwde onmiddellijk mijn schouders naar voren en sloeg mijn armen over elkaar.

Ik boog mijn hoofd en liep naar de bijkeuken. Daar staarde ik naar de potten op de plank. Perziken op sap, kersen, appelmoes, bonen, augurken. Geen stem die me riep, niet van neef Henk uit de keuken en niet in mijn hoofd. Er kwam ook geen antwoord uit de gele vruchten achter glas.

Ik kwam met lege handen terug en ging op mijn plek zitten. Neef Henk pakte de fles en schonk, de wijn kolkte rood en flonkerend in mijn glas.

'Goed. Maar ik wil geen vreemd werkvolk op het erf. Je doet het zelf en we delen de kosten. Dan zijn er geen verplichtingen tussen ons.' Mijn antwoord klonk zacht.

Vermoedelijk zou hij me weten te verbazen met zijn bouwkunst. Het zaad bleef voorhanden.

NEEF HENK BEWOONDE NU ZIJN EIGEN HUIS IN DE ZUIDVLEU-gel. Zes maanden had er dagelijks het geluid van machines en gehamer geklonken. De radio schalde hitjes door de hoge ruimte en neef Henks meezingende stem was krachtig en vol vrolijkheid geweest. Maar mijn schoot bleef leeg, ondanks onze regelmatige samenkomsten. De winter en het voorjaar had ik doorgebracht in de hoopvolle overtuiging dat er ieder moment leven in mij zou ontstaan.

Voor mij had neef Henk een donkere kamer gebouwd in het kleine kamertje naast mijn slaapkamer. Ik was gefascineerd geraakt door de chemische processen die ik zelf veroorzaakte. Uit de boeken die ik samen met de camera had gekregen leerde ik ontwikkelen en afdrukken. De spullen die ik nodig had bracht neef Henk voor me mee uit de stad.

Het was onverwacht vroeg zomer geworden, de hitte hield me 's nachts uit mijn slaap.

En er was de regisseur.

Op een winderige ochtend in april was er een groene bestel-bus aan komen rijden. Langs de hemel zeilden grote witte wolken. Ik stond buiten de was op te hangen aan de lange lijn naast de boomgaard. Ik had het busje al een keer langs zien rijden, het viel me op doordat het zo langzaam reed. Even later kwam het terug en reed de oprit op naar de hoeve. Er stapte een grote man uit. Hij liet het portier van de auto openstaan en leek geen haast te hebben. Hij stond daar gewoon maar wat te kijken, zijn enorme bos blonde krullen waaide rond zijn hoofd. Ik wist niet of ik naar hem toe moest gaan, misschien zocht hij de weg. Ik bukte me om het laatste laken uit de mand te halen. Toen ik omhoogkwam, zwaaide hij naar me. Het rood van zijn overhemd stak fel af tegen al het wit, een grote gouden zegelring schitterde aan zijn linkerpink. Ik zette het laken snel met grote houten knijpers vast. Toen stond hij voor me en stak zijn hand naar me uit.

'Hallo, ik ben Ties. Ben jij Monica?'

'Ja. Ik woon hier.'

'Is deze plek van jou? Fan-tas-tisch. Mag ik als-je-blieft even rondkijken?'

Ik aarzelde, was niet berekend op zijn snelheid.

Hij nam me mee, ik moest mijn best doen hem bij te benen. Hij was regisseur en op zoek naar een geschikte locatie voor een theatervoorstelling die hij wilde maken.

'De schuren, ik zou graag de schuren zien. Is alles nog authentiek hier?'

Hij leek geen antwoord te verwachten, hij zoog me mee. Plotseling draaide hij zich om.

'Sorry. Ik loop veel te hard van stapel, geloof ik. Gaat u alstublieft voor.' Hij zakte idioot door zijn knieën, boog en gebaarde met zijn hand naar de deur van de zuidvleugel.

Toen ik die opende en daarmee de schemerige ruimte ontsloot, floot hij en fluisterde dat dit perfect was.

'Ja, groots. Als het schip van een kerk, een agrarische kathedraal, een eerbetoon aan het eeuwenoude landleven.'

Hij vond het jammer dat de ingebouwde woning zo detoneerde. Ik vertelde hem dat daar iemand woonde, dat leek hem geen probleem.

Het gemak waarmee hij de dingen leek te nemen, ergerde me. Hij bewonderde de enorme houten constructie van het dak en de steunberen, was lyrisch over het licht. 'Het oog verlangt schoonheid.'

Mij viel vooral op hoe weinig licht er eigenlijk nog door de smerige raampjes viel. De regisseur overdonderde me met zijn luidruchtigheid. Groot en lachend stond hij op de binnenplaats. Met gespreide armen draaide hij rond, terwijl hij praatte over publieksopstelling, belichting en scènes. Ik was zelden in een theater geweest en had geen flauw idee wat hij allemaal voor zich zag.

'En daar?' Hij wees naar de tegenoverliggende noordvleugel.

'Daar komt niemand. Die is dicht.'

'Ah, de verborgen geschiedenis.'

Hij lachte en liep verder. Hij drong niet aan.

Ik had de neiging hem weg te sturen, maar durfde niet. In plaats daarvan volgde ik hem naar de achterzijde. Daar, aan de oostkant van de hoeve, lagen oude werktuigen opgeslagen – verroeste ploegen, eggen en een oude paardenkar. Er ontbrak een wiel en ik vroeg me af waar het gebleven was. In de hoek stond een werkbank met een oude bankschroef. Hier had vader ooit zijn wijsvinger in geplet. Ik voelde opnieuw de angst die me had bekropen wanneer vader die afschuwelijke vinger naar me uitstak. De kromgegroeide, gespleten nagel, de donkere rand opbollend vlees waar de nagelriem behoorde te zitten. De herinnering joeg een koude huivering langs mijn ruggengraat.

Behoedzaam stapten we over rollen roestig prikkeldraad en her en der neergesmeten stukken hout.

'Wat was je vader voor boer?'

'Mijn vader was helemaal geen boer, hij werkte in een timmerfabriek. Toen mijn ouders trouwden, hebben ze al het land verkocht. De hoeve was van mijn moeder. Zij is hier geboren.'

De regisseur draaide dingen om, keek overal achter en onder, stelde vragen en bewonderde het uitzicht door de gaten
in de muur. Hij haalde zachtjes hijgend adem en leek meer en
meer te denken dat hij zijn bestemming had gevonden.

'Dit is de plek, zeker weten. Mooier kan niet.'

De breed uitgemeten plannen voor een voorstelling op mijn
erf maakten me onrustig. Het stuk zou gaan over de historie
van deze streek. De acteurs zouden hier helemaal tot hun recht
komen, net als het stuk zelf. Dat moest trouwens nog wel geschreven worden, maar deze plek zou ab-so-luut bijdragen aan
het succes van de onderneming.

Zijn enthousiasme leek grenzeloos en ik bood hem iets te
drinken aan. We dronken een glas appelsap op het houten
bankje onder het keukenraam.

'En, wil je erover nadenken? Ik overval je natuurlijk met mijn
vraag, maar deze plek... Alles hier is zo fantastisch authentiek,
ik zie het helemaal voor me.'

De ring aan de hand waarmee hij gebaarde en wees, vonkte in de zon.

'Natuurlijk vergoeden we alle onkosten. Maar veel geld is er
niet, we zijn een amateurvereniging. Maar wel prijswinnend,
hoor, in ons eigen circuit.'

Zijn lach bulderde door de moestuin en onwillekeurig lachte ik mee.

'Zo, hebben we bezoek?'

Neef Henk stond in vol ornaat voor ons. Uit de zakken
van zijn overall staken een nijptang en stukken ijzerdraad, in
zijn armen droeg hij emmers met kwasten. Zijn mond stond
strak.

De regisseur stond op en stak zijn hand uit.

'Ties Abrahams, aangenaam.'

Neef Henk had zijn handen vol, hij knikte afgemeten.

'Henk. Ik ga maar weer eens aan het werk, er moet nog een hoop gebeuren.'

Hij draaide zich bruusk om en liep weg. Ik zag hoeveel smaller hij was vergeleken bij de enorme man naast me.

Ik zette mijn glas neer en stond haastig op. Er jeukte een onprettig soort nervositeit in mijn bloed. Neef Henk keek naar ons om voordat hij achter de muur verdween. De uitdrukking op zijn gezicht was donker.

'Zeg Ties, ik moet nog een heleboel doen. Ik zal erover nadenken.'

Ik stak mijn hand uit.

De regisseur was ook opgestaan. Hij pakte mijn uitgestoken hand, bracht die naar zijn mond en drukte een kus op de bovenkant.

'Alsjeblieft, Monica, vrouwe van deze waanzinnige locatie, zeg ja! We kunnen hier zulke prachtige dingen doen.'

Zijn bruine ogen fleemden. Ik trok mijn hand terug, warm en woedend. Woedend op neef Henk, op de regisseur en de verwarring die hij bracht.

'Ik kom volgende week terug om je antwoord te horen. Dag Monica.'

Toen hij achteruit de oprit afreed, keek ik hem om de hoek van het huis na. Ik probeerde de hoeve door zijn ogen te zien en wreef onophoudelijk met mijn duim over de plek waar hij mijn hand gekust had.

Neef Henk verscheen achter me en gebaarde naar het verdwijnende busje.

'Wat was dat allemaal?'

'Hij wil hier een theaterstuk maken. Hij is regisseur. Ik vertel het je vanavond wel.'

Ik haastte me het huis in en gooide boven de gootsteen een plens water in mijn gezicht. Neef Henk was me achternagelopen en stond in de deuropening te kijken. Toen ik me omdraaide droop het water langs mijn hals in het geultje tussen mijn borsten. Zonder kleren had ik me niet naakter kunnen voelen. Ook al kende neef Henk mijn lichaam, toch schaamde ik me. Wanneer we samenkwamen ontsnapte er soms een geluid achter uit mijn keel als hij stevig over mijn tepels wreef. Dat haatte ik, wetende dat het moeders stem zou wekken. Ik probeerde altijd zo stil mogelijk te zijn tot de zaaduitstorting. Zijn blik op mijn borsten had hetzelfde effect als wanneer hij zijn warme handen eroverheen legde. Die aanraking voelde ik tot in mijn schaamte. Het maakte dat ik mijn benen wijd wilde spreiden en ze tegelijkertijd tegen elkaar aan wilde drukken.

Neef Henk pakte een theedoek van het haakje en gooide die naar me toe. Ik ving hem en drapeerde de stof als een grote slab voor me.

Er was nog steeds afstand tussen ons, ook al kwam ik hem in bed tegemoet als een gewillig diertje. Dat waren zijn eigen woorden geweest. Hij had gezegd dat hij zijn plek had gevonden hier op de hoeve. Het werk in de tuin en aan het huis beviel hem. Waarschijnlijk vulde het vooruitzicht van een leven samen, in betrekkelijke afzondering, hem met eenzelfde rust als die hij vond tijdens zijn zwerftochten in de velden. Ik wist zeker dat hij de regisseur liever zag gaan, voor hem hoefde die vent in zijn groene busje niet terug te komen.

'Nou, ik ga boodschappen doen. Het is jouw beslissing.'

Zijn voetstappen weerkaatsten tussen de muren van de bijkeuken. Ik droogde mijn gezicht in de theedoek en ging over tot de gewone dingen van de dag. De herinnering aan het bezoek van de regisseur stopte ik ver weg in mijn hoofd, in een afgesloten mapje.

EEN WEEK LATER REED HET GROENE BUSJE HET ERF WEER OP. De enorme cyperse kater die neef Henk een paar dagen eerder uit het asiel had gehaald, duwde zijn kop dwingend tegen mijn benen. Toen ik de zware doos had aangepakt, realiseerde ik me hoezeer ik hoopte dat het een kat zou zijn. Ineens kon ik me niet voorstellen dat ik zelf niet eerder op het idee was gekomen. Neef Henk had de doos voor me geopend en om een sloop gevraagd. Hij stopte het dier erin en draaide de sloop met kat en al rond met de snelheid van een centrifuge op volle toeren. Met afgewend hoofd had ik staan wachten tot hij klaar was, de kat had geen kik gegeven. Toen de zak tot stilstand kwam, was het dier er schommelend uitgekropen. Daarna bleef hij in de buurt, zijn oriëntatievermogen was door het draaien zodanig in de war gebracht dat hij alleen maar kon blijven waar hij nu was.

Voordat ik naar buiten ging om de regisseur mijn besluit te vertellen, doopte ik mijn vinger in een fles melk en lokte het dier. Ik voelde eenzelfde sensatie in mijn huid als wanneer ik mijn tong langs die van neef Henk wreef. Ik aaide over de bobbelige ruggengraat van de kater en duwde het dier zacht met mijn voet opzij. Ik pakte de camera van tafel en nam, door het keukenraam, een foto van de regisseur toen hij uitstapte.

Dit keer droeg hij een knalgeel overhemd, het spande over zijn enorme romp. Ik nam een tweede en een derde foto toen hij dichterbij kwam. Hij liep met grote passen, zijn blonde krullen dansten op zijn schouders tot hij stilstond in de schaduw van de linde. Hij zette zijn armen in zijn zij, wiste zijn voorhoofd en keek omhoog naar de voorgevel. In gedachten las ik de geschilderde letters met hem mee. 'Hoeve Monica'.

De regisseur zette zijn zonnebril af en keek naar de tuin. Ik legde de camera op tafel. De kat draaide rondjes om mijn enkels. Ik pakte hem op, kroelde door zijn vacht en hield hem dicht tegen me aan. Toen liep ik door de koelere bijkeuken naar buiten, de regisseur tegemoet. De kat lag zwaar en snorrend in mijn armen.

'En vrouwe, hebt u nagedacht? Hoe luidt het oordeel?' Er glinsterde plezier in zijn toegeknepen ogen.

'Ja. Voorlopig zeg ik ja.'

De uren en dagen erna sleurde hij me mee in zijn plannen en zijn vreugde. Het leek alsof de lucht op het erf veranderde. Er zinderde verwachting, alsof ik weer kind was en me verheugde op een verjaardag.

De regisseur kwam en ging zoals het hem uitkwam. Het stuk moest nog helemaal geschreven worden en daarvoor moest de regisseur zich de hoeve eigen maken.

'Inspiratie heeft een bedding nodig, Monica. Een stevig fundament dat ik alleen dan kan bouwen wanneer ik rond mag lopen om de omgeving, de atmosfeer, in me op te zuigen. De locatie moet déél van mezelf worden, moet zich nestelen in mijn vlees en bloed. Zo werkt het nou eenmaal.'

Ik kon hem zomaar tegenkomen achter in de boomgaard, starend naar een mierenhoop.

'Wat doe je?'

'Kijken naar een gratis openluchtvoorstelling.'

In de lach schietend ging ik naast dat grote lijf liggen. Ik rook de aarde en het gras en liet een paar mieren over mijn handen lopen. Hij blies ze ervanaf en wees op de veerkracht in de nijdige opkrabbelende lijfjes. Hij benoemde de patronen die hij zag in de krioelende groep.

Of ik vond hem zittend op de grond in een bundel licht in de zuidvleugel.

'Kijk, Moon, zie je hoe die stofjes dansen in het licht? Dat zijn wij mensen, dwarrelend stof.'

Naast hem, midden in de zee van ruimte, trok de kou door mijn dunne zomerrok. Maar ik genoot van het licht, geel en doorweven met glinsterende deeltjes.

'Vraag Henk of hij dat lelijke monster hier weghaalt, Monica,' zei hij, wijzend op de caravan in de hoek van de schuur.

Ik deed wat hij me vroeg en twee dagen later reden ze het ding samen naar de boomgaard.

Op sommige dagen bleef de plek waar de groene bestelbus gewoonlijk geparkeerd stond leeg. Dat was iets wat ik steeds vaker deed: kijken of de auto van de regisseur er stond. Als ik 's nachts met neef Henk was samengekomen, vroeg hij soms of ik niet wilde blijven, om te slapen. Zijn bed was ruim en je kon de sterren voorbij zien glijden door de ingenieuze dakconstructie die hij had gemaakt. Maar er was geen zicht op de oprit, dus ik ging terug naar mijn eigen kamer.

Ik had mezelf een paar nieuwe dingen geleerd. In een van de boeken die ik uit de catalogus van een boekenclub had gekozen en besteld, stond dat een orgasme de kans op bevruchting vergrootte. Het krampen van de baarmoeder zou helpen het zaad omhoog te bewegen. Het had me dagen gekost voor ik er met neef Henk over had durven te beginnen, ik zag er als een berg tegenop mijn gedachten te moeten uitspreken. Vaders brief hielp me moed te verzamelen. Het steeds weer zien van mijn handtekening naast de zijne had een dwingende uitwerking op me.

Aanvankelijk had neef Henk het als kritiek op zijn bedprestaties opgevat. Toen ik fluisterend, met neergeslagen ogen, uitlegde dat het bij vrouwen niet zo eenvoudig ging maar dat ik dacht dat hij wel een man was bij wie ik een orgasme zou kunnen krijgen, bond hij in.

Hij mocht van mij niet kijken wanneer ik mezelf hielp de peristaltische bewegingen op te wekken. Ik kon zijn blik niet verdragen terwijl ik moeders stem hoorde en mijn eigen schaamte voelde, en leidde mezelf af met de gedachte aan de goede dochter die ik in vaders ogen zou zijn. Het was een heel gedoe neef Henks lozing en mijn spieren precies te laten samenwerken.

'Het begint op werk te lijken,' zei hij, toen ik met mijn rug naar hem toegekeerd bezig was met mijn eigen vingers. Maar hij vertelde ook dat het machtig mooi was om te voelen hoe ik uiteindelijk ritmisch straktrok om zijn geslacht. Daarvoor hield hij zich graag in, totdat ik riep dat het kon. Hij gleed met zijn vingers door het zweet tussen mijn borsten en lachte. 'Dank je wel Moon, dat je zoiets voor mij doet.'

Ik antwoordde niet, maar bedankte hem in gedachten voor zijn zaad en propte een kussen onder mijn billen. Dat zou het zaad helpen de goede weg te vinden. Nog steeds verbood ik hem om tussen mijn benen te kijken. Daar hadden zijn ogen niets te zoeken, mijn schaamte was van mij.

Neef Henk werd onderdanig en begon dingen te fluisteren na het samenkomen. 'Ik hou van je, Moon. Ik doe alles voor je. Zeg maar wat je wilt.' Hij keek naar me met de trotse blik van de boer naast een vers ingeplante akker. Ik wist dan dat hij een tweede keer zou lozen. Hoewel ik had gelezen dat een tweede keer minder zaad geeft, liet ik hem toch zijn gang gaan. Je wist het maar nooit.

Tijdens een van de keren dat hij fluisterend zijn diensten aanbood, zei ik hem dat ik een verbouwing wilde. De woonkamer moest aangepakt worden, alle ouwe troep eruit en de muren wit. Ik had behoefte aan lucht, aan een blanke houten vloer met kleden en aan een open haard. Neef Henk zegde toe er binnenkort aan te zullen beginnen. Tenslotte was zijn eigen woning zo goed als klaar.

'Zeg het maar, Moon. Jij bent de baas.'

Ik begreep dat hij alles zou doen om zijn verworven plaats te behouden. Hij zou de mooiste vuurplek voor me bouwen, midden in de kamer. Ik was gek op vuur en hij zag voor zich hoe we de lange winteravonden samen rond de open haard in het woonhuis door zouden brengen. Misschien zou hij in mijn slaapkamer ook zo'n groot dakraam maken. Dat leek hem passend. Hoorde ik immers niet thuis onder de sterren? Hij lachte en was opgetogen over zijn plannen voor mij, herhaalde keer op keer wat een goed idee zo'n dakraam was.

NEEF HENK DROEG DE TUINTAFEL NAAR DE BOOMGAARD EN haalde drie oude keukenstoelen uit het houthok. Het was een prachtige dag in de vroege zomer en de eerste aardbeien lagen knallend rood in een mandje op de tafel, naast de drie ontbijtbordjes en de zilveren messen uit de cassette onder uit de kast. Op een plank lagen dikke plakken brood. Ik had een stuk roomboter afgesneden en op een schoteltje van het mooie servies gelegd. De suiker goot ik van grote hoogte ruisend in het bijbehorende potje. De regisseur had alvast het blad met de kan koude melk naar buiten gedragen, ik volgde hem met de koffie.

Daar zaten we, de aardbeien waren vol en sappig en het bergje groene kroontjes groeide. De suiker knarste tussen onze tanden, we spoelden de korrels weg met koude melk en koppen koffie.

De bedwelmende geuren die uit de moestuin opstegen brachten vader tot leven – de blauwe verschoten overall, de gele klompen met leren bandjes. Ik zag mezelf zij aan zij met vader in het bonenbed. We hadden op onze knieën over de smalle paadjes tussen de planten gekropen. We plukten alleen de langste en dikste sperziebonen. Daarna waren de aardbeien aan de beurt. Ik kon niet wachten. 'Eerst het bittere, dan het zoete, Monica.' Zwijgend schuifelden we naast elkaar, vulden de mand tussen ons in met groen en rood. De allerdikste aardbei bewaarden we voor moeder. De een na dikste was voor mij. Vader gaf niet zo om zoet. Als we klaar waren trok vader zijn overall uit in de bijkeuken. Hij waste zich bij de granieten gootsteen. Hij hield zijn hoofd onder de kraan en schudde zich uit als een hond. Als ik te hard gilde van de koude pret kwam moeder uit de keuken. Ze schudde haar hoofd over zo veel vertoon en maande me de bonen te punten. Wanneer we daarna aan tafel gingen, had ze de dikste aardbei op mijn bord gelegd. De een na dikste lag klaar voor vader. Hij stak hem altijd in één keer in zijn mond en vertrok zijn gezicht alsof hij iets verschrikkelijk zuurs at.

Achteroverleunend in mijn stoel telde ik de boterhammen die de mannen aten, en het aantal scheppen suiker dat ze door hun koffie roerden. Ik probeerde onopvallend het genot te meten waarmee ze voedsel in hun mond stopten en kauwden. Met enig ongemak zag ik hoe de lippen van de regisseur open en dicht gingen. Zijn tong likte veelvuldig langs zijn bovenlip. Ik merkte dat ik zat te wachten tot hij het weer deed. Zelf likte ik voordat ik een slokje nam even snel langs mijn duim. Neef Henk was een rustige eter, hij at zoals hij werkte. Zonder onderbreking lepelde hij zijn bord leeg, daarna nam hij een sigaret en een kop koffie. De regisseur daarentegen leek te eten om te proeven. Tussen iedere hap legde hij zijn vork neer, draaide zijn ogen naar boven, kauwde, knikte en slikte. En hij praatte, zowel met volle als met lege mond. Er was voor hem altijd iets te vertellen of om naar te vragen.

De kat schurkte zich tegen mijn enkels en vond uiteindelijk een plekje tussen onze voeten. Boven, tussen de takken, gonsde het van leven en ik vroeg me af of het hebben van veel of weinig buikvet iets zei over de vruchtbaarheid van een man.

En of eetlust iets zei over de wil om te verwekken. Of lust überhaupt een rol speelde bij voortplanting. Neef Henk had altijd lust, werklust. Hij kende eigenlijk geen pieken en dalen. Als hij eenmaal gestart was, liep hij gelijkmatig als een diesel. In mijn baarmoeder had hij nog niets weten op te starten. Soms ging ik midden in de nacht de doka in. Dan bekeek ik de foto's die ik gemaakt had of bladerde in de tijdschriften die neef Henk voor me meebracht met de zaterdagse boodschappen. Ik stelde me voor dat mijn buik dikker werd. Terug in bed huilde ik mezelf in slaap. Wanneer ik na zo'n nacht 's ochtends wakker werd, waren mijn wangen nat en kleefden mijn wimpers aan elkaar. Het was een paar keer voorgekomen dat ik geschrokken ontwaakte uit een sluimerige halfslaap met vaders brief tussen mijn vingers. De nachtelijke beelden waarmee ik ingeslapen was, lieten een beklemmend gevoel van verspilling en nutteloosheid achter dat ik daags erna alleen te lijf wist te gaan met de camera. Op die dagen zocht ik naar leven. Dan lag ik uren op mijn buik aan de rand van de sloot of speurde naar jonge vogels in het veld.

De toenemende honger naar vervulling had een vreemd effect, hij maakte me afwisselend gulzig en brutaal of juist willoos en slap. Ik had nauwelijks invloed op mijn stemmingen, liet het maar op zijn beloop. Neef Henk en de regisseur schrokken geregeld als ik hen onverwacht overviel met een scheldpartij of chagrijnige dreigementen hen allebei van het erf te gooien. Later verontschuldigde ik me beschaamd, door een grapje te maken of onverwacht biertjes voor ons drieën te serveren.

Neef Henk had er erg aan moeten wennen dat ik met de regisseur praatte, dat had ik wel gezien. Nu leek hij het te verdragen dat er nog een man op de hoeve rondliep. Het onbesproken onderwerp hing tussen ons in als een wapperend web tussen de rietstengels aan de slootkant. Zolang je er maar met je vingers afbleef, bleef het heel.

Net als mijn doel. De belofte was iets tussen mezelf en vader. Zolang niemand ervan wist, was alleen ikzelf verantwoordelijk.

Neef Henk drukte zijn sigaret uit in het gras onder zijn werkschoen, de kat sprong geschrokken weg van de tafel. De regisseur nam de laatste aardbei en beet er met aanstellerig gesloten ogen in. Hij snoof en gromde als een hond die een bot toegeworpen krijgt. Zijn genot joeg het bloed naar mijn wangen.

Neef Henks vingers roffelden ongedurig op zijn dijen. 'Morgen wou ik wel in het woonhuis beginnen. Misschien kunnen we vanmiddag de kamer leeghalen. Of heb je iets anders te doen?'

'Monica zou mij na het eten het witte pad laten zien.' Een donkergeel zaadje kleefde aan de onderlip van de regisseur. Ik zag hoe het meebewoog terwijl hij praatte en voelde de neiging het van zijn mond te likken. Maar hij was me voor. Hij haalde het zaadje met zijn tong naar binnen en kraakte het fijn tussen zijn tanden.

'Ik loop inderdaad eerst mee naar het pad. Ik zou Ties misschien ook even het kerkhof laten zien.'

Neef Henk trok zijn wenkbrauwen op.

'Zo, Ties mag mee naar het kerkhof, dat is een hele eer. Jullie doen maar, ik merk het wel als je terug bent.'

De verongelijkte toon in zijn stem verbaasde me.

'Hoezo: een hele eer? Wat bedoel je?'

'Ik bedoel dat er al gekletst wordt. In het dorp. Als ze jou ook nog met Ties op het kerkhof zien...' Hij veegde kruimels suiker van tafel en ontweek mijn ogen.

'Je weet dat het dorp mij niets kan schelen, Henk. Ik woon hier en doe niemand kwaad. Ik blijf bij iedereen uit de buurt en bemoei me nergens mee. Ze kletsen maar een eind weg.'

'Bij de pomp hebben ze zelfs al geïnformeerd wanneer wij gaan trouwen.'

'Dan tank je toch ergens anders! En ik kan de boodschappen laten bezorgen, dan valt niemand je meer lastig.'

'Ja ja.'

Hij stond snuivend op en liep bij ons vandaan. Achter hem viel zijn stoel om. De grond was oneffen, we hadden alle drie moeite gehad ons evenwicht te bewaren tijdens het eten. Het was eigenlijk een wonder dat er nu pas iets viel.

De kat stond ineens languit tegen een van de appelbomen en zette zijn klauwen in de schors. Met lange halen scherpte hij zijn nagels aan het levende hout.

'Je zou een krabpaal moeten kopen, Monica. Of hem leren dat hij dat op dood hout doet. En dan bedoel ik natuurlijk niet het dooie hout van je meubels.'

De regisseur grinnikte en begon de tafel op te ruimen. Hij stapelde de bordjes en gooide de aardbeienkroontjes met een brede zwaai tussen de bomen. Zijn gebloemde overhemd bolde over zijn buik.

'Hou eens op met me Monica te noemen. Zeg gewoon Moon.'

'Hebben jullie allebei een slechte dag of zo?'

De regisseur goot het restje melk op de grond. De kat kwam met grote sprongen aangerend. Hij moest snel zijn, de melk lekte onmiddellijk in de droge aarde. Daarna zette de regisseur met een zwaai de kan op het blad en liep hij voorzichtig naar de keuken. Ik volgde hem met mijn ogen en zag hoe hij in het huis verdween.

Ik hield mijn blik op de deur gericht. Plotseling vulde vaders gestalte de deuropening. Hij was jarig en droeg zijn beste pak. Zijn zeventigste verjaardag vierde hij thuis. Ik was toen twee jaar uit huis en pas voor de tweede keer terug op de hoeve. Het was een mooie dag en tante Teppema had de tafel buiten gedekt. Er lag een gebloemd kleed onder de schaal met haar eigengemaakte appeltaart. Oom Arie en tante Wil waren er. Neef Henk kwam wat later ook nog even. Vader was even naar binnen gegaan en ik had geluisterd naar de gesprekken over ziektes en dood. Ik had voor vader een fotoboek over tropische vogels gekocht. Het lag op mijn benen open bij een foto van een kunstig gemaakt nest van de prieelvogel. Toen ik opkeek had vader in de deuropening gestaan. Hij stond daar maar met die afhangende schouders. Dat verschrikkelijke afhangen. Ik wilde hem slaan en toeschreeuwen dat hij heus niet de enige was die recht had op afhangende schouders, maar in plaats daarvan was ik opgestaan en had ik afscheid genomen. Ik was er nog geen uur geweest. *Jij het jouwe, hij het zijne.* Misschien had tante Teppema gelijk, maar ik had zo graag gezien dat vader zijn schouders voor mij gerecht had. Oom Arie had zijn hand op mijn arm willen leggen. Ik had hem af weten te schudden. Het had opnieuw een vol jaar geduurd voordat ik vader weer had bezocht.

De regisseur verjoeg het beeld. Hij kwam met zwaaiende armen naar buiten, sprak me van verre aan. Het galmde door de tuin en er vlamde irritatie in me op over het vertoon. Alsof hij wilde dat neef Henk het ook hoorde.

'Monica, Moon, ben je zover? Zullen we?'

Zijn katoenen werkbroek had grote zakken. Uit een ervan, ter hoogte van zijn dijen, stak de bovenste helft van een schrijfboekje. In de andere had hij twee pennen vastgeklemd. Het gerinkel van een sleutelbos klonk terwijl hij met die typische enthousiaste stappen van hem op me afliep. Ik knikte en stond op.

Hij volgde me over het smalle paadje dat dicht langs de zuidgevel liep. Ik streek zachtjes langs de stenen van de muur, en voelde de korrelige structuur van de voegen onder mijn vingers.

Met moeder had ik ieder voorjaar de kamerplanten verpot. Het was de laatste klus van de grote schoonmaak. Eerst sjouwden we de planten een voor een naar buiten, naar de binnenplaats. Terwijl moeder ze uit hun oude pot haalde, zocht ik achter de schuur naar stukjes puin en stenen. Ik vulde een emmer zo vol als ik kon dragen en bracht die naar moeder. Het grove puin schuurde de gevoelige huid van mijn vingertoppen rauw. Onder in iedere pot kwam een laagje stenen en daarbovenop schepten we nieuwe verse aarde uit grote plastic zakken. Ik was dol op dit werkje en werkte door zonder te klagen. Ik vulde potten en duwde de aarde stevig aan. Als alle planten in nieuwe grond stonden, vulde moeder de emmer met water uit de buitenkraan. Eerst dompelde ik het kleine gietertje onder in de emmer en daarna hief ik het zo hoog ik kon. Ik liet het regenen, elk blaadje moest nat worden. Wanneer alles droop en heldergroen was, nam moeder het gietertje over. Ik moest de mouwen van mijn vestje hoog opstropen en mijn armpjes ver naar voren steken. En dan kwam het heerlijkste, dan liet moeder het regenen. Mijn hemel, kind. Kijk toch eens, al dat modderwater! Dat soort dingen zei ze. Zo vaak ik wilde vulde moeder het gietertje. En ik waste en wreef mijn handjes in het water. Een enkele keer, alleen als het uitzonderlijk warm weer was, hief moeder de volle gieter hoog en sproeide een regenboog vlak bij mijn opgeheven gezicht. Met gesloten ogen stapte ik in de straal en liet me natregenen. Trappelend en huiverend van puur genot. Mijn bijna ontvelde vingertoppen werden gevoelloos door het koude water, daarna deden ze gemeen zeer. 's Avonds, als moeder me naar bed bracht, kwam er iets wat misschien nog wel heerlijker was dan al het andere. Ik stak mijn handjes uit en legde ze tussen moeders warme, zachte handen. Dan bracht moeder onze handen naar haar mond en zoog ze zachtjes op mijn vingertoppen. De binnenkant van haar mond was zachter dan alles wat ik kende, en haar tong een beetje ruw. Daarna likte ze lichtjes langs mijn handpalmen en drukte er een kusje op. Ten slotte legde ze mijn handjes neer, aan weerszijden van mijn hoofd. 'Mijn hemel, kind, wat zijn je handjes rood. Nu maar lekker slapen.' En dan stond ze op van het bed en trok ze de deur achter zich dicht. Ik bleef zo lang ik kon doodstil liggen, bang als ik was dat het zingen in mijn huid zou stoppen als ik me zou bewegen. Het zou opnieuw voorjaar moeten worden voordat ik moeders warme tong weer zou voelen.

Ik trok mijn hand terug van de muur en wreef langs mijn ogen, likte met een snelle beweging een traan op. De regisseur achter me verwachtte iets, een verhaal over het witte pad. Verhalen over mijn leven, het leven op en rondom de hoeve. Zijn belangstelling leek soms gezocht en denigrerend, alsof ik een uitheemse diersoort was of een met uitsterven bedreigd ras. Veel te vaak klonk het woord 'authentiek' uit zijn mond. Ik vertaalde het in gedachten inmiddels smalend met 'oud antiek'. Hij leek wel wat op een handelaar, dat zigeunerachtige met die felle blauwe ogen en woeste geblondeerde krullen. Ik had het begin van de donkere uitgroei bij de wortels gezien. Ik had nooit geweten dat mannen hun haar verfden. Of spierwitte puntschoenen zouden kunnen dragen.

'Ziedaar, de poort naar de einder.'

De regisseur veegde met een weids gebaar zijn arm door de lucht, alsof hij de wereld ter plekke schiep. Hij haalde luidruchtig lucht naar binnen en plantte zijn armen in zijn zij. Wijdbeens stond hij daar en ik voelde zijn ogen op me gericht. Ik bleef koppig recht voor me uit kijken. Mijn blik spoot als een laserstraal dwars over de knallend groene weilanden heen, helemaal tot aan de bomen van de eendenkooi.

Een huivering trok langs mijn ruggengraat en ik begreep niet goed waarom ik de blik van de regisseur niet kon verdragen. Er tintelde iets in mijn nek. Toen ik me omdraaide, zag ik neef Henk op de binnenplaats staan kijken. Dat maakte dat ik mijn ogen moest neerslaan. Even stond ik bewegingloos, met ingehouden adem, toen stak ik mijn hand op als groet. Neef Henk keerde ons zijn rug toe en de regisseur pakte mijn bovenarm beet.

'Kom, gaan we?'

Zijn opgewektheid wekte mijn woede.

'Ik kan echt wel zelf wel lopen, Ties!'

Ik trok me los en ging hem opnieuw voor. Het droge zand wolkte op onder onze schoenen. De regisseur had me in enkele passen ingehaald en kwam iets te dichtbij. Zijn gesnuif en het gerinkel in een van zijn zakken irriteerden me mateloos.

'Kun je die sleutels niet ergens anders in doen? Of gewoon vasthouden?'

De woorden spoten giftig tussen mijn lippen vandaan en bleven een tijdje tussen ons in hangen. Verderop in het land vloog een kieviet paniekerig heen en weer. Het schrille geluid van de vogel leek een echo van mijn uitval. De regisseur stak zijn hand in zijn zak en haalde de sleutelbos tevoorschijn. In de berm stonden houten paaltjes. Hij koos er eentje uit en leg-de de sleutels ertegenaan, op de grond tussen het gras. Er bloeiden boterbloemen en madeliefjes en hij plukte een klein bosje waarmee hij de plek markeerde.

'Zo beter?'

Hij huppelde een paar idiote passen om me heen, sloeg met zijn handen op zijn broekzakken en trok zijn wenkbrauwen op als een zot.

Ik verbeet mijn opkomende lach en ergernis, forceerde een flauwe glimlach.

'Ja, dank je.'

De kieviet voerde woedende duikvluchten uit met razend-snelle, onverwachte wendingen.

Mijn god, wat moest ik in deze stemming op het kerkhof? Ik was in staat een rijtje zerken omver te trappen. Er woedde een hete storm in me, ik moest diep ademen en me inspannen om de kievit in zijn vlucht te volgen. De regisseur liep voor me uit en vormde met zijn handen een vierkant kader voor zijn ogen. Hij tuurde naar het landschap, draaide rond en rond en focuste op mij.

Het lukte me niet zijn blik te ontwijken. Hij volgde me met het grootste gemak, hoe hard ik ook van hem wegliep.

HET HEEN EN WEER SCHUIVEN VAN HET KOFFERTJE HAD EEN
spoor gesleten in het zeil onder mijn bed. Het gladde brief-
papier bewoog tussen mijn trillende vingers. Vaders opdracht,
zijn laatste woorden, ik kende ze van buiten. De vrees dat ik er
nooit aan zou kunnen voldoen, groeide.

Mijn toezegging was misschien een leugen. Ik had nooit ja
mogen zeggen. Hoe had ik zeker kunnen weten dat ik me aan
zo'n belofte zou kunnen houden? De tijd begon te dringen. Er
was sterker zaad nodig. Zaad met een eigen wil, een duidelijke opdracht. Aan mijn eitjes mankeerde niets, dat wist ik gewoon zeker. Ik was zo gezond als een vis en had iedere maand
een stevige bloeding. Dat schoonde de boel goed op voor de
volgende keer, vond ik.

Er reed een auto over de oprit, ik herkende het sonore ron-
ken van de motor onmiddellijk. De vitrage waaide zachtjes opbollend door het open slaapkamerraam naar binnen. De motor sloeg af, kort daarna knalde het geluid van een dichtslaand
portier door de middagstilte. Ik legde de brief terug in het rieten koffertje en schoof het met mijn voet ver onder mijn bed.

'Monica! Waar ben je, Moon? Ben je thuis?'

De stem van de regisseur schalde over het terrein. Ik streek
mijn rok en haren glad en ging naar het raam. Hij keek om

zich heen en toen omhoog. Hij moest mijn aanwezigheid gevoeld hebben. Op zijn arm lag een enorme bos bloemen.

'Voor jou, Moon. Ik heb wat te vieren.'

Hij hield een groene fles omhoog. Het goudpapier om de kurk glansde in de felle middagzon.

'Ik kom eraan.'

Beneden stond hij bulderend in de deuropening. 'We hebben de eerste prijs gewonnen met ons laatste stuk. Nu kunnen we betaald op tournee met de hele ploeg!'

Hij gooide zijn hoofd achterover en stak de bloemen en de fles omhoog alsof hij het winnende doelpunt had gescoord.

'Ik wil het met jou vieren, Moon. Laten we drinken op het succes van het nieuwe stuk. Op deze fan-tas-ti-sche locatie!'

Zijn blijdschap was aanstekelijk en ik liep de keuken in om glazen te pakken. De champagne zou me kunnen helpen toenadering te vinden, zoals het bier dat ooit in de caravan gedaan had. Maar dan moesten we weg van hier. Neef Henk hoefde niets te weten.

'Wat dacht je van een picknick?'

'Goed idee! Een tuinfeestje.' Hij lachte breed, stond daar maar in dat gebloemde overhemd en die idiote korte broek.

Ik pakte twee glazen en een zak zoute pinda's. Dat zou wel genoeg zijn.

'Zet de bloemen maar in een emmer in de bijkeuken, ik zet ze vanavond wel in een vaas.'

Hij deed wat ik zei en ik stopte de spullen in een boodschappentas. Er waren nog appels, die deed ik erbij. Ik dacht aan de eendenkooi. Het was een behoorlijk eind lopen, ver genoeg om niet gezien te worden. Mijn mondhoek trok van de zenuwen. Wat als hij niet wilde? Hoe moest ik dit in godsnaam aanpakken? Ik suste mezelf door aan het effect van de champagne te denken. Voor de zekerheid nam ik nog twee pilsjes mee.

'Geef maar. Waar gaan we eigenlijk heen? Oh, wacht even.'

Hij rende naar zijn auto en kwam terug met een opgevouwen bontgekleurde doek.

'Tegen de mieren.'

Het was een klein halfuur lopen naar de eendenkooi. Als kind kwam ik er vaak om te spelen. Het was een spannende plek, afgeschermd en mysterieus. Het water, de eenden en het gaas waarvan ik nooit had begrepen waar het voor diende, de bomen eromheen. Er was een klein houten huisje geweest waar gereedschap in werd bewaard. Ik was er in geen tien jaar meer geweest, misschien was het allemaal verdwenen.

We liepen dwars door het land, er was geen pad, en soms moesten we kruipend onder schrikdraad door. De koeien keken nauwelijks op. De regisseur praatte honderduit en vertelde me nogmaals het verhaal van de prijswinnende voorstelling.

Ik dacht aan zijn zaad. En aan of ik eigenlijk wel durfde wat ik plan was.

'Zullen we vast een biertje nemen?'

Ik stopte en wendde me vragend naar hem toe. Hij nam een flesje uit de tas en wipte de dop eraf met een aansteker. Het bier schuimde over de rand en ik zette snel het flesje aan mijn mond. Na een paar fikse slokken overhandigde ik het aan hem en veegde mijn mond droog.

Ik ben Moon en ik houd mijn belofte.

Ik herhaalde de woorden keer op keer in mijn hoofd, tot we de eendenkooi bereikten. De plek zag eruit alsof er al jaren niemand meer was geweest. Het gras stond hoog aan de randen van de poel, het water was donker en stil. De bladeren van de populieren ruisten en het houten schuurtje stond er nog – verweerd, maar rechtop. Alleen het gaas was verdwenen.

Ik verwachtte ieder moment het woord 'authentiek' uit de mond van de regisseur te horen, maar het kwam niet. Hij koos een plek in de schaduw, zo dicht mogelijk bij het water, en trapte het hoge gras plat. Daar overheen spreidde hij de doek. Hij ging zitten, haalde een elastiekje tevoorschijn en bond zijn haar in een paardenstaart. Zijn gebloemde overhemd vloekte verschrikkelijk met de gebatikte doek onder ons, hij leek zo misplaatst tussen al het groen. Maar hij was vrolijk en lachte, neuriede een liedje dat ik niet kende en begon van de pinda's te eten. Hij had de champagne zo voorzichtig mogelijk gedragen, maar vond dat we beter eerst nog een biertje konden nemen. We deelden het tweede flesje, ik at niet mee van de pinda's. Het was verstikkend heet, alleen boven in de bomen leek er wind te zijn. Het water was rimpelloos. Toen ik me voorover boog, schrok ik even heftig van mijn onverwachte spiegelbeeld. Naast me stak de regisseur zijn blote voet in het water.

'Ik ga zwemmen.'

Hij liet zich naakt op de oever zakken. Met gesloten ogen hoorde ik hoe hij in het water plonsde. Een verstikkend koord sloot zich om mijn keel en ik kroop op handen en voeten terug naar het kleed. Ik draaide mijn rug naar hem toe en pakte de fles uit de tas. Voorzichtig draaide ik de metalen draad rond de kurk los. Als ik maar iets te doen had en niet hoefde te kijken.

'Voorzichtig Moon, houd er een glas onder. Wacht anders even, kom eerst zwemmen. Het water is heerlijk.'

Ik kon me niet voorstellen hoe ik me in zijn bijzijn uit zou kunnen kleden en onder zijn blik het water in zou lopen. Ook durfde ik de champagnefles niet te openen. Vloog de kurk er niet altijd met kracht af? Straks zou ik alles verspillen of de kurk in mijn oog krijgen. Ik zat als bevroren in de middaghitte en staarde naar de motieven op de doek onder me.

'Kom op Moon, hier koel je van af.' Hij spetterde water mijn richting op, ik voelde druppels op mijn rug.

Ik schudde mijn hoofd en liet me languit op mijn buik vallen. Het duurde niet lang voor hij druipend naast me stond en het water van zich afschudde. Ik voelde hoe de spetters op mijn rug en op de achterkant van mijn blote benen vielen, ze waren kouder dan ik verwachtte.

Ik ben Moon en ik houd mijn belofte.

Ik hoorde hoe hij naast me kwam zitten en de fles opende, bereidde me voor op moeders stem.

De regisseur mompelde iets. Ik verstond hem niet, want mijn ene oor lag tegen het kleed en over het andere had ik mijn arm geslagen. Plotseling lag zijn hand warm en zwaar op mijn schouder.

'Hier, laten we proosten.'

Ik kwam omhoog en pakte het glas van hem aan. De champagne fonkelde precies zoals ik op tv gezien had. Ik sprak zonder naar hem te kijken.

'Proost.'

'Proost Moon, op onze kennismaking. En op de hoeve!'

We klonken en dronken. Ik proefde niet veel, voelde vooral de prikkeling van het koolzuur op mijn tong. Ik dronk mijn glas in een paar grote slokken leeg en strekte mijn arm zodat hij kon bijschenken.

'Lekker? Goed zo. Op deze fantastische middag, santé.'

Hij lachte en schonk en dronk. Het leek hem niet te deren dat ik aangekleed naast hem zat en dat ik niet zwom en dat ik hem niet aankeek.

Zijn benen waren gespierd en stevig behaard. Mijn eigen benen waren rechte stokjes vergeleken bij de zijne. Ik trok mijn knieën op en strekte mijn arm voor een derde glas.

'Aha, jij hebt er zin in.'

Hij schonk en ik voelde de alcohol door mijn bloed suizen. Ik dronk het glas snel leeg en liet me achterovervallen.

Hij deed hetzelfde. Ik had geen idee hoe ik het aan moest pakken. Met neef Henk was het makkelijk gegaan, die broeide van tevoren overduidelijk. De regisseur daarentegen leek geen speciale belangstelling te hebben. Misschien viel hij wel op mannen. Die mogelijkheid stak me als een gloeiende naald. Was ik zo dom dat ik dat niet gezien had?

Ik ging rechtop zitten en wilde opstaan. Toen ik me afzette, vloeiden de kleuren van het kleed ineen en verloor ik mijn evenwicht. Ik viel opzij en kwam op zijn buik terecht. Zijn armen waren onmiddellijk om me heen.

'Ho meisje, voorzichtig. Champagne en zon, een verrukkelijk gevaarlijke combinatie. Je moet even rustig aan doen.'

Mijn wang lag tegen het zachte vel van zijn buik en ik leek in een zweefmolen te zitten. Rond en rond draaide de eendenkooi om me heen. De handen van de regisseur gleden in lange halen over mijn rug. Ik durfde niet te denken aan zijn naaktheid, aan zijn geslacht.

Ik sloot mijn ogen en wachtte bewegingloos tot het tollen ophield. Concentreerde me op mijn rug, waar het strelen ritmisch doorging. Zo moest de rode kater op het schoolplein zich gevoeld hebben als ik hem aaide na het voeren. Nu was ik zelf gelokt, met champagne, en liet ik me aanhalen als de eerste de beste zwerfkat.

Er was een groepje mussen neergestreken in de buurt, het tsjilpen had iets geruststellends. Het draaien werd minder en ik durfde mijn ogen even te openen om een kort moment te kijken. Ik snakte naar verkoeling, mijn hoofd onder de koude kraan. Naar de regenboogdruppels uit moeders gietertje boven mijn hoofd.

De hand van de regisseur gleed tot over mijn billen, lange streken heen en weer. Mijn jurk schoof langzaam mee omhoog. Nu lag ik in mijn onderbroek en ik bewoog me nog steeds niet.

Ik kon maar geen besluit nemen. Zonet wist ik zeker dat ik weg wilde, nu dacht ik aan een erfgenaam. Als ik zou blijven liggen en hem zijn gang zou laten gaan, was de kans op paren groot. Nu gleed zijn hand een stukje onder het elastiek van mijn broekje. Een loom gevoel trok door mijn bekken en ik vergat te denken. Ik kon mijn ogen niet openen, leek de controle over mijn spieren te zijn verloren. Ik ontspande en dat moet hij gevoeld hebben.

Mijn jurk gleed gemakkelijk over mijn hoofd, daarna werd mijn broekje traag naar beneden getrokken. Het was alsof ik me onder water bevond. Een duim volgde de binnenkant van mijn dijen en de bewegingen duurden eindeloos. Ik meende slierten wier langs mijn natte vel te voelen strijken. De regisseur was behoedzaam en precies. Ik hoorde de wind in de populieren en het gekwetter van de mussen. Uit al mijn poriën stroomde vocht, we gleden met het grootste gemak langs elkaar heen. Ik liet hem halfverdoofd toe. Als een slaperige vis draaide ik me op mijn rug en liet me meevoeren op de bewegingen van de blaadjes in de toppen van de bomen rondom ons. Toen de regisseur omhoogkwam en ik zijn ogen vlakbij zag, vulde hij mijn schaamte, met een vol en zwaar geslacht. We spraken niet. Het duurde lang en ik leek te verdwijnen in de ritmische, stotende beweging van zijn lichaam. Uiteindelijk kon ik niet anders dan mijn bekken optillen en meebewegen. Hij zaaide in stilte.

Mijn lippen bewogen zacht tegen zijn hals. Ik mompelde onverstaanbaar en onophoudelijk om het koor voor te zijn. We lagen naast elkaar, op onze rug, de regisseur leek in slaap te zijn gevallen. De wind blies een verkoelende vlaag langs mijn borsten en ik schaamde me voor het genot dat door me heen trok. Ik perste mijn dijen tegen elkaar, om het zaad te beschermen, maar evengoed om het pijnlijk lekkere pulseren op te wekken.

Moeder zag haar kans schoon. Ze kwam solo en van ver, maar was heel goed te verstaan. Schaam je! Zo open... Zo bloot! Afgelikt.

Stil nu maar moeder. Stil.

Ik ben Moon en ik houd mijn belofte.

'IK DACHT, IK KOM EENS KIJKEN HOE HET OP DE HOEVE IS.'

Tante Teppema stond met haar fiets aan de hand op de hoek van het voorhuis. Ik zat op het bankje onder het keukenraam met de kat op schoot. Geschrokken van haar onverwachte verschijning liet ik de kat los, hij vluchtte weg van de metalen kam waarmee ik zijn vacht van vlooien probeerde te ontdoen.

'Oh, bent u het.'

Ik stond op terwijl ze haar fiets tegen de muur zette en iets uit de fietstas haalde. Ze droeg een verschoten regenjas waarvan de riem strak om haar middel was gesnoerd. Haar platte schoenen waren versleten en ze droeg geen kousen. Tante Teppema was zuinig, werkte hard en had nooit een blad voor de mond genomen.

'Alsjeblieft, kind. Ze zijn kakelvers. Hoe gaat het hier?'

'Goed hoor. Zal ik koffie zetten?'

'Een vers bakje sla ik niet af.'

We gingen door de bijkeuken naar binnen. Ze maakte me nerveus met haar scherpe blik. Ik stelde me voor hoe ze de situatie hier probeerde in te schatten. Ze zou zeker zien dat het lang niet zo schoon was als toen zij hier nog werkte. Haar dwingende uitspraken hadden me zolang ik haar kende angst ingeboezemd. Ik moest een kind zijn dat haar ouders niet nodig mocht hebben. Een kind dat het leven moest kunnen dragen, ongeacht de grootte van de last. 'De mens krijgt kracht naargelang zijn last, Monica.' In haar ogen was er geen plaats voor zwakheden. En de stelligheid waarmee ze sprak, liet je geen enkele ruimte.

'Zo zo, ik zie dat de voorkamer is verbouwd. Mag ik even kijken?'

Ik gebaarde dat ze haar gang kon gaan. De koffie liep door en ik hoopte dat de regisseur niet binnen zou komen.

'Het is hier licht geworden. Zo, een echte open haard. En je hebt de Zaanse klok weggedaan, zie ik. Te ouderwets zeker?'

'Nee hoor, ik kon alleen niet tegen die slagen ieder uur.'

'En een nieuwe zithoek. Waar is je vaders rookstoel? Ach ja, de dingen veranderen. De jeugd wil altijd wat nieuws. Maar vernieuwing is niet per se verbetering.'

Ze bleef even in de deuropening naar me staan kijken. Toen trok ze haar jas uit en nam plaats op een van de keukenstoelen. 'Je ziet er moe uit, meisje. Toch geen bloedarmoede? Dat had je vader ook, en zoiets is erfelijk. Laat me eens kijken.'

Ze kwam vlak voor me staan, legde twee duimen onder mijn onderste oogleden en trok die omlaag, zodat de binnenkant zichtbaar werd.

'Nou, dat ziet er goed uit. Mooi doorbloed, daar zou ik me geen zorgen over maken.'

Ze trok haar handen terug en pakte de suiker en melk van het aanrecht. Nooit met lege handen, dacht ik. Ik schonk koffie en ging tegenover haar zitten.

'Dus Henk doet de moestuin?' Ze nam een plak ontbijtkoek van het schoteltje en keek me recht aan.

Ik sloeg mijn ogen neer, knikte bevestigend.

'En hij woont bij je in?' Ze roerde hard in haar kopje, haar handen zagen er uitgedroogd uit. Ze waren rood, met donkere kloofjes waar het vuil niet meer uit te krijgen was. Ze verzorgde haar eigen moestuin, de kippen en de rest. Allemaal zelf, altijd alleen. Zou zij vader missen? Zij had zo lang op de hoeve gewerkt. Meestal was ze alweer weg als ik uit school kwam. Aanvankelijk had ze me met thee opgewacht na schooltijd, maar ik was ontoeschietelijk en zwijgzaam gebleven. Ik had moeder om in leven te houden, kon het me niet permitteren me aan een vreemde vrouw te binden.

'Nee. Hij heeft zijn eigen woning, in de zuidvleugel. Er is hier immers plek zat.'

'Er wordt over jullie gekletst, Moon. Dat zou je vader niet mooi hebben gevonden.'

'Oh ja, waarover?'

'Over de aanloop van mannen op de hoeve.'

'En wie maakt zich daar druk over? Hebben de mensen niets beters te doen dan over mij te kletsen?'

'Arie. Die heeft jou regelmatig met Henk en dat langharige type rond zien lopen.'

'Oom Arie! En u gelooft die praatjes?'

Mijn stem schoot uit. Dus ze was gekomen om me te waarschuwen. Was ze soms bang dat ik ongewenst zwanger zou raken van een of andere vent die niet met me zou willen trouwen?

'Tante Teppema, luister eens, de mensen kunnen mij niks schelen. Ik doe niemand kwaad en wat er hier op de hoeve gebeurt is mijn zaak. En zeg maar tegen oom Arie dat hij uit de buurt blijft. Nog koffie?'

'Nee. Ik ga maar weer eens. Ik vond alleen dat je het moest weten.'

'Ze gaan hier een toneelstuk opvoeren. Dat langharige type is een regisseur.'

'Dat is bekend, Monica. Hij schijnt nogal vaak in het café te komen. Ze zeggen dat het een stadse kletser is die veel te veel vragen stelt.'

Ze trok haar jas aan, concentreerde zich op het aansnoeren van de ceintuur.

'Ik zou wensen dat je een goede man vond en kinderen kreeg. Het is niet goed voor een vrouw een leven lang alleen te zijn. En Henk... Nou ja, dat is toch familie, nietwaar?'

Ik liep zwijgend met haar mee naar buiten, niet in staat om iets te zeggen.

'Pas goed op, kind. Maak je ouders niet te schande.'

Toen ze wegfietste en omkeek, stak ik mijn hand op.

'Bedankt voor de eitjes.' Dat kon ik er nog net uitpersen voordat ik naar binnen rende en me op de nieuwe bank liet vallen.

De onrust die tante Teppema's bezoek met zich mee had gebracht, dreef me van de bank naar buiten. Ik besloot te voet naar het kerkhof te gaan. Op het witte pad kwam iemand me tegemoet. Dat was uitzonderlijk, want het pad liep dood bij de hoeve. Het was een vrouw met wapperende, zwarte kleren. Ze duwde een kinderwagen voor zich uit. Haar lange haar was knallend rood geverfd en hoog opgestoken. Toen ze dichterbij kwam, hief ze een arm op en zwaaide ze wild naar me. Ze versnelde haar pas, de kinderwagen schommelde op hoge wielen heen en weer.

'Moon! Ben jij het? Ik was net op weg naar de hoeve. Wat is het lang geleden.'

Ze riep van ver, maar ik kon haar heldere stem goed verstaan. Ik aarzelde, wist niet te antwoorden. Maar daar was ze al. Ze omhelsde me en trok me binnen in een bel zoet parfum. Haar stem was onveranderd en in het kielzog van haar woorden kwamen de bewegingen. Ze lachte, pakte mijn bovenarmen, schudde me enthousiast heen en weer en hield daarna mijn handen stevig vast. Ze scande mijn gezicht en vervolgens mijn lichaam. Haar ogen hadden zwarte randen en er blonken ringen aan iedere vinger.

'Moon, wat leuk!'

'Marijke. Goh.'

Stotterend probeerde ik mijn handen terug te trekken uit die van de enige vriendin die ik ooit had gekend, maar ze liet ze zelf los om langs mijn armen te strijken en ze daarna te spreiden. Ze lachte en gooide haar hoofd achterover. 'Gaan we? Ik ben in eeuwen niet op de hoeve geweest.'

'Goed.' Ik kon ook later naar het kerkhof gaan.

We hadden elkaar na de middelbare school niet meer gezien. Toen ik aan mijn biologiestudie begon, had Marijke werk gekregen als secretaresse bij een vleesverwerkend bedrijf. Ver uit de buurt van het dorp, want ze wilde weg van alles. Soms hoorde ik van vader of tante Teppema iets over haar. Dat ze getrouwd was, later dat ze ging scheiden en weer later dat ze opnieuw een man had.

'Goh, dat we hier zomaar weer samen lopen. Jij terug op de hoeve en ik terug in het dorp. Ik ben tijdelijk bij ma ingetrokken, vanwege een ex met losse handjes, weet je wel. Ach ja, zo gaat dat soms. Ik zit er voorlopig prima hoor, ze verwent de jongens alleen allejezus erg. Je ziet er goed uit, Moontje! Oh, de poort, alles lijkt veel kleiner dan toen. En de moestuin. Het bankje. Nog altijd het bankje onder het keukenraam!'

Ik liet haar stem binnenkomen en volgde haar over het pad naar de keuken. Ze leek niet eens te merken dat ik geen antwoord gaf. Ze trok de kinderwagen achter zich aan naar binnen, door de bijkeuken de keuken in. Daar zette ze de wagen op de rem.

'Drie maanden, hij heet Joep. Je mag wel kijken, hoor. Je hebt zelf geen kinderen, toch?'

'Nee.' Ik deed een stap dichterbij.

Het kind sliep. Het was een mooi jongetje, met een perfect rond hoofdje.

'Even zijn mutsje afdoen, het is hier warm genoeg. Kun je gelijk zien hoeveel haar hij heeft, niets dus.'

Ze schoof het blauwe gebreide mutsje van zijn hoofd, lachte en wendde zich van de wagen af. Er gleed een rimpeling over het gezichtje, het kind droomde misschien. Bij zijn slaap klopte heel licht een ader. De neergeslagen oogleden lagen bijna doorzichtig, met dunne blauwe en rode streepjes, over de oogjes. Ze leken op twee uitgevouwen vlindervleugels. Tussen de lipjes verscheen telkens een klein belletje speeksel. Aan weerszijden van het hoofdje lagen de handjes, de vingertjes naar binnen gekromd. Had ik gedurfd, dan had ik ze opgepakt en er heel zachtjes in geblazen. Ik had de vingertjes voorzichtig recht gebogen, de parelmoeren nageltjes bewonderd. Toen ik me dichter naar het kind toeboog, likte ik kort langs de palm van mijn eigen hand.

'Het is de vierde. De andere drie zijn bij mijn moeder, ik moest er even alleen tussenuit. Deze krijgt nog borstvoeding, dus die mocht mee. Vier jongens, hoe krijg ik het voor elkaar, hè?'

Ze kwam tegenover me staan, schikte en herschikte het dekentje en schoof het wat omhoog.

Ik maakte me los van de geurige stilte die onder de kap van de wagen hing.

Zo veel zwart had ik niet eerder in de keuken gezien. Marijke was dik geworden, maar blank en stevig. Als ze zich bewoog deinde ze. Ze leek precies haar moeder. Mevrouw Mertens was vroeger ook al zo geweest.

'Zo Moon, en jij?'

'Ik? Niks, gewoon... Wil je koffie?'

Ik gebaarde onhandig om me heen alsof ik bedoelde dat ik hier woonde.

'Nee, doe maar wat fris als je dat hebt. Ik hoorde dat Henk van Arie hier woont.'

'Ja, nou ja, die heeft een eigen woninkje gebouwd. In de schuur. Hij helpt de boel te onderhouden.'

In de koelkast stond een fles appelsap, ik schonk twee glazen in. Twee bezoekers op een dag was te veel, de buitenwereld drong zich op. Waar bemoeide iedereen zich in godsnaam mee, wat moesten ze van me? En dan die baby in mijn eigen keuken, wat moest dat voorstellen? Ik trilde toen ik de glazen op de keukentafel zette. Nadat ik was gaan zitten, verstopte ik mijn handen onder de tafel.

'Dus jij bent nog steeds alleen?'

'Ja.'

Marijke praatte, stelde me vragen die ik beantwoordde. Ik dacht aan het badpak boven in de kast, het vissenvel. Hoe het zou zijn om nu naast haar te zwemmen in de vaart?

Onverwacht stond neef Henk in de deuropening. Hij begroette Marijke alsof ze elkaar vaker tegenkwamen. Dat kon best, misschien zagen ze elkaar in de winkel, of in het café. Neef Henk pakte het boodschappenlijstje van het aanrecht, groette ons kort en verdween weer.

Marijke leek niet stil te kunnen zitten, ze liep naar de woonkamer.

'Oh, wat mooi, de trouwfoto van je ouders. Weet je nog dat we hier altijd op de grond zaten, Moon? Toen was die open haard er nog niet, we kropen altijd zo dicht mogelijk bij de kachel. Je moeder had een lijn gespannen om natte wanten te drogen. En die muts! Jij moest 's winters die rare zelfgebreide mutsen op die zo verschrikkelijk prikten. God ja, je arme moeder. Wat een vreselijk ongeluk. En je vader. Wat een mens mee moet maken.'

Ze liep hoofdschuddend terug naar de keuken en bleef voor het raam staan.

'Wat ligt je tuin er mooi bij. Zie ik daar pompoenen?'

'Henk doet de tuin. Wil je een pompoen mee?'

'Er is hier niet veel veranderd. Jij ook niet echt, je bent nog even dun en mooi. Ik pas niet eens meer in maat 50.'

Ze gleed met haar handen langs haar lichaam en legde ze kort onder haar borsten.

'Nou ja, zolang deze meegroeien is het geen ramp.'

Marijkes opmerkingen, gebaren en geur verwarden me. Ze liep schommelend langs me naar de kinderwagen en raakte me even aan in het voorbijgaan, een zachte aai langs mijn wangen.

'Echt waar, Moon, je ziet er prachtig uit. Kom Joep, we gaan maar weer eens, oma verlossen van je broertjes.'

We liepen naar de poort. De regisseur kwam om de hoek, al lopende krabbelde hij iets in een notitieboekje.

'Ha, jij moet de man van het toneel zijn.'

Ze lachten gul naar elkaar, schudden handen en voerden een geanimeerd gesprek. Ik deed een paar stappen terug en luisterde niet meer. Het jongetje was wakker geworden, lag doodstil op zijn rug. Hij keek me zonder te knipperen aan. Zijn ogen hadden een onbestemde, donkere kleur. Ik had het gevoel dat hij me helemaal omvatte met zijn blik, alsof hij me peilde, misschien zelfs kende.

Ik stak mijn hand uit naar de wang van het kind. Ineens drongen de stemmen weer tot me door. Marijke zei dat ze wel wilde helpen met het decor. Ze zou volgende week opnieuw langskomen om wat dingetjes met hem door te nemen. De regisseur was opgetogen, maar op mij had Marijkes energie een verlammend effect. Opeens stelde ik me hen voor, op het gras van de eendenkooi. Haar witte vlees in het donkere water, zijn stevige behaarde benen om haar vlezige lijf.

'Leuk hè, Moon? Net als vroeger. Kan ik de jongens ook meenemen? Die vinden het hier vast geweldig op de boerderij.'

Ik wist niets te zeggen en hield me vast aan de blik van de baby. De afspraak werd stilzwijgend gemaakt.

De regisseur hield Marijkes hand lang vast, hij lachte luidruchtig. Ik maakte plaats voor hem naast de wagen, zijn hoofd verdween haast helemaal onder de kap. Toen hij omhoogkwam zuchtte hij.

'Ziedaar het kind. De belofte. Een onbeschreven blad.' Al schrijvend liep hij bij ons vandaan.

'Wat een apart type, Moon. Echt een kunstenaar. Nou, ik ga ervandoor. Tot kijk, hè?'

Ik groette haar en bleef lange tijd bewegingloos staan, haar deinende zwarte gestalte werd langzaam kleiner.

Een dezer dagen zou ze wel op de stoep staan, met alle vier de jongens. Misschien zou ze de kinderwagen bij mij in de keuken kunnen zetten, als zij in de schuur bezig waren.

Ik zou kunnen wennen aan een kind in de keuken.

'EN WAT ALS IK MIJN BUSJE ACHTER BIJ DE POORT ZOU ZETTEN? Daar zit ik niemand in de weg en heb ik het beste uitzicht dat ik me kan wensen. Het zou echt geweldig zijn, Moon. Zo kan ik nog dichter op de materie zitten, het verhaal dieper op me in laten werken.'

De regisseur was op een avond onverwacht binnen komen vallen. Ik had moeite me voor te stellen hoe het zou zijn als hij in zijn busje op mijn erf zou wonen.

'Ik merk dat afstand versnipperend werkt. En ik ben nu al zo lang bezig. Het zou zonde zijn als dat allemaal verspilde moeite is. En zoals het nu gaat, werkt het toch goed? Met ons, bedoel ik. Of wil je me eigenlijk liever weg hebben?'

Hij knipoogde en lachte. Het leek niet in hem op te komen dat ik dat laatste zou kunnen beamen, dat ik hem misschien wel liever kwijt dan rijk was. Niet dat dat zo was, integendeel zelfs.

'Belachelijk, het is begin december, de winter moet nog beginnen. Hoe wou je het warm houden in een auto? En als het vriest?'

Ik gooide een nieuw stuk hout in het vuur. Neef Henk had grote stapels gehakt en de mand naast de haard gevuld met stammetjes.

Hij grijnsde. 'Tja, jij houdt me warm, misschien is dat genoeg.'

De gloed van het vuur verborg het kleuren van mijn wangen.

'Wil je dat voor je houden, alsjeblieft? Dat is iets tussen ons.'

Het klonk scherper dat ik bedoelde, maar het gevaar dat neef Henk iets zou horen was aanwezig. Hij zou net achter de deur kunnen staan luisteren.

'En de caravan, Ties, is dat geen beter idee?'

'Dat eitje van Henk? Dat vindt hij nooit goed.'

Waarschijnlijk had de regisseur gelijk. Neef Henk zou intuïtief weten dat er aan zijn plaats werd gerammeld.

'Waarom neem je geen kamer in het dorp?

'Vanwege de hoeve, Moon. Het gaat er juist om dat ik hier ben, dat ik de hoeve inadem, er deel van word. Snap je?'

Hij kwam uit zijn stoel. Even legde hij zijn handen op mijn been, daarna pookte hij het vuur op.

'En natuurlijk wil ik dicht bij jou zijn.'

Ik begreep het, maar had geen idee hoe we hier ooit met ons drieën zouden kunnen wonen.

De regisseur strekte zijn rug en pakte de kat van zijn plek in het hoekje van de bank. Nadat hij het beest geaaid had, legde hij het op mijn schoot. In het voorbijgaan streek hij vluchtig met zijn hand langs mijn wang.

'Ik moet gaan, Moon. Denk er eens over. En, eh, er is natuurlijk ook nog de noordvleugel. Tot morgen.'

Mijn handen kroelden ruw door de vacht van de kat. Ik hoorde de voetstappen van de regisseur langs het raam, het geluid van de startende motor en het wegrijden. De noordvleugel! Mijn maag trok zich samen en ik gooide de kat van me af. Het verleden verbood me in de noordvleugel te kijken. De toekomst dwong me het als mogelijkheid te overwegen. Ik voelde me gevangen. Nu, op dit moment, kon ik niets doen. Ik zou daar voor geen goud in het donker binnengaan. Maar als ik de regisseur een serieuze kans wilde geven, dan moest de deur wellicht maar eens open. Moeders geest zou er echt niet zijn, misschien moest ik vuur meenemen, een fakkel? Waar was ik eigenlijk bang voor? Waarom was de noordvleugel nog steeds op slot? Oud nieuws, ik was nu de baas hier op de hoeve. Ik kon binnengaan waar en wanneer ik wilde.

De gedachte droogde het speeksel in mijn mond en prikte spelden in mijn maag. Ik had ineens enorme dorst. Koud en stromend bier, dat wilde ik. Staand voor de koelkast goot ik een half flesje leeg in mijn keel.

De buitendeur sloeg dicht. Neef Henk kwam met een ijskoude vlaag buitenlucht binnen.

'Zo, jij had dorst.'

Hij gooide zijn pet op de keukentafel. Hij zag er fris uit, zijn huid lichtte op boven de boord van de grofgebreide, donkerblauwe trui. Voor tienen zou hij niet terug zijn, had hij vanavond bij het eten gezegd. Toen ik hem vroeg vanavond een vuurtje te komen stoken, had hij blij en verrast van zijn bord opgekeken. Hij was eerder thuis dan afgesproken, het was maar goed dat de regisseur al weg was.

'Ook een biertje?'

Hij pakte het flesje van me aan en nam het mee naar de kamer. Ik goot de rest van mijn bier in een glas en nam alvast een tweede flesje mee. Nadat de regisseur het woord noordvleugel hardop had uitgesproken, bleef het rondzoemen in mijn hoofd. Ik kon niet ophouden me voor te stellen hoe het daar zou zijn. Behalve een houten trap naar zolder zag ik een lege betonnen vloer die zich uitstrekte zo ver je kon zien. En ingetrokken in het grauwe steen een grillig gevormde roestbruine vlek. Dat moet ik me als kind verbeeld hebben, in werkelijkheid kon ik dat onmogelijk hebben gezien.

Neef Henk trok zijn trui uit en inspecteerde het vuur. Het shirt dat hij droeg was tot op de draad versleten, er zat een gat bij de mouwaanzet.

'Ruikt goed, hè, dit hout. Berk. Mooi droog ook.'

Hij pookte met driftige stootjes in de gloeiende hoop. Het vuur kwam tot leven en vlamde op, een zuil rode vonken schoot omhoog. De kap boven de vuurplek was breed en het gebeurde zelden dat er vonken buiten de haard terechtkwamen. Neef Henk had vakwerk afgeleverd, we genoten er allebei van. Hij had me met geduld en plezier keer op keer voorgedaan hoe je een goed vuur stookte.

'Tante Teppema was hier. Ze zegt dat je vader hier geregeld in de buurt rondneust.'

'Mijn vader vertoont zich hier heus niet, Moon.'

'Nee, daar zorgt hij wel voor, niet opgemerkt te worden, maar er wel te zijn.'

'Kom op zeg, jij hebt hem toch niet zelf gezien?'

Ik schudde ontkennend mijn hoofd. Nee, ik had hem niet met eigen ogen gezien. Maar als tante Teppema het zei, dan wist ik genoeg.

Het beeld van de rode vlek op de betonnen vloer veroorzaakte een bonkend ongemak in mijn bovenlijf. Ik kon er nauwelijks langs ademen. Had ik dat beeld levend gehouden door de ruimte nog steeds tot verboden gebied te verklaren? Dat was hoe ik beelden intact hield, door ze te koesteren en erover te zwijgen. Toch was het beeld een fantasie, dat moest wel.

'Ties zei dat hij een tijdje op de hoeve wil komen logeren. Voor het stuk.'

'Oh ja, waar dan?'

De onrust die de vraag opriep, golfde over zijn gezicht. Een trekken van zijn voorhoofd dat zich via zijn mond en het op-

wippen van zijn adamsappel doorzette tot een geïrriteerd ophalen van zijn schouders.

'Hij dacht aan jouw caravan. Of zijn eigen busje, achter bij
de poort.'

Ik stond op om de kat van zijn kussen te pakken. Het lopen
gaf me ademruimte en ik bleef bij het raam staan, mijn rug
naar neef Henk toegekeerd. Ik zag niets anders dan mijn eigen
spiegelbeeld. Met een woest gebaar trok ik de gordijnen dicht.
Voor hetzelfde geld stond oom Arie daar ergens in het donker
te gluren. De kat lag in mijn armen als een baby. Hij ronkte en
likte een van zijn voorpoten. Het schrapende geluid irriteerde
me. Hij sprong uit mijn armen toen ik hem losliet en verdween
op een drafje naar de keuken. Neef Henk zweeg en pookte het
vuur nog hoger op. De hitte brandde mijn op wangen.

'Wat zou je daarvan vinden, als hij de caravan gebruikte?
Een tijdje, misschien een paar weken. In zijn busje vriest hij
dood als het echt winter wordt.'

'De caravan. Waar dan? Toch niet naast mij, hè?' Hij keek
naar zijn handen.

Ik was verrast door zijn instemming. 'Dus dat zou je goed
vinden? Waar, dat moeten we dan maar bekijken. Misschien
op de oude plek in de boomgaard. Wil je nog een pilsje?'

Ik liet hem achter bij het vuur en koelde mijn gloeiende wangen bij de koelkast aan het glas van een vers flesje bier.

'Weet Ties van ons?' Hij schreeuwde bijna.

'Weet Ties wát van ons?' Ik schreeuwde terug. Er kwam
ruimte in mijn borst. Ik nam een paar gulzige slokken.

'Nou, gewoon, dat wij... Dat jij en ik...'

'Ik heb hem niks verteld. Nee, dat is iets tussen ons, en dat
moesten we maar zo houden. Er wordt al genoeg gekletst.'

Toen ik terugliep naar de kamer en neef Henk het bier overhandigde, greep hij mijn hand. Hij keek me dwingend aan.

'Ik zal de caravan morgen nakijken en verder de boomgaard in rijden, tot onder de oude boomhut. Is dat goed? Als het te hard gaat vriezen, zien we wel weer. Proost.'

'Fijn.'

Ik trok mijn hand los. Ergens had ik gelezen dat alcohol een slechte uitwerking had op het zaad van een man. Vannacht zou ik niet bij hem komen. Voor de bevruchting hoefde dat ook niet, mijn eisprong was pas over een dag of vijf. Ik nam een periode van zes dagen in de maand om zaad te verzamelen, enkele dagen voor de ovulatie en enkele erna. Dat moest genoeg zijn. Tegen de tijd van mijn volgende eisprong zou de regisseur zijn intrek wel hebben genomen op de hoeve, dat zou het makkelijker maken met hem samen te komen. Soms verlangde ik naar onze samenkomsten, hij had me afgelopen zomer dingen geleerd die ik eigenlijk fijn begon te vinden. Vooral als hij de tijd nam me te strelen, hij kon me aanhalen zoals ik de rode kater bij het verzorgingshuis had aangehaald, met lange, stevige streken. Neef Henk was veel voorzichtiger. Moeders hoofdpijnopwekkende waarschuwingskreten klonken niet altijd meer even luid, hoewel ze nog iedere keer aanwezig was. Ze kon zich sissend of grommend aandienen, een enkele keer gilde ze nog. Zodra ik me bloot dreigde te geven aan een van de mannen, raakte ze in paniek. De laatste maanden was het me een enkele keer gelukt haar te overstemmen. Een enkele keer maar. Stil maar moeder, ik doe het immers voor vader.

Ik ben Moon en ik houd mijn belofte.

Neef Henk lachte naar me, hij tilde de miauwende kat op zijn schoot.

Ik kende hem al mijn hele leven. Als jongen en als man. Hij had voor mij een boomhut en een vuurplaats gebouwd. Maar nu moest hij weg, ik wilde slapen.

'Ik ga zo naar bed.'
'Wanneer kom je weer, Moon?'
'Je ziet me wel verschijnen.'

IN DE VERTE DOEMDE DE VERLICHTE WATERTOREN VAN DE STAD op. Links naast me op de voorbank van het busje zong de regisseur luidkeels mee met een nummer van de Stones, roffelend met zijn vingers op het stuur. Ik neuriede zacht voor me uit en pelde mandarijnen. Neef Henk zat rechts van mij in een nukkig zwijgen. De hele weg had hij bijna geen woord gesproken, de keiharde muziek was een verademing. Zonder te kijken reikte ik hem een mandarijn aan. Hij sloeg onverwacht hard tegen de onderkant van mijn hand, waardoor de vrucht tegen het autodak vloog, het hoofd van de regisseur raakte en in zijn schoot rolde. Ik pakte de mandarijn op en hield deze de regisseur voor. Hij grijnsde naar me en stak het hele ding in één keer in zijn mond. Geschrokken van de onverhoedse aanval wist ik niets te zeggen. Ik keek voor me uit en at, partje voor partje.

De regisseur moest flink kauwen om het fruit weg te krijgen. Zijn veel te lange haar hing krullend langs zijn wangen, zijn adamsappel bewoog snel op en neer. Hij veegde zijn hand langs zijn mond, likte smakkend langs zijn lippen en zette de radio zachter. In het voorbijrijden wees hij naar een elektriciteitshuisje waarop verschillende posters hingen.

'Kijk, daar hangt ons affiche! Met die strobalen en de zwevende baby.'

We reden zo snel dat ik onmogelijk kon zien welke poster hij bedoelde.

'De strobalen verbeelden eenvoud, maar ook het gevaar van brand. De zwarte baby is een persiflage op de blankheid van de christelijke traditie. Dit kindje is de belichaming van de hoop die de komst van een langverwacht kind met zich meebrengt. Maar jullie gaan het vanavond zelf zien.'

De jaarlijkse kerstuitvoering vond plaats in een klein theatertje in de stad. De regisseur had als verrassing kaartjes voor ons gereserveerd. Hij wilde iets van zijn werk laten zien, zodat we een idee zouden krijgen van het soort voorstellingen dat hij maakte. Het regisseren van het kerststuk had drie maanden in beslag genomen, vooral het instuderen van de teksten was moeizaam gegaan met de grote groep amateurs. Hij had het stuk zelf geschreven, de liedjes waren door een componist gemaakt en ingestudeerd door een bevriende koordirigent. Hij kende ze al jaren en had in veel projecten met hen samengewerkt. 'Zeer bekwame collega's. Vaklui met theaterbloed in de aderen, net als ik. Theaterdieren, wat zeg ik, rasechte podiumbeesten, Moon.'

Hij grauwde lacherig naar me toen hij het vertelde. Neef Henk zag het en was acuut chagrijnig geworden.

'Dan voel je je zeker goed thuis op een boerderij, Ties.'

Zijn stem had vol minachting geklonken. Ik had verrast opzij gekeken en gezien hoe het venijn uit zijn ogen spatte. De rest van de reis zweeg hij. Ik vond het jammer voor hem dat hij het zo verkeerd opvatte. Ook vermoedde ik dat het gif niet alleen betrekking had op het vertoon van de regisseur, er was iets anders. Misschien mijn plek tussen hen in?

'Hier is het. Ik haal even een parkeerkaart.'

De regisseur stapte uit. Zijn jaspanden flapperden opzij, hij liep gebogen tegen de wind. We stonden voor de verbouwde watertoren. Door de glazen deuren zag ik hoe binnen een enorme kroonluchter brandde, het rode tapijt op de grond leek erdoor op te gloeien.

'Sorry, Moon, van die mandarijn. Ik kon er even niet meer tegen. Ties... Die man is soms gewoon veel te aanwezig, veel te veel van alles.'

'Ik schrok me dood. Ik deed toch zeker niks?'

Zijn hand lag even op mijn hoofd.

'Ach wat, Ties is een artiest. Dat is een ander soort dan wij. Kom Moon, we gaan.'

Even later stonden we binnen in de hal, we waren de eerste bezoekers. De regisseur verdween naar de kleedkamers om zijn spelers succes te wensen en de laatste dingen door te spreken. Het theatercafé zag er uitnodigend uit, alles glom en glansde en in de flessen achter de bar weerspiegelde het flakkerende kaarslicht. In het midden van de ruimte stond een metershoge kerstboom, met honderden lampjes en goud- en zilverdraad.

'Wat zie je er mooi uit in die jurk.'

'Ja?'

De stof van de jurk golfde rond mijn heupen en mijn vingers streken mee met de vleug van het zwarte fluweel. Mijn benen waren bekleed met vliesdun zwart nylon. Het bood geen enkele warmte, maar het hoorde bij deze feestelijke avond. We liepen naar een van de houten tafeltjes. Zodra we zaten stond neef Henk weer op om koffie te bestellen. Hij droeg een schone spijkerbroek en een flanellen overhemd. Er was niemand om te bedienen en hij nam plaats op een van de barkrukken.

Mijn nieuwe pumps knelden, maar ik vond het niet erg. Marijke had ze me aangeraden, net als de jurk en mijn kousen. Eigenlijk was de hele outfit haar idee. Ze had me weten over te halen om te gaan winkelen. Ik had nooit eerder gewinkeld, vond het altijd een idioot idee dat ik zou moeten dragen wat de mode me voorschreef. Ik hield van spijkerbroeken, sweaters en zelfgebreide truien, 's zomers droeg ik graag een wijde rok. Ik kocht mijn kleren mijn hele leven al bij het postorderbedrijf en was daar tevreden mee. Maar Marijke vond dat ik er mooi uit moest zien op zo'n avond.

Ze had haar moeder bereid gevonden op de kinderen te passen en was me komen halen in haar kleine zwarte auto. Opgewonden en druk pratend reed ze me naar de stad. Dat zij dol was op zogenaamde vrouwendingen was me al snel na haar eerste bezoek aan de hoeve duidelijk geworden. Sinds ze samenwerkte met de regisseur – ze adviseerde hem over kleuren, decor en kleding – kwam ze geregeld bij me in de keuken om 'bij te kletsen'. Dat hield in dat ik koffie schonk en zij me op de hoogte bracht van haar scheidingsperikelen en de ontwikkeling van haar vier 'kleine mannetjes'. Ook het leven van haar ouders werd besproken, en dat van de buren en de mensen die daar weer naast woonden. Waar het feitelijk op neerkwam was dat ze me bijpraatte over iedereen die ze kende. Ik liet het over me heen komen, herkende namen van vroegere klasgenoten en merkte dat ik haar soms zelfs een vraag durfde te stellen. Toen ik haar vroeg of ze zich onze zomerse zwempartijtjes nog herinnerde, wilde ze per se dat ik mijn oude badpak van boven haalde. De stof was stroef en tegelijk glad geweest onder mijn vingertoppen, het kippenvel joeg over mijn rug. Marijke gilde van opgewonden herkenning en pakte het badpakje van me aan. Ze hield het aan de schouderbandjes omhoog.

'Weet je nog, Moon, dat ik een keer bijna door een zwaan ben aangevallen?'

Ik wist niet zeker of ik haar goed begreep.

'Bedoel je die keer dat we een wedstrijdje zwommen in de vaart? Toen ik voor het eerst dit badpak aanhad? '

Ze knikte enthousiast, haar opgestoken haar wiebelde boven op haar hoofd heen en weer.

'Ja, precies. Jij dacht dat je wel even van mij zou winnen in je nieuwe zwempak. Maar ik was sneller en toen was ik ineens bij dat nest met jonge zwanen. Weet je nog hoe jij gilde toen je zag dat die moederzwaan mij aan wilde vallen?'

Ze stond klapwiekend met haar armen voor me. Er vloog een druppeltje speeksel uit haar mond.

'Wat heb ik toen hard gezwommen. We zijn nooit meer zo ver de vaart op geweest, later. Weet je dat nog?'

In totale verwarring had ik naar haar armbewegingen staan kijken. Ze had een slok koffie genomen en het badpak op tafel gegooid. Ik had haar willen tegenspreken, maar ik was bang dat ik me vergiste. Wie weet had zij gelijk, was zij degene geweest met het angstige avontuur. Het was zo lang geleden, zeker weten deed je het nooit. We konden het niemand vragen. Toch zag ik ons duidelijk zitten, samen op de vlonder, en ik hoorde haar nog vragen of zij het vissenvel ook even aan mocht. Ik herinnerde me mijn weigering nog heel goed. Ik was niet alleen bang geweest de betovering van het vissenvel te verbreken, nee, ik had de spanning gevoeld van mijn weigering. Het was voor het eerst geweest dat ik Marijke haar zin niet gaf. Marijke had me altijd overdonderd, meegezogen in haar wereld. Bij haar in de buurt was het moeilijk een eigen wil te hebben. De kou die ik gevoeld had kwam niet alleen door de herinnering aan de griezelige slierten van het wier langs mijn wangen, of van het angstaanjagende ruisen van de zeilgrote vleugels. Het was ook de impact van mijn nee.

Maar Marijke had vast gelijk. Het geheugen is onbetrouwbaar, dat had ik geleerd van het werken met bejaarden. Die verzonnen maar wat, ze haalden hun eigen en andermans verhalen door elkaar.

Ik had geprobeerd het voorval te vergeten. Toen ik vertelde over de uitnodiging voor de kerstvoorstelling in de stad, had Marijke me overgehaald om iets nieuws aan te schaffen. Ik had toegestemd omdat ik niet wist hoe ik had moeten weigeren.

In de stad waren we naar een parkeergarage met verschillende verdiepingen gereden. Marijke manoeuvreerde behendig langs de betonnen muren. Ik hield me stevig vast, horizontale verfstrepen op de muren in de bochten wezen op minder handige chauffeurs. Marijke produceerde een constante woordenstroom waardoor ik soms vergat te luisteren. Haar stemgeluid werd onderdeel van de ronkende motor. Toen ze na de laatste akelig scherpe bocht de motor uitzette, stopten ook haar woorden. Even had ik verdoofd in de plotselinge bel van stilte gezeten.

'Zo Moontje, we gaan jou eens even piekfijn aankleden. Kom!'

Dat was het startsein voor een uren durende strooptocht langs winkels die ik alleen kende van de wekelijkse reclamefolders.

'Iets zwarts, denk ik.'

Dat was mijn antwoord op haar vraag naar mijn voorkeur. Marijke was een geoefende winkelliefhebber. Ze joeg energiek door de rekken en bleef maar kledingstukken voor me houden. Ik werd steeds stroever en bedacht moedeloos dat mijn moeder te kort geleefd had om mij de kunst van het kleding grazen bij te kunnen brengen.

'Waarom doe je zo, Moon? Werk eens een beetje mee.'

Marijke trok ongeduldig aan de zoom van de zoveelste jurk die ik paste.

'Ik werk toch mee? Kijk dan.'

'Ja lieverd, maar je bent zo stijf. Je staat strak van de zenuwen. Gooi die heupen eens los!'

Ze deed voor wat ze bedoelde. Alles aan haar schudde en schommelde. Als ik me bewoog wipten alleen mijn borsten even op.

'Sorry dat ik het zeg, maar volgens mij zit jij potdicht.'

Ze legde haar handen op mijn heupen en duwde me naar links en naar rechts.

Ik deed mijn best haar te volgen. Toen ik de winkeljuffrouw zag kijken, trok de schaamte door mijn lijf.

'Hou op, Marijke, ik ben geen kind meer.'

'Zal ik jou eens wat zeggen? En dat meen ik serieus, Moon. Volgens mij zit jij net zo dicht als die verdomde noordvleugel. Heb ik gelijk of niet?'

Ze greep mijn bovenarm en trok me het pashokje in. Nu fluisterde ze.

'Er is niet veel veranderd op de hoeve, hè? Nog steeds niets dan sloten en verboden, ook al zijn je ouders overleden. Laat ze los, Moon. Ze zijn er niet meer. De hoeve is van jou. Je leven is van jou. Dit lichaam is van jou. Doe er eens iets mee. Hier, pas deze nu maar.'

Ze trok een rode jurk van een hangertje, gooide hem over mijn schouder en verliet het pashokje. Ik stond verstijfd, liet haar betoog door me heen gaan terwijl ik naar mijn dunne lichaam in de spiegel staarde. Ik probeerde mezelf moed in te spreken door te denken aan de regisseur in de caravan en aan neef Henk onder zijn dakraam. Aan mijn baarmoeder, die toch zeker evengoed vrucht zou kunnen dragen als die van Marijke.

Sloten en verboden. De noordvleugel en mijn schaamte. Het geheim van mijn missie.

Uiteindelijk was ik in beweging gekomen en had de rode jurk aangetrokken. Marijke had aan de andere kant van de deur staan wachten.

'Die moet je nemen, Moon! Dat rood staat je geweldig.'

'Vind je?'

Even later had ik de zwarte jurk afgerekend. Marijke was hoofdschuddend naar buiten gelopen en had me morrend geadviseerd over kousen en ondergoed.

'Je kent me, Moon, ik ben altijd eerlijk geweest. Als je dat niet wilt, moet je het zeggen.'

Ik had gezwegen en haar verdere advies ter harte genomen.

Zowel de regisseur als neef Henk hadden me vanavond een compliment gegeven. Dat was nieuw, tot nu toe complimenteerden ze me alleen wanneer ik geen kleren droeg. In het vuur van het zaaien vonden ze me telkens weer mooi en prachtig. Nu mijn lichaam bedekt was met zwarte stoffen noemden ze me hetzelfde. De toon waarop ze het hadden gezegd, was wel anders – minder vurig.

Er kwamen meer gasten het theatercafé binnen. Een groepje jongeren bracht vrolijk lawaai en een koude stroom lucht met zich mee. Neef Henk had eindelijk onze koffie kunnen bestellen, bij een jong meisje met oorbellen tot op haar schouders. Ze was zwaar opgemaakt en riep hem iets achterna. Hij lachte, balancerend met twee koffiekoppen, eerst naar haar en toen naar mij. Zij kwam hem heupwiegend achterna en legde een flyer met de aankondiging van het stuk voor ons op tafel. *Zij kwamen tezamen: Een modern kerstsprookje. Door Ties Abrahams.* Ik had hem thuis al uitvoerig gelezen.

Neef Henk zette de kopjes neer en bleef staan. De regisseur kwam handenwrijvend vanuit de foyer naar ons toe. Hij kuste het barmeisje omstandig, lachte hard en legde zijn hand op haar heup. Neef Henk staarde naar de begroeting alsof de voorstelling al begonnen was. Vanaf mijn zitplaats keek ik omhoog naar hen drieën. Ik voelde hoe een bekende verlegenheid bezit van me nam. Ik bukte me en wrong mijn wijsvinger tussen de wreef van mijn rechtervoet en de scherpe kunststof rand van de pump. Het namaakleer gaf nauwelijks mee. Boven me hoorde ik de regisseur en het koffiemeisje hard lachen, het meisje met aanstellerig hoge gilletjes. Onder tafel likte ik het topje van mijn vinger. Ik zoog het even snel naar binnen en richtte me daarna op. Daar stonden ze, vol lust, lawaai en leven. Ik roerde mijn koffie tot er een plas op het schoteltje lag.

3

Volle maan

MESSCHERP PRIEMDE HET LICHT DOOR DE SMALLE KIEREN TUS-
sen de planken die vader ooit voor de ramen had getimmerd.
Mijn adem dampte voor me uit, de ijzeren klink lag koud in
mijn hand en ik liet de deur achter me op een kier staan. Op-
dwarrelend stof kriebelde in mijn neus, tegelijk met opkomende tranen. Ik sloot mijn ogen en luisterde met ingehouden adem. De kou en de stilte omringden me als een graf. Ik
probeerde mijn angst weg te slikken. Pas na een tijd durfde ik
mijn ogen weer te openen.

Er was geen ladder. Boven op de vliering lag voor zover ik
kon zien alleen een berg grijs verstoft hooi. Het hing in rafelige
slierten over de rand. Een huivering joeg over mijn rug.

Ik sprak mezelf stevig toe, maar iedere zin leek in een vraag
te ontaarden. Er was niets om bang voor te zijn, toch? Het was
veertien jaar geleden. Zou er sinds het ongeluk echt niemand
zijn geweest, hier? Zou vader niet één keer, om zeker te weten... Om te rouwen? Ik kende het antwoord niet, we hadden
er nooit met elkaar over gesproken. Misschien dat tante Teppema het wist. Vader moet dat soort dingen toch met iemand
besproken hebben? Zelfs de grootste zwijger opent af en toe
zijn mond. Maar het zwijgen zat bij ons in de familie, welbe-
schouwd was ik zelf geen haar beter.

Ik durfde een stap te zetten in de ruimte, en nog een. Ik wachtte, maar er gebeurde niets. Mijn hart bonkte snel en mijn oren suisden, maar verder was de stilte nog net zo duidelijk aanwezig. Voor de zekerheid knipte ik de zaklantaarn aan. Het gebundelde licht bewoog schokkend over de stenen vloer. Boven me hing een grijze deken van stofdraden en spinnenwebben. Ik wist dat ergens uilen moesten zitten, ze nestelden al jaren hoog in de noordvleugel. Ik durfde niet goed om me heen te schijnen, bang als ik was voor het onverwacht opvliegen en het klapperen van vleugels. Tegen de linkermuur lag een scheefgezakte stapel strobalen. Recht voor me stonden ijzeren machines, verborgen in de donkerte onder de vliering. Ik kon niet uitmaken waarvoor ze ooit gediend hadden.

Ik deed opnieuw enkele stappen, naar voren en opzij. Het zonlicht trok zich terug. De schemer werd donker en de wind joeg een vlaag lucht langs het dak. Gedurende enkele seconden stond ik beweginloos midden in de schemerige ruimte. Toen begon het tikken. Ik glimlachte onwillekeurig toen de hagel de stilte verdreef. Bewegen leek ineens gemakkelijker, alsof ikzelf minder opviel nu er geluid was. Het hagelde harder en de korrels ketsten als kogels op het dak.

Plotseling hoorde ik mijn eigen stem. 'Moeder, ben je hier?' Ik had fluisterend gesproken. Maar toen haalde ik diep adem en verzamelde kracht. 'Moeder, ik ben het. Ik ben Moon.' Ik kwam nauwelijks boven het geluid van de hagelbui uit. Ik riep nogmaals, harder, tot mijn stem brak en ik geschrokken van mezelf naar de strobalen liep. Ondanks het stof ging ik zitten, kippenvel verspreidde zich over mijn armen en mijn rug. De kou trok gemeen omhoog door mijn laarzen en mijn adem stoomde hortend uit mijn mond. Moeder zweeg in alle talen. Nu er geen man was om me voor te waarschuwen of smerig gedrag om af te straffen, hield ze zich stil.

Ik durfde nauwelijks naar *de plek* te kijken. Stel je voor dat de grond werkelijk verkleurd was. Dat zijn de moeilijkste vlekken, had moeder me geleerd. Als je een onderbroek met bloed schoon wilt krijgen, dan moet je hem zo snel mogelijk in koud water leggen. 'Bloed nooit warm weken, kind.' Zo had ik het onthouden. Of was het tante Teppema die me dat had verteld? Verdomme! Hoe kon ik zulke dingen vergeten? Hoe kon ik moeder onthouden als ik niet eens meer wist wat ze had gezegd?

Even plotseling als de bui begonnen was, was hij voorbij. Ergens opzij van me, in een hoek, begon het te druppen. Ik stond op, vastbesloten nu om te doen waarvoor ik was gekomen. Met een droge mond en neergeslagen oogleden liep ik voetje voor voetje naar waar ik dacht dat moeder gevallen was. Onverwacht fel perste het zonlicht zich opeens weer door de kieren en spleten. Stof zweefde in de smalle banen licht. Ik dacht aan de regisseur, hoe hij in de zuidvleugel op de grond had gezeten en me gewezen had op de dansende stofdeeltjes.

Ik schuifelde naar het midden van de ruimte, mijn blik gericht op de rand van de vliering boven me. Toen ik dacht dat ik er ongeveer moest zijn, boog ik mijn hoofd. Ik keek.

De vloer was grijs en stoffig, net als de rest van de schuur. Er was helemaal niets wat afweek. Geen rand, geen donkerte en al helemaal niet de bloedrode afdruk waarvoor ik zo bang was geweest. De lichtbundel uit de zaklantaarn gleed langs mijn laarzen over de vloer rondom. Er was geen enkele aanwijzing voor de dodelijke val van moeder. Ook niet boven me – de rand van de houten vliering leek onbeschadigd. Om het zeker te weten zou ik erop moeten klimmen en de plukken loshangend hooi opzij moeten schuiven. Maar er was hier nergens een ladder. Misschien had vader die verbrand, of oom Arie. Wat zou het ook, als er sporen waren, moesten die hier beneden zijn. Ik scheen nogmaals zorgvuldig rond. Er was werkelijk niets te zien. Wie had hier geschrobd tot het bloed verdwenen was? Tante Wil? Oom Arie deed geen vrouwenwerk. Of was het tante Teppema geweest?

Als ik het werkelijk zou willen weten, zat er maar één ding op. Vragen stellen. De ruimte onder het dak van de noordvleugel leek op een mapje in mijn hoofd. Zolang de dingen ongezien op hun plek verbleven, lieten ze je met rust. Maar zodra je de deur openzette, begonnen ze hun verhaal aan je op te dringen en was het haast onmogelijk ze te negeren. Goed kunnen vergeten was, evenals goed opruimen, een kunst.

Aanvankelijk was het vaders verbod geweest dat me hielp te vergeten. De noordvleugel was verboden gebied. Hij beschermde me ermee. Ik denk dat hij me een confrontatie wilde besparen. Misschien was hij ook wel bang dat ik moeder achterna zou gaan.

De druppels in de hoek vielen met steeds grotere tussenpozen. Dwars over mijn ruggengraat kroop de kilte omhoog naar mijn nek. Neef Henk zou naar het lek in het dak moeten kijken.

De achtermuur trok aan me, ik wilde weten wat er stond. Aarzelend stapte ik naar voren, ik durfde niet goed onder de vliering door te lopen. Er dwarrelde wat stof op vanonder mijn laarzen. Ik deed nog een paar stappen en bescheen de troep die tegen de muur lag opgestapeld. IJzeren werktuigen, stukken hout die ergens van afgebroken leken te zijn, twee rubberen bandjes. Die moesten van mijn autoped afkomstig zijn. Er lag een opgekruld stuk zeil. De onderlaag was totaal verbrokkeld en lag als gruis op de vloer. Daar stonden moeders oude overschoenen, netjes naast elkaar. Dat was het, dat ze zo argeloos netjes naast elkaar stonden. Dat bij elkaar horen... Ik was er niet op bedacht. Mijn knieën smolten en ik gleed opzij. Ik stak mijn armen uit en probeerde mezelf op te vangen, mijn val te breken, maar er was niets. Tot mijn hoofd ergens tegenaan sloeg. De klap sneed messcherp door mijn oor. De zaklantaarn vloog uit mijn hand en rolde weg. Toen hij tegen de gebarsten rubberen bandjes tot stilstand kwam, stoven er stofdeeltjes op in de lichtcirkel. Het donker kwam traag, het viel als een zwaar gordijn voor mijn ogen. Het zwart erachter was dieper dan dat van moeders schoenen. Het zoog me mee. Ver, ver weg. En stil, zo stil.

Toch nog plotseling liepen mijn oren vol met wonderlijk gedempte geluiden. Ik dacht het roffelen van de regen op het dak te horen. Het was onmogelijk mijn ogen te openen. Toen tikte er iets tegen mijn wangen. Links rechts links. Langzaam brak het geluid van een stem door, een vrouwenstem boorde zich door de mist en de watten. Ze riep me. Was dat moeder?

'Moon, kun je me horen? Word eens wakker.'

Het was Marijke. De hand die ik voelde moest de hare zijn. Ze sloeg ritmisch, om en om, tegen mijn wangen. Mijn tong lag zwaar en dik in mijn mond, er zou geen geluid langs kunnen. De vingers bleven maar op mijn gezicht kloppen terwijl ik zacht heen en weer geschud werd.

'Mam, ze is net zo slap als de cavia, hè? Gaat ze ook dood?'

Een kinderstem vlak bij mijn gezicht. Vlinderzacht streek een vingertje langs mijn voorhoofd, het probeerde aan mijn wimpers een ooglid omhoog te trekken.

'Niet doen, Jacob. Weg hier, maak eens wat ruimte.'

De aanraking verdween. Het kind mompelde verontwaardigd enkele onduidelijke woorden. Er waren meer geluiden. Marijkes snelle, oppervlakkige ademhaling. Het eentonig tikken van de regen hoog boven me. Gefluister en rennende voetjes.

Mijn hartslag dreunde bonzend achter mijn slapen. De achterkant van mijn lichaam was doof. Uit alle macht probeerde ik mijn ogen te openen. Onder mijn hoofd was Marijkes arm warm en zacht. 'Toe nou Moon, kun je me horen?'

Ieder woord werd benadrukt door een beweging van haar arm. Alsof ze me wakker wilde schudden. Plotseling schoten mijn oogleden omhoog, Marijkes gezicht was vlakbij. Zwarte mascarastrepen liepen naar haar mondhoeken. Zonder lippenstift was haar mond een smalle bleke boog. Haar tanden glinsterden van het speeksel toen ze openbrak in een lach. Onwillekeurig drukte ze me stevig tegen haar boezem. De steek in mijn hoofd veroorzaakte een snerpend geluid in mijn keel. Ik schrok. Was ik dat?

'Ze gilt ook net als de cavia, mam. Zie je wel, ze gaat dood. Ze is misschien wel helemaal leeggebloed, hè Joris?'

'Hou je bek, man. Je maakt iedereen bang. Sukkeltje.'

Ik kon mijn hoofd nauwelijks bewegen, het klonk alsof de jongetjes met elkaar vochten.

Marijkes heftige gebaren veroorzaakten golfjes snerpende pijn door mijn oor. Ze siste dat ze allemaal stil moesten zijn. Uit mijn ooghoek zag ik moeders overschoenen vlak naast me tegen de muur.

Er glinsterde iets donkers op de vloer naast me. Het moest bloed uit mijn hoofd zijn, ik was vast ergens tegenaan geklapt.

Ik wilde niets liever dan terugkeren naar de donkere stilte van zonet. Voorzichtig sloot ik mijn ogen.

'Wat gebeurt hier in hemelsnaam?'

Neef Henks stem vulde de ruimte, daarna was het stil. Iedereen leek zijn adem in te houden. In de hoek klonk het druppen nu heel duidelijk. Het duurde maar heel even, toen hoorde ik zijn voetstappen dichterbij komen. Hij vloekte. Mijn ogen gingen niet meer open, ik zou niet weten hoe het moest. Ik was

volkomen leeg, uitgeput. Ik voelde hoe ze me voorzichtig optilden en naar het woonhuis droegen. Mijn gezicht lag tegen de
blauwe gebreide trui. Ik dacht aan het bloed. De trui zou lange
tijd in koud water moeten weken. Neef Henk fluisterde dat het
wel goed zou komen. Dat het erger leek dan dat het was. Dat de
dokter er zo zou zijn en dat ik niet bang hoefde te zijn. Dat ik
uit de noordvleugel had moeten blijven. Hij vroeg wat ik daar
gezocht had.

Ik liet me naar binnen dragen en likte ongezien met een
snelle haal de ruwe wol van de trui. Ze legden me behoedzaam
op de bank, op oude kranten en een theedoek. Het beeld van
mijn eigen bloed, die rode vlek op de vloer in de noordvleugel,
brandde op mijn netvlies.

DAG IN DAG UIT STREEK DE LAAGSTAANDE WINTERZON OOG-
verblindend over het berijpte land. Vanaf de bank had ik uitzicht over een groot stuk van de moestuin en de daarachter
gelegen weilanden. Er lag ijs in de vaart en de sloten. De gele
rietpluimen staken donker af tegen al het wit. Vanonder de heg
stoof een fazantenwijfje kakelend op, de kat sloop met zijn buik
dicht tegen de grond rond onder het vogelhuisje. De vetbolle-
tjes die Marijke als verrassing had opgehangen, schommelden
in de straffe oostenwind, er hingen twee koolmezen aan.

Ik kon het uitzicht vanaf de bank in de woonkamer dromen. Het was meer dan twee maanden geleden dat ik gevallen was. De hersenschudding had me gedwongen een aantal
weken volledige rust te nemen. Op het laatst ging het liggen
me steeds zwaarder vallen. Gelukkig was ik inmiddels gene-
zen verklaard door de huisarts, maar hij drukte me op het
hart geen gekke dingen te doen. Ik deed dus 's middags keurig een dutje.

De noordvleugel was opnieuw gesloten. Marijke had de vloer
schoongemaakt en na de eerste twee weken strikte bedrust
was ik, op een ochtend waarop ik alleen thuis was, zelf moeders overschoenen gaan halen. Nu stonden ze boven, naast het
rieten mandje onder mijn bed.

Ik was niet bang geweest de noordvleugel binnen te gaan. Het leek of er iets in evenwicht was gebracht door mijn val, door mijn eigen bloed op de vloer. Er was een schaduwachtige vlek overgebleven die in de loop der tijd wel zou verdwijnen. Ik had de afgelopen weken geprobeerd me voor te stellen hoe het zou zijn wanneer de vleugel gebruikt zou worden. De regisseur viste regelmatig naar mijn ideeën.

'Deze schuur zou een perfecte plek zijn voor een permanent theater, Moon. Henk heeft me verteld over je moeder, het ongeluk. Je moet de geschiedenis de kans geven te spreken.'

'Ik moet helemaal niets, Ties. Laat mij mijn geschiedenis. De noordvleugel is een donkere plek. Hij blijft op slot.'

Ik schreef de interesse van de regisseur toe aan zijn hang naar drama, intriges en familiegeheimen. Maar moeders dood was van mij. Het was een ongeluk, een dramatisch voorval met een enorme impact. Alleen: ik wilde voort – ik had een belofte na te komen. De ontsluiting van de noordvleugel zou me afleiden of me nogmaals ten val brengen.

Neef Henk had zich ontpopt als een oplettende verpleger. Soms aten we met z'n allen. Meestal at ik op de bank bij de haard en hoorde de anderen zacht praten aan de keukentafel. Als Marijke meeat werd er veel gelachen. Als ik wilde, kwamen ze bij mij zitten om hun koffie drinken. Neef Henk had fanatiek over mijn welzijn gewaakt en stuurde iedereen op tijd weg. Af en toe beloonde ik hem. Ik wist tegenwoordig bijna precies wanneer ik zou ovuleren en meende mijn eisprong te kunnen voelen. Neef Henk zou niet vermoeden dat er regelmaat zat in mijn willigheid.

De regisseur maakte op zijn eigen manier gebruik van mijn ziekbed. Hij had er een gewoonte van gemaakt me te ontdooien door vaak en stevig over mijn rug te strijken, met steeds langere halen. Dat gevoel deed me denken aan het gras en de champagne bij de eendenkooi. De slaperigheid die dat met zich meebracht, dempte moeders stem. Ze bleef op afstand, aan de rand van mijn bewustzijn. De lome ontspanning die de regisseur in me opwekte, maakte me open. Zodra moeder helemaal niet meer te horen was, kon ik me zelfs zomaar even verliezen, voor een kort moment verdwijnen in zijn handen op mijn huid. Wanneer ik mijn bekken omhoog duwde, zaaide hij gewoonlijk snel en hevig schokkend. Moeder kwam soms even over de rand, met een korte gil of een angstig snerpen. Op andere momenten was ze stil, daar bedankte ik haar in gedachten voor.

Ik was een paar keer naar de caravan gegaan, achter in de boomgaard. De regisseur had hem ingericht met kleden en kussens, gekleurde lampjes en kaarsen, en ik voelde me er als een kind in een sprookjeswagen.

Neef Henk noemde het minachtend een kermiswagen.

De regisseur had in overleg met mij besloten dat de voorstelling een voorjaarsstuk moest worden, de première zou rond Pasen plaatsvinden.

'Ik laat het uitkomen als een ei.' Hij zei het glimmend van pret en trots. 'De slotscène moet onontkoombaar volgen uit de drijfveren en de handelingen van de personages. Het eind wordt ons onthuld als de noodzaak gevoeld wordt, wanneer we de personages werkelijk durven bewonen en bezielen.'

Het had goed geklonken, qua ongebruikelijke woorden, maar het zei me weinig. Ik dacht wel dat ik begreep wat hij bedoelde, maar ik had moeite zijn woorden betekenis te geven. Hij sprak zo uitgebreid dat ik steeds vaker halverwege zijn verhalen het gevoel had te verdwalen.

De repetities waren begonnen, in het café in het dorp. 'Het is een geweldige ploeg mensen, de actrice die de hoofdrol speelt lijkt op jou, Moon. Het stuk wordt een eerbetoon aan de mensen die het platteland bewonen. Geïsoleerd levende families, sterke mensen die hun eigen problemen oplossen, mensen die niemand nodig hebben. Net als jij.'

Ik had het wonderlijk gevonden dat iemand op zo'n manier over mij dacht. Juist ik was meer dan wie dan ook afhankelijk.

Ondertussen verlangde ik naar het voorjaar. Het heldere winterlicht was soms onverdraaglijk schel geweest, het drukte pijnlijk op mijn oogbollen. Liggend op de bank doezelde ik achter halfgesloten gordijnen door de dagen, verlangend naar de schemer.

De kat joeg de fazant door de moestuin, het lukte de vogel op tijd op te vliegen. De mezen stoven uiteen van de vetbollen. Ik stond net op om thee te zetten toen er werd geklopt. Voordat ik kon antwoorden zwaaide de deur open en kwam de regisseur in een bel ijskoude lucht binnen vanuit de bijkeuken.

'Ah, je bent op de been, goed zo. Moon, mag ik je aan een paar mensen voorstellen? Mannen, dit is Moon. De vrouwe van deze fantastische hoeve. Als jullie iets nodig hebben, dan overleg je met haar. Al-tijd dus!' Hij knipoogde en wachtte mijn reactie niet af maar duwde de mannen naar me toe. De voorste twee waren jong, hooguit veertien. De gezichten vol mee-eters en puberige puisten. Ze keken zelfverzekerd in mijn ogen toen ze zich voorstelden, hoewel hun stemmen vreemd hoog klonken. Het was een eeneiige tweeling. De derde man was ontwijkend. Zijn huid was donker, als het ijs in de vaart, en hij bewoog zich met een vreemde traagheid naar me toe. Zijn voorhoofd glansde, zijn handdruk was ingehouden.

'Ik ben Chalid. De hoeve is prachtig. Dank je wel.'

Hij sprak de woorden zorgvuldig articulerend uit, zijn ogen bleven neergeslagen. Mijn handen werden vochtig, ik droogde ze aan de achterkant van mijn trui.

'Zij vormen de decorploeg, Moon,' legde de regisseur uit. 'Jim en Peter zijn bouwers, Chalid is lichttechnicus. Ik heb hen op het hart gedrukt alle werkzaamheden met mij te overleggen. Ze zullen het woonhuis niet betreden en gebruiken het sanitair in Henks woning. Je zult geen last van hen hebben. Kom mannen, we gaan aan het werk.'

De lichtman knikte, sloeg zijn ogen in een witte flits naar me op en verdween zonder te groeten achter de anderen aan.

Ik had kippenvel gekregen en het stak achter mijn oogbollen. Misschien kon ik een hoofdpijnaanval voorkomen door heel rustig te bewegen. Voetje voor voetje liep ik de trap op. In mijn kamer trok ik dikke sokken aan en moeders schoenen. Ze pasten zo perfect dat ik had moeten huilen toen ik ze voor het eerst aandeed.

De zolen piepten toen ik naar het raam liep. In de tuin zag ik hoe de kat ineengedoken onder het voedertafeltje zat. Arme vogels, ik lokte ze met zaad terwijl hun vijand ze stilletjes op zat te wachten. De steken achter mijn ogen leken af te nemen, als ik geluk had kon ik de aanval keren. Frisse lucht zou me helpen.

In de bijkeuken sloeg ik de voorpanden van het dikke vest stevig over elkaar. Ik trok de klep van vaders pet zo ver mogelijk over mijn ogen en kneep met gebogen hoofd mijn ogen samen tegen het verblindende licht toen ik de buitendeur opende. De koude lucht stroomde prikkelend in mijn longen, melkwitte wolkjes stoomden uit mijn mond.

'Wil je ook een sigaret, Moon?'

Ik schrok van de onverwachte stem. De lichtman stond achter de deur tegen de muur geleund. Hier stond je uit de wind en in de zon. Hij hield me een pakje sigaretten voor. Ik bedankte en sloot de deur achter me. Een aansteker vlamde op, de lichtman inhaleerde diep. De eerste vleug rook deed me denken aan hooi en vochtige oktobervuren. Om iets te doen te hebben volgde ik de rook met mijn ogen.

Zwijgend keken we hoe een groepje staartmezen neerstreek in de berk. Steeds maakten een paar vogeltjes zich los van de kwetterende groep om van de vetbollen te eten. Ik stelde me voor hoe licht en warm ze in mijn handpalm zouden liggen, het snelle bonken van de kleine hartjes. Soms hoorde ik binnen de doffe klap van een mees die tegen het raam vloog en recht naar beneden in het grind viel. Een enkele keer kon ik, als ik snel genoeg buiten was, het bewusteloze diertje oppakken en op veilige afstand van de kat in het vogelhuisje leggen. De sidderingen die door zo'n vogellijfje joegen, konden een trekkend spoor in mijn buik achterlaten.

'Waar heb jij Nederlands leren spreken?' vroeg ik na een lang zwijgen.

'Waar ik vandaan kom leerde ik de Nederlandse taal van mijn pleegouders. Zij waren gekomen om mijn land te helpen.'

'Welk land was dat?'

'Mali.'

De antwoorden van de lichtman hadden iets stugs, alsof mijn vragen hem te veel waren. Ik zou wel in de atlas opzoeken waar Mali lag.

'Hoe noem je die vogels?'

Hij spreidde zijn vingers alsof er een veel grotere vraag gesteld werd. Ik zocht zijn ontwijkende ogen, gaf het antwoord duidelijk articulerend.

'Staartmezen.'

'Komeetmezen.'

Opnieuw die wijzende, geopende hand. De bleke palm had een roze gloed. Ik stelde me er een vogellijfje in voor, de lange vingers eromheen gekromd. De lichtman knikte, draaide zich om en verdween naar binnen.

Ik trok het vest nog strakker om me heen en wandelde over het uitgesleten paadje langs de muur van de zuidvleugel naar achteren.

De takken van de bomen rond het kerkhof, en verderop bij de eendenkooi, staken scherp af, als krassen in de lucht.

Er schoot me een langvergeten kinderliedje binnen.

Moriaantje zo zwart als roet,
ging eens wandelen zonder hoed.
Maar de zon scheen op zijn bolletje,
daarom droeg hij een parasolletje.
Moeders schoenen knelden.

'...EN NIEMAND WEET, NIEMAND WEET, DAT IK TEPELSTREELTJE heet.'

De regisseur verborg zijn ogen achter het boek waaruit hij voorlas. De erotisch herschreven sprookjes moesten hem helpen inspiratie te krijgen voor de laatste scènes van zijn stuk. Ik hoorde aan zijn stem dat er een lach op komst was.

Het was warm in de caravan, benauwd. De brandende kaarsen op tafel walmden en op het plafond groeide de roetvlek.

Moeder dreinde achter in mijn hoofd: vies kind, schaam je.

Ik snoerde hen beiden de mond met een sneer.

'Houd maar op. Zulke dingen wil ik niet op de hoeve. Als je stuk daarover gaat, zoek je maar een andere plek.'

Ik stond op om te vertrekken. Moeder zweeg. De regisseur had vragen.

'Toe nou, Moon, dit vind je toch wel een beetje leuk? Waarom ineens weer zo preuts?'

'Dit heeft met preutsheid niets te maken. Ik wil het gewoon niet horen.'

Ik snauwde om het prikkend ongemak onder mijn huid te overstemmen. Hij moest ophouden voor moeder weer zou beginnen. Ik was haar commentaar zo moe.

'Goed, wat je wilt.' Hij sloeg het boek dicht en pakte mijn

arm. 'Blijf nog even. Ik dacht dat voorlezen een goede manier was om meer zicht te krijgen op de drijfveren van de personages. Dat is alles. Ik had geen idee dat je erdoor van streek zou raken.'

'Die personages van jou, het hele stuk eigenlijk, wat wil je er toch mee?'

In een vlaag van woede blies ik de kaarsen uit. Het rode schijnsel van een kleine schemerlamp omvatte ons. Het was een licht dat mijn woede en het prikken van mijn huid leek te dempen.

'Verbeelden, Moon, de werkelijkheid naar mijn hand zetten. Dat is wat ik ermee wil. Theater is mijn taal.'

'Oh. En wat als de toeschouwers jouw taal niet spreken?'

'Dat is helemaal niet nodig. Theatrale verbeelding spreekt door middel van universele beelden. Het is archetypisch, iedereen heeft toegang tot die taal. Zelfs als je mijn stukken met je ratio afwijst, doen de beelden nog hun werk, in je onderbewuste.'

Hij sprak snel, op een overredende toon.

'Waarom wil je me dat soort verhalen voorlezen? Wat wil je in mijn onderbewuste planten?'

De lach van de regisseur verdween. Voordat hij antwoordde, zoog hij sissend de bedompte lucht naar binnen.

'Lieve Moon, luister, ik wil helemaal niets in jou planten. Waarom zou ik? Ik ben je dankbaar dat ik op de hoeve mag wonen en werken. Doe ik iets verkeerd? We lopen je toch niet in de weg?'

'Ach, laat ook maar. Ik begrijp je gewoon niet.'

Hij keek me met opgetrokken wenkbrauwen aan. De echo van zijn vraag deinde tussen ons in als een flard avondmist boven de vaart.

'Nee. Niemand loopt me in de weg, echt niet. Het zal wel door de hersenschudding komen. Ik ben gewoon nog gauw moe.'

Hij pakte mijn hand en drukte een kus op de bovenkant.

'Mooie Moon, wat doe je toch met me? Kijk toch, je ogen, ze strelen me. Kijk, je mond, die roept me. Kijk, je huid, ze gloeit en warmt me zelfs zonder dat ik haar aanraak. En kijk, je vingers.'

Hij streelde een voor een de toppen van mijn vingers, stak ze tussen zijn lippen en zoog ze zacht naar binnen. Ik voelde de vreemde, weke binnenkant van zijn wang, de harde rand van zijn tanden en daarachter de natte holte onder zijn tong. Warm en meegevend vlees. Zo moest het voor hem zijn als hij in me kwam. Het zuigende samentrekken van mijn schaamte als ik het zaad uit hem wrong. Hij pakte mijn andere hand en likte al mijn vingers, zijn tong ging door de ondiepe holtes tussen mijn knokkels en langs mijn duimen. Ik sloot mijn ogen in verwarring over wat ik voelde en trok mijn vingers terug. De lucht streek koud langs de vochtige plekken. Ik trok de mouwen van mijn trui ver over mijn handen en stond op.

'Ik ga. Ik moet slapen.'

Voordat de regisseur me zou tegenhouden, stond ik op. Ik draaide me om en ging naar buiten.

De hemel was wolkeloos. Zodra ik uit het licht van de caravan stapte en mijn ogen aan het donker liet wennen, verschenen een voor een de sterren. Laatst had de lichtman hier gestaan, op dezelfde plek. Ik had hem in het donker bespied vanuit mijn slaapkamerraam. Dat was de avond nadat we gezamenlijk hadden gegeten.

De regisseur had voor ons willen koken. Hij had een stoofpot gemaakt met allerlei vissoorten en een ovenschotel met groentes die ik lang niet allemaal kende. De keuken zag eruit alsof er een oorlog had gewoed. Het was een vrijdag en er was de hele week hard gewerkt. We hadden dicht naast elkaar moeten zitten om rond de tafel te passen. Marijke, neef Henk, de lichtman en Peter en Jim, de tweeling. Ik had de afgelopen twee maanden nauwelijks alcohol gedronken, dat had de huisarts verstandig geleken. Ik had zijn advies ter harte genomen, maar die avond dronk ik, zij het mondjesmaat, mee. De prettige lichtheid die ik na het drinken van een paar pilsjes gewoonlijk voelde, had zich al na een paar slokken door mijn lichaam verspreid. De kat was op het aanrecht gesprongen en had de visresten uit de koekenpan gesnaaid. Zijn vacht glansde en de lange gestreepte staart zwaaide ritmisch heen en weer langs de stapel vuile borden.

De regisseur was opgestaan om wijn in te schenken. Zijn buik had de tafelrand geschampt, waardoor de tafel een ogenblik wankelde. We hadden allemaal tegelijk naar onze glazen gegrepen.

'Wat je vasthoudt krijgt niet de kans te vallen. Maar evenmin kan het zijn vleugels uitslaan.'

Er waren die avond meer uitspraken geweest van de lichtman. Hij koos zijn woorden behoedzaam. Alsof hij de letters iets mee wilde geven op hun reis naar buiten. Er werd naar hem geluisterd, ook al was niet altijd duidelijk wat hij bedoelde.

Na de afwas waren Jim en Peter vertrokken, ze hadden een lift gekregen van Marijke. We dronken verder in de kamer, neef Henk had het vuur in de haard hoog opgestookt. Om een uur of elf bleef ik alleen achter. Ik had het vuur niet gedoofd, het levende rood in de verkoolde stammetjes golfde fel toen ik ertegen had geblazen. Boven was het koud geweest. Vanuit de badkamer had ik zicht op de binnenplaats. Ik drukte mijn voorhoofd tegen het ijzige glas. Het licht dat neef Henk in de zuidvleugel aandeed, scheen door de stalraampjes en vormde een rijtje bleke plassen op de tegels. Ook in de slaapkamer was het kil. Toen ik de gordijnen wilde sluiten, leek de caravan in de boomgaard te zweven. Het kwam me voor alsof er een ruimteschip geland was. Een zachtoranje schijnsel kwam omhoog uit het kleine dakvenster. De gordijntjes waren niet helemaal gesloten, er viel een streep rood licht door de spleet in het midden.

Plotseling was er een gestalte in mijn blikveld verschenen. Iemand stapte op de rozige lichtstreep, keek omhoog naar mijn raam en bleef doodstil staan. Ik meende het wit van zijn ogen te kunnen zien.

Tijdens het eten had hij meer woorden gesproken dan gewoonlijk.

'...de aarde, zon, maan en sterren. Kometen en planeten. Sterrenstof. Zwarte gaten, sterrenstelsels. Ieder en alles in zijn eigen baan. Wie zijn wij om te denken dat wij zelf onze loop bepalen?'

Hij had onbeweeglijk in de nacht gestaan, net als ik nu. Zijn blik was naar boven gericht, de mijne naar beneden. Ergens in die donkere ruimte tussen ons in hadden onze blikken elkaar ongezien gekruist. De kou had in mijn huid gebeten, maar ik was niet in staat geweest te bewegen. Ik had zijn naam zacht voor me uit gefluisterd. Chalid. Even later was hij uit de plas van licht gestapt. Ik had het rammelen van zijn fiets op de oprit gehoord.

Nu stond ik hier zelf in de heldere avond. Achter me bewoog de caravan, daarbinnen stommelde de regisseur. Ik voelde hoe de slaap me overviel en ik liep naar het woonhuis. De grendel van de buitendeur knarste.

Toen ik op mijn rug in bed lag, meende ik de omwenteling van de aarde te voelen. Als er een maan zichtbaar was geweest, had ik de draaiing kunnen volgen. De beweging voltrok zich toch wel, of we het nu konden zien of niet. Los van mij, los van alles en iedereen. Onontkoombaar.

Ik kwam omhoog, knipte het licht aan en trok het mandje onder het bed vandaan. Vaders brief was koud. Toen mijn blote voeten het zeil raakten, trok ik huiverend de sprei van het bed en sloeg die als een cape om me heen. Op de overloop maakte ik geen licht, de gesloten deur van de doka glansde donker als een plas water. De sleutel lag op zijn plek in de oranje vaas die al jaren vergeten in een hoek stond. De donkere kamer was in feite de enige afgesloten ruimte in het woonhuis. Ik alleen had een sleutel.

Ik schrok toen ik de deur opende, dat gebeurde iedere keer. Ik was zo bedreven geraakt in het verbergen van mijn geheime obsessie, dat ik het zelf vergat. Wanneer ik niet aanwezig was, was de doka als een zwart gat, non-materie. Maar zodra ik de sleutel in het slot stak, materialiseerde hij in zijn vorm.

Ik knipte het licht aan. Door de luchtverplaatsing die mijn beweging teweegbracht, kwamen de foto's aan de drooglijnen in beweging. Even leken de jongensgezichtjes tot leven te komen. Zacht zwaaiden ze heen en weer.

Sinds Marijke met hen op de hoeve kwam, waren ze mijn modellen. Behalve Joep, die me recht aankeek met zijn grote, glanzende ogen, had ik ze allemaal steeds van een afstand gefotografeerd. Ze sjouwden met zand in kruiwagens en emmertjes, sloegen met hamers op spijkers en stukken hout. Ze stonden naast neef Henk in de moestuin, ernstig kijkend naar de beweging van de schop in de aarde. Neef Henk droeg op praktisch iedere foto die er van hem was zijn blauwe trui, de jongens gebreide mutsen en wanten. Daar waren ze in de zuidvleugel, de lichtman tilde een metalen mast hoog boven zijn hoofd. De rode wollen muts was tot ver over zijn oren getrokken. De kinderen leken overal te zijn met hun snottebellen, rumoer en kleverige handjes. Op een foto zaten ze op een rijtje op een strobaal, met een boterham en een appel. Er waren ook opnames van de regisseur en Marijke. Ze stonden onder het donkere gebinte in het halfduister. Ik had geen flitslicht durven gebruiken, bang als ik was voor ontdekking. De regisseur wees Marijke op iets wat op een groot wit vel geschreven was. Het scenario groeide op papier. Op een volgende foto gooide Marijke haar lange rode haar naar achteren en had ze haar hand op zijn arm gelegd.

De lade met vaders foto's liep stroef. Ik had tijdens zijn ziekbed drie foto's durven maken. Twee voor zijn dood en een erna. Toen de afdrukken in de ontwikkelvloeistof lagen had ik moeten huilen – omdat vader zomaar uit het niets aan me verscheen. Nu kon ik mijn tranen opnieuw niet bedwingen. Er was iets aan hem wat met weerloosheid te maken had, iets kinderlijks of onvolwassens wat ik na moeders dood in zijn hangende schouders zag, in het moeizame kauwen en doorslikken van zijn eten. In zijn trillende handen en het zwijgen. Dat verschrikkelijke zwijgen met neerhangende schouders, mondhoeken en oogleden. Daarom was ik van de hoeve gevlucht. Woedend en verward. Op zijn sterfbed wekte dat weerloze niet meer alleen mijn woede op. Ik begreep dat hij niet anders had gekund. Maar dan nog had hij mij het recht ontnomen het kind te zijn. Met zijn onmachtige zieligheid was hij het kind geworden. We hadden elkaar al die jaren niet kunnen troosten.

Ik nam de foto van vader met het open raam uit het mapje en borg de andere twee terug in de lade.

Aan de achterwand van de doka hing een uitvergroting van de foto waarop neef Henk de egel op zijn handpalm droeg. Zijn gezicht had de uitdrukking die ik vaak bij de kinderen zag wanneer ze geconcentreerd waren. Zo keek hij soms naar mij, verbaasd me te zien nadat we samengekomen waren. Alsof hij terugkwam van een wandeling door de velden. Er was ruimte in zijn blik, net als in de ogen van de lichtman.

Ik pakte twee punaises uit het doosje op de tafel en zocht met mijn ogen een plek tussen de foto's aan de muren. De foto van de regisseur en Marijke met het scenario zeilde met een grote boog langs de muur naar beneden toen ik hem lostrok. Doordat ik mijn armen ophief, gleed de warme sprei van mijn schouders op de grond. Ik hing vaders brief samen met de foto op de vrijgekomen plaats aan de muur. De beverig geschreven letters op het verkreukelde papier pasten wonderwel in het totaalbeeld.

Nog had het zaad geen vrucht gevormd.

Ik ging liggen en rolde me in de warme, zware stof. Op mijn rug gelegen overzag ik de ruimte, in zwart-wit. Dit was mijn universum, in deze wereld beschreef ik mijn baan.

EEN WEEK VOOR PASEN HAD DE REGISSEUR ME GEVRAAGD NAAR een doorloop van het stuk te komen kijken.

Ik nam plaats op een houten bankje, naast me zat neef Henk te wiebelen. De regisseur stond aan de zijkant en praatte tegen de spelers die dicht bij elkaar om hem heen stonden. Vier mannen en twee vrouwen. Onder het enorme dak van de zuidvleugel was gemakkelijk plek voor zowel een theater als een woning. Er waren houten stoelen, bankjes en strobalen om op te zitten. Aan weerszijden van het verhoogde podium stonden hoge metalen driepoten waaraan spots hingen. Scherp afgebakende lichtbundels stroomden naar beneden. Er lag een dikke laag fijn wit zand op de vloer en er stond een houten tafel met vier stoelen. Over de gehele breedte van het speelvlak was een waslijn met gekleurde plastic knijpers gespannen. Als achtergrond waren enorme zwarte doeken opgehangen waartussen de spelers zouden opkomen en verdwijnen. Op dit doek was met witte verf een klok geschilderd waarop de wijzers ontbraken. Achter ons, aan een tafeltje vol apparatuur, zat de lichtman. Wanneer hij aan de knoppen draaide, veranderde de sfeer in de ruimte.

De spelers maakten zich los uit de kring en bewogen zich lacherig naar het donker achter het doek. De regisseur kwam naast me zitten. Hij boog voorover om neef Henk en mij te kunnen zien.

'Nou, daar gaat ie. Wees niet al te kritisch op mijn spelers, het is de eerste keer dat ze het hele stuk achter elkaar spelen. Veel plezier.'

'Ik ben benieuwd, Ties. We zullen zien wat je gebrouwen hebt.'

Neef Henk sloeg zijn armen over elkaar, hij was er klaar voor. Zijn warmte drong door de mouw van mijn trui, onze armen raakten elkaar. Ik zweeg. Het maakte me nerveus, het vooruitzicht na afloop te moeten oordelen over het stuk. Ik dacht niet dat ik verstand had van theater.

Het werd donker. Door een gaatje in het zwarte landbouwplastic dat de raampjes verduisterde, priemde een miniem straaltje licht.

Het klaaglijke geluid van een saxofoon kroop door de ruimte, er was gestommel op het toneel. De muziek trok zich terug.

In de stilte zaten een man en een vrouw tegenover elkaar aan de tafel, hun handen rustten op het tafelblad. De vrouw had heel kort, bijna wit haar. Ze droeg een donkerblauwe jurk met een lange rij parelmoeren knoopjes aan de voorkant. Haar voeten stonden netjes naast elkaar onder de tafel, in versleten zwarte schoenen zonder hak. De man droeg een donker colbert, zijn haar lag glanzend van het vet plat over zijn hoofd. Tussen hen in, midden op tafel, lagen twee eieren in een plas licht. De eierschalen glansden mat.

De man en de vrouw staken precies tegelijk hun hand uit en namen een ei. De man zette het met de bolle kant naar beneden op tafel en draaide. Het ei tolde, heel even maar, en kwam daarna schommelend tot stilstand. De ogen van de man bleven neergeslagen toen hij begon te spreken.

'Waarom is hier niemand?'

De vrouw antwoordde terwijl ze haar ei een draai gaf. 'Wat hoor ik toch? Is dat de wind? Het kraken van te nieuwe schoenen?'

'Het ijs is van een enkele nacht, het houdt nog niet.'

'Wat buigt, barst niet.' De handen van de vrouw streelden het ei.

'Waarom is hier niemand?' De man bewoog zijn gebogen hoofd even, maar hij keek de vrouw niet aan.

Nu hief zij haar hoofd. 'Wat hoor ik toch? Is dat jouw stem of de mijne?'

De man gaf opnieuw een draai aan zijn ei. 'Maakt het iets uit? Wat gezegd wordt, loopt de kans gehoord te worden.'

'De schaal is broos.'

'Dat maakt het ei niet minder ei.'

'Jouw schaal is net zo broos,' fluisterde de vrouw.

'Dat maakt mij niet minder mij.'

De vrouw haalde haar hand van haar ei. 'Waarom is hier niemand?'

De man keek zoekend om zich heen. 'Wat hoor ik toch? Is dat een kind? Het kraken van te nieuwe schoenen?'

Nu was het stil. De man en de vrouw rechtten hun rug en sloegen hun ogen op naar elkaar. Ze staarden een ogenblik recht voor zich uit. Precies tegelijk pakten ze hun ei op en hieven hun arm hoog. Roerloos zaten ze tegenover elkaar. Toen vielen hun armen in een lange, uiterst trage beweging naar beneden tot de eieren stuksloegen op het tafelblad. Een ogenblik bleven de handen op de gebroken schalen liggen. Toen de man en de vrouw ze optilden, droop het eigeel in dunne slierten vloeiend naar beneden. Ze stonden zo plotseling op dat de stoelen achter hen omvielen. Hun ogen lieten elkaar geen moment los. Het licht trok zich terug van het tafereel en de saxofoon nam opnieuw bezit van de ruimte. Het geluid was hartverscheurend. Boven de tafel reikten de man en de vrouw met druipende handen naar elkaar. Toen hun vingertoppen elkaar eindelijk raakten, verdween het licht haast onmerkbaar.

Met het laatste licht was ook de muziek verdwenen. In de stilte die volgde, hoorde je het zachte stommelen van de spelers die hun weg over het podium zochten.

Het beeld van de man en de vrouw aan tafel raakte me zonder dat ik het begreep. Ik moest iets wegslikken wat zich ongemerkt had vastgezet in mijn keel. De scène had eenzaamheid uitgestraald, in die vreemde dialoog en de afwachtende stilte voordat de eieren werden stukgeslagen.

Het zand op de vloer glinsterde plotseling fel in een nieuwe plas licht. Ik keek achterom en zag hoe de lichtman zijn handen heen en weer bewoog over het lichtpaneel. Hij leek mijn blik op te merken, want hij keek rustig op en glimlachte. Ik draaide mijn hoofd onmiddellijk terug.

Vanuit een onzichtbare opening in het achterdoek verscheen de andere actrice. Voor haar buik droeg ze een oude rieten wasmand die ze in de hoek van het toneel op een afgezaagde boomstronk zette. Ze liet haar hand erin verdwijnen en haalde er toen een nat velletje papier uit. Het was leeg. Ze streek het voorzichtig glad en hing het met felgekleurde knijpers aan de waslijn. Hetzelfde deed ze met een enveloppe. Er volgde nog een velletje en nog een, de ene na de andere lege brief kwam naar boven. Na iedere brief een enveloppe. Iedere enveloppe had een postzegel. Er klonk een vrouwenstem die van een bandje moest komen. 'Een brief van tante Pien, een brief van Johan, een brief van mijn nichtje, een brief van moeder, een brief van Anna, een brief van Piet, een brief van mijn neef, een brief van opa, een brief van Gerrit van Sjaan, een brief van oom Willem, een brief van Grietje, een brief van vader, een brief van onze Geesje.'

Toen de vrouw dertien brieven en enveloppen had opgehangen, zette ze haar handen in haar zij en keek omhoog. Daarna klonk haar fijne, heldere stem. 'Als ik brieven krijg, laat ik ze eerst een tijdje ongeopend rusten. Je moet woorden de kans geven tot rijping te komen. Dat gebeurt op een stille plek onder in de la van de linnenkast. De geur van lavendelzakjes dringt in het papier en in de inkt, dat veraangenaamt het openen later. Na een dag of drie zijn ze klaar om geconsumeerd te worden. Ik haal ze uit de la en open de enveloppe zorgvuldig met een antieke briefopener. Dan ga ik in de grote leunstoel zitten en neem de letters tot me. Woord voor woord. Daarna leg ik de brief terug. Na drie dagen lees ik de tekst nog een keer en gaat de brief in de was.'

De woorden van de vrouw brachten vaders brief in mijn gedachten, zijn plek tussen de foto's in de doka. Ik stelde me voor dat ik dat velletje zou wassen. Zouden vaders woorden minder betekenen wanneer ze onzichtbaar werden? Zou ik de belofte ongedaan maken wanneer ik de woorden zou wassen? Het idee maakte me onrustig, het leek iets verbodens – alleen al het feit dat de gedachte in me opkwam maakte dat ik me slecht voelde.

De actrice liep naar achteren en verdween door het doek. Ze had de wasmand laten staan.

Wat hadden de brief en de eerste scène met de eieren met elkaar te maken? Ik had een gewoon verhaal verwacht, met een verteller en een duidelijke lijn. Dit stuk leek in niets op de kerstvoorstelling in de stad. Die had ik tenminste kunnen volgen.

Ineens stak het hoofd van de actrice door de spleet midden in het achterdoek. Haar knalrode lippen bewogen.

'Ik doe hetzelfde met de brieven die ik zelf schrijf. Drie dagen krijgen ze. Drie dagen mogen ze liggen rijpen. Worden ze daarna niet gepost, dan gaan ze in de was.'

De vrouw trok haar hoofd weer terug. Het doek bewoog even na.

Neef Henk stootte me aan, zijn wenkbrauwen hoog opgetrokken. Schouderophalend keek ik terug. De regisseur legde zijn hand even op mijn knie. 'En, wat vind je tot zover?'

Ik had geen idee wat ik ervan vond. Het was vooral verwarrend. De beelden van de man en de vrouw met de eieren, de vreemde tekst. De brieven aan de waslijn. Zoiets had ik nooit eerder gezien. Het had ook iets moois, iets wonderlijks. Dat je woorden kon laten verdwijnen. Dat je woorden liet rijpen. Druipende enveloppen aan rode en groene knijpers.

Ik haalde mijn schouders nogmaals op, nu als antwoord op de vraag van de regisseur.

'Laat maar, ik hoor het straks wel.' Hij kneep even in mijn knie.

Neef Henk boog voor me langs. 'Ties, hoelang duurt dit stuk eigenlijk?'

'Een klein uurtje.'

Neef Henk zuchtte diep, hij probeerde het niet eens te verbergen.

Vanaf de zijkanten kwamen nu twee jonge mannen op. Een van hen droeg een geruite pet, de ander een sjaal. Verder zagen ze er identiek uit in hun bruine ribbroeken en flanellen blouses. Ze raapten ieder een stoel op, zetten een voet op de zitting en keken recht de zaal in.

De pet begon te spreken: 'Weet je wat ze zouden moeten doen met dat soort?'

De sjaal antwoordde: 'Een zetje geven bij een wak.'

Ze lachten en controleerden de veters in hun schoenen.

De sjaal: 'Een ongeluk zit in een koud hoekje.'

De pet: 'Je bedoelt: in een warm broekje.'

Ze lachten nogmaals, harder dan zonet, en haalden hun voet

van de stoelzitting. Ze leunden schuin tegen de tafel, wat hun een arrogante houding gaf. De sjaal keek terug de zaal in. 'Wat doet die rotzooi hier op tafel?'

De pet: 'Waar gebroed wordt vallen spaanders.'

De sjaal: 'Ja, en wie zijn billetjes brandt, moet in het struif zitten.'

Ze sloegen zich op de dijen, hun lach weerklonk bulderend.'

Ineens vielen de jongens stil. Ze begonnen gelijktijdig door hun haar te strijken. Er heerste een ongemakkelijk zwijgen, alsof ze zich ieder moment zouden verontschuldigen voor het gezegde.

Tweestemmig: 'Maakt het iets uit in wiens struif men zit? Wat gehoord wordt, is gezegd. En ik weet wat ik gehoord heb.'

De jongens draaiden zich om en verlieten het toneel. De klanken van een piano buitelden door de ruimte. Ik keek omhoog naar de donkere balken. Het geluid leek overal vandaan te komen. Naast me schoof neef Henk onrustig heen en weer op de harde bank. Uit mijn ooghoek zag ik dat de regisseur iets tegen me wilde zeggen. Hij sloot zijn mond toen de actrice van zonet opnieuw opkwam.

Ze droeg nu een eenvoudige zwarte onderjurk en grofgebreide sokken. Er leek een cirkel van licht op haar haren te liggen. Langzaam verkleurde het licht van geel naar blauw, waardoor het zand op de vloer nog witter leek. De vrouw ging op de grond zitten en strekte haar benen voor zich uit. Ze leek dwars door ons heen te kijken en staarde in de verte. Ze sprak alsof ze moeite had zich te herinneren wat ze zeggen wilde.

'Ik houd van chocolade-ijs,
van dat het langs mijn kin druipt,
van niet snel genoeg kunnen likken,
van dat het langs mijn hals loopt.

Dat is slecht, zei mijn moeder,
een meisje moet zulke dingen niet willen.
Mijn neefje hield niet van chocolade-ijs.
Dat vond ik jammer voor hem,
zo jammer voor hem.'

De vrouw streek over de grond en schepte een handvol zand
op. Toen hief ze de gevulde hand en liet een dun straaltje zand
tussen haar gestrekte benen lopen. Het viel op de stof van haar
jurk. Opnieuw keek ze starend naar iets achter ons.

'Ik ben enig kind,
alleen tussen vader en moeder.
Er kwam geen broertje,
er kwam geen zusje.
Wel had ik een neefje,
we speelden in de boomgaard.
Hij was niet alleen.
Zijn broers waren vechters,
soms sloegen ze hem een bloedneus.
Dat vond ik jammer voor hem,
zo jammer voor hem.'

Neef Henk keek opzij en zocht mijn ogen. Ik realiseerde me
dat hij ook twee broers had die altijd vochten. Zelf herkende
ik me in het enig kind zijn. Ik had het nooit erg gevonden enig
kind te zijn.

'Als kind reed ik paard,
het liefst zonder zadel,
dat wreef zo lekker.
Soms draafde ik uren achtereen.

Als ik thuiskwam,
keek moeder met die blik van:
een meisje moet zulke dingen niet willen.
Mijn neefje hield niet van paarden.
Dat vond ik jammer voor hem,
zo jammer voor hem.'

Dat ze dat durfde zeggen! Ik voelde me warm worden, het
bloed schoot naar mijn wangen. Ik had nooit paardgereden,
maar ik kende de trekkende warmte van het boompje klimmen. Bij de boomhut was een dikke zijtak geweest waarop je
fijn kon wiebelen. Daar kwam moeders stem, solo: 'Mijn hemel,
kind, wat een smerigheid. Bedek je schaamte.' Ik schudde mijn
hoofd om de stem kwijt te raken, ik wilde horen wat de actrice vertelde.

'...een oom die kippen hield.
Als ik bij hem was,
verzamelde ik eieren voor hem.
Ik hield ervan mijn handen
in zo'n warm nest te stoppen.
Mijn neefje was bang voor kippen.
Dat vond ik jammer voor hem,
zo jammer voor hem.'

Neef Henk en ik hadden als kind eieren geraapt bij tante Teppema. Ooit was oom Arie in het kippenhok verschenen. Hij
had me onverwacht opgetild en lachend gedreigd dat hij me
op stok zou zetten. 'Monica is een kippetje. Kom, leg eens een
lekker vers eitje voor je oom.' Neef Henk had zo hard aan mijn
jurk getrokken dat die scheurde. Tegen zijn vader schreeuwde
hij dat hij me neer moest zetten. Oom Arie had me tegen zich

aangetrokken en geprobeerd me te troosten. Ik had me los-
gerukt. Huilend rende ik naar huis. Moeder had hoofdschuddend gemopperd over de scheur en gezegd dat oom Arie het
heus allemaal goed bedoelde. Ze zei dat hij met drie jongens
heel wat te stellen had.

Als ik daarna die jurk aan moest, rook ik oom Arie en kip-
penstront.

Tussen de dijen van de actrice groeide een puntig bergje
zand. Ze schepte telkens een nieuwe handvol, haar stem klonk
nog steeds zoekend.

'Toen mijn opa overleed,
kregen wij zijn hond,
een kleine zwart-witte teef.
Ze blafte niet, maar kefte.
Dat zei mijn vader.
Hij zei: dat noem je toch geen hond?
Dat is een rat.
Mijn vader vond zichzelf te groot.
Dat vond ik jammer voor hem,
zo jammer voor hem.
Mijn moeder had last van waterzucht,
er stroomde blauwig vlees over haar pantoffels.
In huis liep ze op blote voeten,
ze kreunde als ze schoenen aan moest.
Mijn neefje was bang voor dat wassende vlees,
zelf was hij zo mager als een lat.
Hij trainde met gewichten,
maar bleef dun en kreeg puisten.
Dat vond ik jammer voor hem,
zo jammer voor hem.'

Neef Henk had ook altijd met gewichten getraind. Oom Arie en vader vonden dat onzin, die zeiden dat een man genoeg groeide door te werken. Toen neef Henk naar de middelbare school ging, werd hij verschrikkelijk gepest met zijn puistenkop. Ook door zijn broers. Totdat die merkten dat ze hem niet meer voor een gevecht moesten uitdagen. De halters en de trainingen hadden hun werk gedaan, opeens was neef Henk degene die zijn broers een bloedneus sloeg.

De actrice op het podium keek naar haar opgeheven hand, het leek of ze ergens op wachtte. Het zand stroomde ruisend naar beneden.

'Toen mijn oom doodging,
kwam er een kippenvanger.
Alle kippen gingen mee in een mand,
het laatste ei ging bij oom in de kist.
Een ei in een koud nest.
Dat vond ik zo zielig,
ik durfde mijn hand er niet in te steken.
Mijn neefje is bang voor mijn oom.
Dat vind ik jammer voor hem,
zo jammer voor hem.
Bij ons in de familie werd niet veel gepraat,
wij hielden de dingen liever vóór ons.
Daardoor bleven ze hangen,
we konden ze niet achter ons laten.
Behalve mijn neefje,
hij werd gek van het ongezegde.
Hij heeft zichzelf uiteindelijk de mond gesnoerd
en is in de vaart verdronken.
Dat vind ik jammer voor hem,
zo jammer voor hem.

Nu ben ik alleen.
Mijn moeder is dood.
Een meisje hoort niet alleen te willen zijn.
Mijn vader zwijgt.
Hij loopt drie keer per dag met zijn Mechelse herder
langs de vaart heen en weer.
De hond heeft afgeleerd te blaffen,
dat heeft vader eruit geslagen.
Hij zegt dat een mens aan stilte genoeg heeft,
toch heb ik woorden die voor hem bestemd zijn.
Maar hij wil ze niet horen.
Dat vind ik jammer voor hem,
zo jammer voor hem.'

Op het puntje van mijn stoel zittend probeerde ik te begrijpen wat de actrice zei. Het vallende zand hield mijn blik gevangen en leidde me af van de tekst. Ze sprak ritmisch, alsof ze een gedicht voordroeg. Iedere laatste zin van een couplet herhaalde ze fluisterend.

Naast het verdriet om al dat wat jammer was, hoorde ik berusting. Verder was het een idioot verhaal, zonder kop en staart. Het was niet eens een verhaal.

'Ik heb mijn neefje beloofd
te zwijgen over ons.
Dat heb ik beloofd en daar houd ik me aan.
Wie zou een dode willen verraden?
Je leeft, lijdt en zwijgt,
zo hebben we het altijd gedaan.
Dat vind ik jammer voor ons,
zo jammer voor ons.'

Het ruisen van het zand stopte bijna gelijk met de fluistering van de laatste woorden. De actrice pakte de zoom van haar jurk met twee handen beet en stond voorzichtig op. Het zand hing in een buidel voor haar. Ze liep naar de tafel en hield de zoom van haar jurk nu alleen met haar linkerhand vast. Behoedzaam veegde ze met haar rechterhand de resten ei van de tafel bij het zand in de jurk. Daarna bleef ze een ogenblik staan, de besmeurde hand veegde ze af aan haar bovenbenen. Ze droeg de uitgezakte zak met zand en eierschalen als een zwangere buik.

Wie zou een dode willen verraden? Had ze dat gezegd? Haar silhouet stond trillend op mijn netvlies. De woorden tolden in mijn hoofd. Waarom had deze vrouw het over haar neefje gehad? Waarom verstikten mensen zichzelf met hun zwijgen? Waarom had de regisseur dit stuk gemaakt? Waarom was de vrouw zwanger van zand en eierschalen? Waarom was iedereen zo angstaanjagend alleen?

Het stuk was nog maar net begonnen en nu al wilde ik het liefst mijn ogen en oren sluiten. Pas toen neef Henk en de regisseur me tegelijk aanraakten, merkte ik dat er tranen over mijn wangen liepen. De mannen kwamen elkaars strelende handen tegen op mijn rug. Geschrokken trokken ze zich terug en in dat moment van verwarring ging ik staan. De lichtman veerde op toen ik langs hem naar de buitendeur rende.

Buiten begon ik te lopen, ik rende tot ik alleen nog maar kon denken aan hoe ik moest ademen. Toen de steken in mijn zij te hevig werden, hield ik in tot de pijn wegtrok. Ik rende over het witte pad, langs het kerkhof en door de velden. Daar kwam ik langzaam tot bedaren. Het moesten de naweeën van de hersenschudding zijn die me zo in verwarring brachten. Een gemene hoofdpijn begon achter mijn ogen te steken en ik besloot om te keren. Ik sjokte terug over het fietspad tot ik bij een provisorisch aangelegd bruggetje over de vaart kwam. Daar stak ik over en liep ik verder langs het water. Hier en daar stonden grazende zwanen in het land. Het was volop paartijd, dus ik moest bij ze uit de buurt blijven. Ik wilde nog niet naar huis, had geen idee wat ik moest zeggen. Kon je een belofte teniet doen door een brief te wassen? Kon je zelf een nieuwe brief schrijven? Kon je het verleden naar je hand zetten? De vragen doemden pijnlijk op tussen de steken in mijn hoofd door. Ik moest even gaan liggen. Daar was de vlonder waar we als kind vanaf hadden gedoken, waar moeder ons in de winter hete bekers chocolademelk gaf. Hier hadden we onze zelfgemaakte bootjes te water gelaten. Op de vensterbank in vaders slaapkamer stond nog steeds mijn oude klompenbootje. Vader had een mast gesneden uit een boomtak en samen met moeder had ik een zeiltje genaaid van een oude zakdoek. Het klompje was zo versleten dat het hout van de zool bijna doorschijnend was. Op een zaterdagmiddag lieten we het te water. Vader hield het vast. Het water in de vaart stroomde nauwelijks, maar ik was bang geweest dat het klompje zou zinken op een plek waar we er niet bij zouden kunnen. Er sijpelde al water door de bodem.

'Houd goed vast, vader, het is lek.'

'Buig eens, Monica, kijk maar in de spiegel.'

Ik deed wat vader vroeg. Op de bodem van de klomp lag een laagje water. Mijn gezicht verscheen in het spiegelende oppervlak.

'Wie is toch dat meisje dat in een houten schoentje woont?'

'Ik ken haar niet, vader.'

'Is dat niet Monica? Het meisje van de hoeve, dat op een dag zomaar uit de hemel is komen vallen? Kijk, een hemelwaterkind.'

Vader schudde de klomp zacht heen en weer. Mijn spiegelbeeld golfde. Ik had naar vader opgekeken. Zijn gezicht werd omlijst door de enorme lege lucht boven ons, zijn ogen weer-spiegelden de vaart en mijn gezicht. Het beeld was vol blauw en groen en wit en helder licht geweest.

Toen ik vader verzorgde op zijn sterfbed had hij het klompje willen zien. Hij had het nauwelijks vast kunnen houden.

'Het licht was vroeger altijd zo helder, Monica.'

'Misschien keek u anders, vader, het licht is hetzelfde.'

'Nee, het licht was toen anders.'

'Toen? Wanneer dan, wat bedoelt u?'

'Toen je moeder nog leefde, Monica. Toen was het licht zo-veel helderder.'

Hij had het bootje zuchtend losgelaten en zijn hoofd afgewend. Nadat ik het stof eraf had geblazen, had ik het teruggezet.

Ik kwam aan bij de vlonder. Het hout moest onlangs vervan-gen zijn, want het zag er nieuw en sterk uit. Op mijn knieën ge-zeten schepte ik water met mijn handen. Het smaakte nergens naar. Ik waste mijn gezicht. Het was nu haast donker, maar het kon me niet schelen. Ik kroop naar de slootkant en ging even liggen. De geur van aarde was overweldigend, zwaar en voch-tig. De zwanen waren ver weg, ik sloot mijn ogen.

'Moon, ben je daar? Ik ben het, Chalid.'

De stem van de lichtman kwam vanachter het licht van de zaklantaarn waarmee hij me bescheen. Eerst het licht, dan de man. Hij stond op de vlonder, er klonk angst in zijn stem.

'Ben jij dat, Moon?'

Ik was volkomen verstijfd. Het gras om me heen was nat en ik huiverde toen ik omhoogkwam.

'Ja, ik ben het.'

Mijn stem klonk toonloos, alsof er geen klanken waren, al-leen maar letters. De lichtstraal verdween en ik voelde zijn adem warm op mijn gezicht toen hij naast me knielde.

'Kom, je moet opstaan. Je bent ijskoud.'

Hij deed zijn jas uit en legde die over mijn schouders. Ik trok me aan hem op, wankelend aan zijn arm, en probeerde een eerste stap te zetten. Het was een eenvoudige opdracht, gewoon de ene voet voor de andere. Aanvankelijk strompelde ik op gevoelloze voeten over de vlonder en het zandpad.

'Ben je alleen? Waar zijn de anderen?'

Niet dat het me echt iets kon schelen, ik wilde alleen mijn stem horen. Het was een heldere nacht, boven ons vonkte en glinsterde het. Er vloog een eend op uit de vaart en ik kromp ineen van schrik door het onverwachte geluid. De lichtman drukte zijn arm steviger om mijn schouders.

We zwegen tot we bij de poort kwamen. In en om de hoeve was niets te horen.

'Zijn de acteurs weg?'

'Ja, Moon, de acteurs zijn weg.'

'Wat zeiden ze?'

'Niets. Ze hebben het stuk tot het eind toe uitgespeeld. Daarna zijn ze naar het café vertrokken.'

'En Henk?'

'Henk? Die is meegegaan.'

'En Ties?'

'Ties nam ze mee in zijn busje.'

'Zijn ze al terug?'

'Dat weet ik niet. Moet ik even naar voren lopen?'

'Waar woon jij, Chalid?'

'Waar ik ben, daar is mijn huis.'

'Maar je bent nu toch hier? En je hebt een fiets.'

'Dat is beide waar. Zal ik even kijken of het busje er weer staat?'

'Nee. Kijk, in de caravan brandt geen licht. In de zuidvleugel is het ook donker. Er is niemand thuis.'

'Zal ik je naar het woonhuis brengen, Moon?'

Ik aarzelde. Er ging een rust van de lichtman uit die weldadig warm in mijn bloed kroop. Zijn schouder was dichtbij, ik zou mijn hoofd er gemakkelijk op kunnen leggen. De tollende vragen die de voorstelling bij me had opgeroepen, leken nu minder prangend.

'Mag ik met jou mee, Chalid?'

'Ik heb niets wat jij niet al hebt.'

Dat had hij wel. Hij had zaad dat ik zo nodig had. En lichaamswarmte had hij ook, ik had het zo verschrikkelijk koud. Hij keek naar boven en prevelde in een onbekende taal. Een gebed wellicht, of de namen van de sterren.

'Chalid, geloof jij dat de doden er nog zijn? Ergens?'

Zijn antwoord kwam lang na mijn vraag, al die tijd had hij omhoog staan kijken.

'Als we hierboven het licht van lang geleden gestorven sterren kunnen zien, hoe zouden de doden dan verdwenen kunnen zijn? Ze zijn deel van ons. Het is net als de woorden van de gewassen brieven. Eenmaal gelezen bestaan ze, voor altijd.'

Ik klappertandde na een onverwacht koude windvlaag. Als ik niet snel naar binnen ging, zou ik ziek worden.

'Ze blijven altijd,' vervolgde de lichtman zachter, 'maar alleen door de betekenis die wij er zelf aan geven. Op zichzelf betekenen letters niets. Wat gehoord wordt, is gezegd.'

Dat had ik gehoord, vanmiddag in het stuk was die tekst uitgesproken door de twee jongens in wat ik als een soort roddel over de man en de vrouw met de eieren beschouwd had.

'Je ziet eruit alsof je de zwarte kameel hebt gezien, Moon. Kom.'

Ik bibberde verschrikkelijk, was door en door verkleumd onder de veel te grote jas.

De lichtman nam me mee, het schijnsel van de zaklantaarn danste voor ons uit. Toen hij bij de deur naar de noordvleugel stilhield en een sleutel tevoorschijn haalde, trok ik hard aan zijn arm.

'Dit is verboden terrein, Chalid. Wat doe je?'

'Wat verboden is wordt niet gezocht. Kom.'

Ik gaf me over, veel te moe om nog na te kunnen denken over het cryptische antwoord. De lichtman nam me mee naar binnen en sloot de deur achter ons. Een ogenblik stonden we stil in het donker. Het geluid van ons ademen streek als een bries door een kraag rietpluimen. Er ritselde iets, hoog boven ons onder het dak. Ik dacht aan moeders schoenen. Aan de vlek die in het duister onzichtbaar zou zijn. Er was geen angst, ik leek te moe om iets te voelen.

De lichtman pakte mijn hand en zo staken we de donkere zee van ruimte over. Zijn voetstappen waren onhoorbaar, hij had me overal mee naartoe kunnen nemen. Hij wees me een touwladder en hielp me met vaste hand naar boven. Voordat je boven was, zweefde je even in het luchtledige. Het scheelde niet veel of ik was gevallen. Ik dacht dat dat op de een of andere manier wel passend zou zijn, te pletter slaan op moeders plek. De gedachte trok aan me, maar mijn handen en voeten vonden steeds opnieuw houvast. Toen stond ik eindelijk boven.

De lichtman had een nest gebouwd. Het was enorm, hoog en rond. In het schijnsel van de zaklamp zag het er warm en veilig uit. Naast het stro lagen twee kleurige wollen dekens. Er stonden een cassetterecorder en twee flessen. Een stapeltje kleren lag in een aardappelkistje, boven op het kistje stond een paar versleten leren slippers.

Hij woonde op de vliering in de noordvleugel. De lichtman had het donker gezocht.

'Geef mijn jas maar.'

Toen hij de mantel van mijn schouders had genomen, stapte ik over de rand van het nest en liet ik me in het stro vallen. De lichtman dekte me toe en ging naast me liggen. We lagen ieder onder onze eigen deken. Ik lag met mijn rug naar hem toegekeerd en zocht zijn buik met mijn billen. Ik schoof net zolang tot ik zijn warmte voelde. Toen sloot ik mijn ogen en trok mijn hoofd in de deken. Het nest rook wonderlijk, naar melk en versgehakt hout.

Ik wachtte op het groeien van zijn geslacht tegen mijn rug. Er gebeurde niets. De lichtman ademde nauwelijks hoorbaar en bewoog zich niet. Ik had geen idee van tijd. Er konden minuten maar net zo goed uren verstreken zijn toen ik een lichte druk op mijn haren voelde. Ik verroerde me niet. Ik opende alleen mijn ogen en luisterde naar het donker.

Het was verwarrend dat hij niet met me wilde samenkomen. Ik merkte dat ik wachtte op moeders stem, die zou me tot actie kunnen aanzetten. Maar ze liet zich niet horen. Heel zacht duwde ik mijn billen naar achteren. Er kwam geen reactie. Ik had nog even tijd tot de volgende eisprong. Ik zou wachten.

Toen de merels begonnen te zingen stond ik op. De lichtman sliep met een hand onder zijn wang. Ik bleef even op de rand van het nest naar hem kijken. Veel zag ik niet, het was nog donker op de vliering, maar ik hoorde het trage ritme van zijn ademhaling. De touwladder slingerde hevig toen ik naar beneden klom.

De nachtgeur hing nog zwaar over het erf, maar de ochtend barstte al uit de nacht met een gloed in het oosten en het zingen van de vogels in de boomgaard. Bij de bijkeukendeur vond ik geknakte narcissen op de stoep. De scherven van de pot lagen her en der verspreid tussen zwarte aarde.

WE ATEN HET PAASONTBIJT IN HET WOONHUIS. DE VOLGENDE dag zou het stuk in première gaan, en er heerste een nerveuze geladenheid rondom de tafel.

'Vroeger, in voorchristelijke tijden, was er een heidense rite die voorschreef dat in de nacht tussen 30 april en 1 mei het vee tussen twee vuren door de wei in werd gejaagd. Het vuur zou reinigend werken en de vruchtbaarheid bevorderen. Dit gebruik leeft nog voort in onze paasvuren. Pasen valt laat dit jaar. Wisten jullie dat eerste paasdag altijd op de zondag na de eerste volle maan in de lente valt?'

De regisseur vertelde het met een mond vol ei. Het was zijn vierde. Het geel droop langs de schaal waarin hij smal gesneden reepjes witbrood doopte.

Ze zouden mij tussen twee vuren door moeten jagen, misschien dat ik dan zwanger zou raken. Niemand reageerde op het verhaal over de heidense rite. De lippen van de lichtman sloten zich om een aardbei. Hij had me nog steeds niet laten proeven van zijn huid. Ik verlangde ernaar met mijn tong langs zijn mond te gaan. Een dezer dagen zou ik ovuleren.

Het gedoe rond de voorstelling had de regisseur hitsig gemaakt. Hij had me verteld dat hij de nacht na de doorloop was teruggekomen uit het dorp en me had gezocht. Hij vroeg waarom ik van zijn voorstelling was weggelopen. Ik hield me op de vlakte, mompelde iets over misselijkheid en braken. Hij vertelde ook dat hij ruzie had gemaakt met neef Henk en verontschuldigde zich voor het omverschoppen van de grote pot narcissen.

Van Marijke hoorde ik dat hij in het café rondbazuinde dat 'Moon van de hoeve' de mooiste, begeerlijkste vrouw was die hij kende. Dat was waarom hij woorden had gekregen met neef Henk. Marijke was opgewonden geweest toen ze het vertelde.

'...en Henk vond dat Ties te ver ging met zijn verhalen en insinuaties. Ze zaten aan een tafeltje met de acteurs. Iedereen deed alsof hij het niet hoorde, maar ik weet zeker dat ze allemaal met gespitste oren zaten te luisteren. Iedereen is nieuwsgierig naar wat er hier allemaal gebeurt op de hoeve. Op de repetitieavonden zit de kroeg vol en Ties praat en praat met jan en alleman. Hij weet alles van wat er hier gebeurt, meer nog dan wijzelf, denk ik. Arie riep dat ze op moesten houden met dat geschreeuw. Dat ze het buiten maar moesten uitvechten en niet in een fatsoenlijke kroeg. Toen liep Henk naar zijn vader en bleef hij met hem aan de bar zitten.'

Marijke ratelde aan een stuk door. Ik zat aan tafel, met Joep op schoot. Ik had geen idee wat ik moest zeggen en hield dus maar mijn mond.

'Ties begon met die actrice met dat korte haar aan te pappen,' was Marijke verdergegaan. 'Nou ja, je kent Ties, hij doet het met iedereen. Maar wat wil je ook, zo'n interessante man in het dorp. Wist jij dat hij drie keer getrouwd is geweest? Ja, natuurlijk weet je dat. Zijn derde vrouw heeft hem eruit gegooid, daarom heeft hij geen huis. Hij heeft het met mij ook geprobeerd, een paar keer zelfs. Dat kan ik jou toch wel vertellen, hè? Jij bent mijn beste vriendin, we kennen elkaar al zo lang. Gelukkig ben jij vanaf het begin duidelijk geweest dat je niet wilde. Dat zei

Ties tenminste, dat hij dat zo in jou waardeerde. Weet jij eigenlijk dat Ties bij Arie en Wil over de vloer komt? Dat hoorde ik van mijn moeder. Henk zei laatst nog dat hij vond dat Ties niet overal zijn neus in moest steken. Hij zei dat hij blij zou zijn als het stuk achter de rug was. Arie was hier trouwens laatst, heb je hem nog gezien? Hij kwam iets brengen voor het stuk.'

Al die tijd had ik de babygeur opgesnoven die van Joeps hoofdje kwam. Marijke had niet eens in de gaten gehad dat ik niks terug zei. Het kind had met zijn vingertjes langs mijn wang gestreeld en aan mijn haren getrokken. Ik was blij geweest dat ik mijn gezicht kon verbergen achter dat van het kind. Ik kon het niet laten mijn tong langs het gleufje in zijn nek te halen. Het baarde me zorgen dat de regisseur over mij praatte, zeker waar oom Arie bij was. En dat hij ruzie met neef Henk zocht, vond ik heel erg vervelend, een beetje eng eigenlijk. Het maakte me nerveus dat de dingen uit de hand leken te lopen. Er waren veel te veel mensen om me heen. De hoeve leek niet meer van mij.

De regisseur praatte overal. Nu, tijdens het paasontbijt, begon hij weer.

'Wat denk je, Moon, ben jij morgen bij de première?'

'Waar ik vandaan kom, wordt gezegd: Wat vandaag wordt besloten, is morgen een herinnering.'

De lichtman smeerde nog een beschuit met roomboter en een dikke laag jam.

'En wat mag dat betekenen, Chalid? Wat vandaag een ei is, is morgen een drol? Zoiets?'

De regisseur lachte bulderend om zijn eigen opmerking en nam een nieuw ei uit het rieten mandje. Neef Henk at de eieren uit de glazen schaal, die waren hardgekookt. We grinnikten allemaal, waardoor iets van de spanning uit de lucht leek te drijven. Maar ik gaf geen antwoord op de vraag van de regisseur.

'En jij, Henk? Je vader en moeder komen wel. Het hele dorp komt, ik heb ze allemaal uitgenodigd. De mensen verheugen zich op een uitje. De acteurs zijn er klaar voor. Ik ook. En jij, Chalid? Of zie jij het in een ander licht?'

Er droop eigeel van zijn kin.

De lichtman verpakte zijn antwoord in een vraag: 'Ieder verhaal is beter dan dat van je eigen leven. Maak jij niet juist daarom theater, Ties?' Daarna pakte hij de theepot en hield die vragend naar mij omhoog.

'Nee, dank je, Chalid. Ik ga koffie zetten.'

Toen ik opstond uit mijn stoel, schrok de kat van de onverwachte beweging. Hij rende voor me uit naar het aanrecht.

'Laat maar, Moon, ik doe het wel.'

Ik liep door naar de bijkeuken. Neef Henk kwam me achterna en sloot de deur naar de keuken achter zich.

'Daar had ik niet aan gedacht, Moon, dat mijn ouders zouden komen.'

'Je weet toch wel dat Ties inmiddels dikke vrienden is met je vader? Ik hoorde van Marijke dat hij kind aan huis is bij je ouders.'

Woedend zocht ik in de voorraadkast naar een pak houdbare melk. Ik had een fout gemaakt door de regisseur hier toe te laten. Nu was het te laat, ik kon de voorstelling moeilijk verbieden. Ik had nooit kunnen denken dat de regisseur zo zou inbreken in mijn privéleven. Dat hij oom Arie hierheen durfde halen, zonder dat ik dat wist.

'Moon, wat is er toch met je? Zo erg is het toch allemaal niet? Ik zie je haast niet meer, het is zo lang geleden dat we...'

Neef Henk stokte, hij wist niet hoe hij zijn verwijt moest formuleren. Hij moest iets vermoeden, aanvoelen dat er dingen niet klopten. Maar feitelijk wist hij niets.

'Moon? Wat is er? Wil je me niet meer?'

Neef Henk had het gefluisterd. Hij nam het pak melk uit mijn handen en zette het lukraak op een van de planken.

'Ties zit toch niet achter je aan, hè? Hij is een vrouwengek, Moon. Mijn moeder waarschuwde me dat ik op je moest passen. Als Ties ook maar iets doet wat je niet wilt, zet ik hem persoonlijk uit de caravan! Míjn caravan.'

Hij sprak snel. Vuur spuwde nu uit zijn ogen en hij streelde mijn wang.

'Ik houd van je, Moon, dat weet je toch? Ik houd van je en ik wil dat je gelukkig bent. Ik zal er altijd voor je zijn. Als Ties en Chalid straks weg zijn, is alles weer normaal. Zullen we met Pinksteren naar de motorcross? Jij en ik. Wat denk je, Moon?'

Hij smeekte, zijn ogen liepen vol. Ik dacht aan de bruine ogen van de lichtman. Die zou nooit smeken, die had genoeg aan zichzelf. De lichtman had niemand nodig.

Plotseling sloeg neef Henk zijn armen om me heen. De kat kwam door het luikje en draaide rondjes om onze benen. Het was fijn om even met mijn zware hoofd tegen neef Henk te leunen.

'Trouw met me, Moon?'

Iets onderdanigs en smekends in de toon waarop hij het zei, wekte mijn weerzin. Ik duwde hem van me af.

'Nee, Henk, nee. Dat kan toch helemaal niet? We zijn familie! Alsjeblieft.'

Nu smeekte ik zelf om begrepen te worden. Nee, meer nog om vergeven te worden voor de dingen die ik verzweeg, voor alles wat hij onmogelijk kon weten. *...Maak je ouders niet te schande... Hij is tenslotte familie...* Tante Teppema had gelijk gehad, ik moest oppassen met neef Henk.

'Het geeft niet, Moon, ik begrijp het. Ik ben het gewend te wachten.'

Nee! Dat was helemaal niet de bedoeling. Ik wilde niet trouwen, ik wilde hem alleen maar lenen. Ik had hem nodig voor zijn zaad.

Zijn stevige greep werd losser en ik stapte uit zijn omhelzing. In dezelfde beweging trok ik de keukendeur open.

'Chalid, wil jij warme melk in je koffie? En jij, Ties?'

Nadat ik het pak melk van de plank had gepakt, keek ik neef Henk niet meer aan. Ik voelde mijn bloed kloppen, het pulseerde in mijn keel en achter mijn slapen.

De buitendeur sloeg met een klap dicht.

Toen we even later aan de koffie zaten, zag ik neef Henk door de boomgaard naar de velden gaan. De buks lag schuin over zijn schouder. Hij liep met grote passen en kromde zijn rug, tegen ons of tegen de wind.

De regisseur stond op. Hij nam zijn koffie mee naar het raam. 'Kijk, daar gaat Henk, de jager. Een prachtig oeroud beeld van de boer op zijn vrije dag. Hopelijk komt hij terug met een paashaas. Haha, ik zou wel een wildboutje lusten.'

'Het is broedseizoen, Ties. Henk schiet hoogstens een steen van een paaltje om in vorm te blijven.'

Mijn stem schoot uit. Ik had de behoefte neef Henk te verdedigen tegen de regisseur.

'En jij, Moon? Schiet jij ook?' Hij klonk oprecht geïnteresseerd. 'Ik heb nog nooit een vrouw met wapens in mijn stukken gehad.'

'Een beetje. Ik weet hoe ik met de buks om moet gaan. Mijn vader vond dat je op het land hoort te weten hoe je je moet verdedigen, zeker als meisje. Hij leerde ons schieten. Henk heeft eindeloos geoefend, mij interesseerde het niet.'

'En jij, Chalid, hield jij van schieten? Had jij een geweer?'

'Ik volgde liever de loop van de rivier.'

De lichtman doopte de laatste aardbei in de suiker. Voordat hij de vrucht tussen zijn lippen stak, flitste zijn tong langs de witte korrels.

De regisseur kwam terug aan tafel. Ik had een paar vragen voor hem.

'Zeg Ties, ik hoorde dat je nogal wat buurtonderzoek gedaan hebt. Daar heb je helemaal niets over verteld.'

'Buurtonderzoek? Ach wat, mensen willen hun verhaal maar al te graag kwijt. Als je hun vertrouwen wint, hoef je alleen maar te luisteren naar het verhaal achter dat wat ze zeggen. Ja, ik heb wel zo'n beetje iedereen gesproken. En na de repetities wordt er natuurlijk lang nagepraat. Je leert de mensen kennen, hè? Ze komen graag naar het café. Niet iedereen is zo inhuizig als jij, Moon.'

'En mijn oom? Die is hier geweest, hoorde ik van Marijke. Wat kwam hij doen?'

De spanning brak piepend door mijn stem. Ik slikte moeizaam.

'Arie? Die bracht wat tekeningen van vóór de ruilverkaveling, ik wilde weten hoe het er hier toen uitzag. Arie verzamelt dat soort dingen. Wist je dat? Bij hem thuis staan twee grote kasten vol papierwerk, die man is een rasechte archivaris.'

Ik ontspande, dat klonk onschuldig genoeg. Maar ik zou willen dat het allemaal voorbij was.

'De kaart is niet het gebied.'

'Ja ja, Chalid, dat zeg je weer prachtig. De kaart is slechts een weergave van de werkelijkheid, een persoonlijk ingekleurde visie. Interpretatie jongens, al-les is interpretatie. Als theatermaker baseer ik mijn stukken op verhalen die ik me laat vertellen. Vervolgens permitteer ik me een zekere mate van artistieke vrijheid in de vertaling naar een podiumbeeld. De verpakking brengt de boodschap. In symbolen, taal en decor, en in de fysiek van de acteurs. Ook de vorm bepaal ik van tevoren. Wordt het een dialoog, een vertelling, een sprookje, een aantal monologen of een revue? Welke muziek heeft het verhaal nodig om voortgestuwd te worden? Wat is er nodig om een diepere laag in de beleving van de toeschouwer te bewerkstelligen? Hoe creëer ik archetypische kwaliteit? Al deze vragen moeten worden beantwoord. Daarom vroeg ik je om hier te mogen wonen, Moon, om deze plek met zijn verhalen in te drinken. Chalid begrijpt me. Hij vertelt, nee, hij schíldert met licht. Vond je het licht niet mooi? Heb je gezien hoe de eieren oplichtten op tafel? Hoe ze daardoor de aandacht naar zich toe trokken... Die bolle glans, de verwachting die daarmee gewekt wordt bij de toeschouwer. De mogelijke vruchtbaarheid, een symbolische voorbode van de gezwollen buik van de zwangere vrouw. Mag-ni-fiek. En de omgeving is zo authentiek. De donkerte tussen het gebinte, zo veel ruimte om te verbergen, om in te verdwijnen. Maar tegelijkertijd ook ruimte voor de toeschouwer om even de aandacht van het toneel te kunnen verleggen naar zichzelf. Ach, hier hebben we het toch vaak genoeg over gehad?'

Ik was mijn vraag vergeten, had geen idee waar hij antwoord op gaf. De regisseur verloor zich vaker in zijn woorden. Hij associeerde niet alleen theaterstukken bij elkaar, maar ook in een normaal gesprek belandde je regelmatig in een soort niemandsland met hem. Hij voerde je mee, zo simpel was het. Zijn passie was bedwelmend. Wat maakte me zo achterdochtig? Marijkes opmerking, over de gesuste ruzie in het café waarvan ik de aanleiding zou zijn geweest? Wat betekende het dat de regisseur met haar over mij sprak? Gebruikte hij Marijkes verhalen over mij voor zijn stuk?

De scène met de gewassen brieven, de beelden van de druipende witte vellen bleven in me rondspoken. Het verleden hield mij vast. Maar zonder de belofte liet de toekomst me los. Zonder opdracht zou ik hopeloos wegdrijven.

De regisseur stond op. Hij wreef met twee handen over zijn buik en onderdrukte een boer.

'Kom Chalid, we gaan aan het werk. Dank je wel voor het ontbijt en de heerlijke eitjes, Moon. Kom straks anders even kijken. Het decor ziet er fantastisch uit, Marijke is goud waard.'

Hij blies me een handkus toe en verliet de keuken. De lichtman schoof de stoelen een voor een aan.

'Zal ik even helpen afwassen?'

'Graag.'

We ruimden af en ik liet heet water in de bak lopen. De lichtman ving met uitgestoken armen de theedoek die ik hem toegooide. We werkten zwijgend. Toen het laatste water gorgelend in de afvoer liep, keek hij me aan.

'Ik ga. Het licht moet goed zijn, Moon. Alleen de natuur kan zich veroorloven onbeperkt te spelen met licht en donker. Ik ben de zon niet.'

Hij glimlachte en liep naar buiten. Even later zag ik hoe sigarettenrook in blauwachtige smalle vlagen langs het raam deinde. Er was geen vogel te zien, waarschijnlijk sloop de kat in de buurt rond. Ik had nog steeds geen belletje gekocht.

Ik ging even naar boven. Er zat te veel ongedurigheid in mijn lijf om te rusten en ik ontsloot de doka om iets te doen te hebben. De foto's van Joep waren fijn om naar te kijken. Zijn ogen keken zo zachtaardig naar de wereld. Zo schoon. Joep was een kind zonder aanwezige vader. Toch leek hij gelukkig. Na moeders dood was vader voor mij ook niet meer aanwezig geweest. Niet écht tenminste, niet met aandacht.

Ik zat een hele tijd op een stoel. Mijn ogen vlogen heen en weer tussen de foto's en het witte vel met vaders handgeschreven letters. Ik was niet in staat een begrijpelijke gedachte te formuleren. Na een poos stond ik verstijfd op. Ik merkte dat ik dorst had en ging naar beneden om thee te zetten.

Om een uur of vijf uur stond neef Henk plotseling in de deuropening. Hij kwam zich met een rood hoofd verontschuldigen en wilde me nogmaals laten weten dat het helemaal niet zijn bedoeling was me ergens toe te dwingen.

'Zeker niet tot zoiets als een huwelijk, Moon. Kunnen we alsjeblieft gewoon doorgaan met... nou ja, zoals het gaat?'

'Ik heb nergens problemen mee, Henk. Wat mij betreft blijft het zo. Jij zit daar toch goed in de zuidvleugel? Je bent familie, Henk, je moet niet te dichtbij komen, dat snap je toch wel?'

Het klonk alsof ik tegen een van de jongens van Marijke stond te praten, overredend en uitleggerig.

'Ik ben niet achterlijk, Moon. Maar onze kinderen zouden dat misschien wel zijn.'

Dat laatste klonk aarzelend, alsof hij naar woorden tastte, naar zekerheid. Natuurlijk, hij had me nog nooit daadwerkelijk een pil zien slikken.

'Ik heb afdoende maatregelen getroffen, Henk, daar hoef jij je geen zorgen over te maken.' De leugen werkte zich kloppend omhoog naar mijn wangen. 'Wil je er anders liever mee stoppen? Dat kan ook, hoor.'

Even stelde ik me voor hoe het zou zijn als hij bevestigend zou antwoorden. Ik zou een zaadbron missen.

'Nee, Moon, ik niet. Maar jij dan? Ik, eh, zie jou soms samen met Ties bij de caravan. Ik zie hoe hij soms naar je kijkt met die ogen van hem. Ik denk weleens... Als het zo is, dan moet je het zeggen, Moon. Echt waar, daar moet je niet over liegen. Niet tegen mij!'

Het klonk aanvankelijk hakkelend en onzeker, hij keek me niet aan. Tot de laatste zin. Die liet aan duidelijkheid niets te wensen over.

'Zwijgen mag je, Moon, zwijg zo veel je wilt. Maar lieg niet tegen me.'

Het klonk als een schot hagel en hij vuurde recht in mijn ogen. Voor het eerst voelde ik angst voor neef Henk. Angst voor de kracht waarmee hij het bracht, voor het vuur in zijn ogen.

Hij draaide zich om en liet me alleen.

DE LICHTMAN HAD ME NIET WEER UITGENODIGD IN ZIJN NEST, ook al had ik na het paasontbijt erg gehoopt op een herhaling. De nacht voor de première bracht ik alleen door.

Ik kon maar niet besluiten of ik bij de voorstelling wilde zijn. Straks zouden de mensen het erf op stromen, onder wie oom Arie en tante Wil. Tante Teppema zou er ook wel zijn. Marijke had de verantwoordelijkheid voor de organisatie op zich genomen, ze zou achter de kassa zitten en ervoor zorgen dat niemand zich buiten de afgezette paden zou begeven. De mensen kwamen achterlangs via de poort, er was met rood-wit lint een pad afgezet dat direct naar de ingang van het theater leidde. Er hadden advertenties in het huis-aan-huisblad gestaan en in de omringende dorpen hingen affiches. Drie keer zou *Vruchtgebruik* worden opgevoerd: na de première zouden nog een matinee en een avondvoorstelling volgen.

De regisseur had niet willen uitleggen wat de titel betekende, ik moest maar komen kijken.

'Daarom maak ik juist theater, Moon.'

'Ja maar, Ties, 'vruchtgebruik', dat is toch een juridische term?'

'Artistieke vrijheid, Moon. Denk ruim, speel, interpreteer!'

De vraag werd weggeblazen als een kriebelende mier. Als de regisseur die hooggewaardeerde artistieke vrijheid ook had toegepast in zijn relaties, kon ik me voorstellen dat hij eruit geschopt was. Het kinderlijk enthousiasme waarmee hij de wereld tegemoet trad, had iets ongelooflijk charmants en zag er jaloersmakend makkelijk uit. Maar als je hem beter leerde kennen, ging die naïviteit tegenstaan. Het was hem nooit genoeg.

Ik zou hem komende week nog gebruiken om zaad aan te onttrekken, daarna moest hij vertrekken.

Het erf was nog leeg. Alle medewerkers waren bezig aan een allerlaatste doorloop. Ik ging naar boven om mijn camera te halen. Op de overloop glinsterde het stof in de banen licht die door de kleine ramen naar binnen stroomden. Het was een schitterende dag. De zon spoot knallend op de groene velden en overal stonden de knoppen op barsten. In de tuin waren her en der felle vlekken kleur ontstaan waar neef Henk in het najaar bollen had gepoot. Toen ik even in de vensterbank ging zitten, voelde ik hoe warm de zon al was. Het raakte me plots met kracht, dat leven, het hunkeren naar bevruchting, voortplanting. Ik voelde hoe mijn bloed mijn schaamte voedde, het stroomde kloppend naar de warmte tussen mijn dijen. Onrustig stond ik op. Ik haalde mijn camera en verliet het woonhuis.

De stalraampjes waren verduisterd, ik glipte ongezien de tegenovergelegen noordvleugel in. Behoedzaam opende ik de deur, bang om geluid te maken. Mijn ogen hadden even tijd nodig om zich aan te passen aan het zachte schemerlicht binnen. Het rook zoet en stoffig. De touwladder hing op zijn plek.

Ik nam wat foto's vanuit mijn positie bij de deur. De donkere strobalen tegen de muur, het gebinte boven me, de enorme steunberen in het midden. De lichtvlekken op de grijze vloer. De touwladder uit de verte en de touwladder dichterbij, en nog dichterbij. Nu kon ik hem haast aanraken door mijn lens. Ik richtte omhoog en nam wat foto's van de onderkant van de vliering. Het rafelig neerhangende hooi bewoog haast onzichtbaar. Ik blies naar boven en er dwarrelde stof naar beneden. Een aankomende nies kriebelde in mijn neus, ik moest hard wrijven om geluid te voorkomen. De aandrang verdween. De bandjes van mijn oude step vormden een mooie compositie met het roestige werktuig erachter. Er groeide toch nog een brok in mijn keel toen mijn ogen langs de plek gleden waar moeders schoenen hadden gestaan. Heel vaag was te zien waar ik gevallen was. Waar ik na moeders dood altijd bang voor was geweest, een bruinige afdruk op de plek onder aan de ladder, had ik twee meter verderop zelf veroorzaakt.

'Angst heeft lange armen voor wie bang is.'

Dat had de lichtman gezegd toen ik hem vertelde van moeders val op de plek waar hij zijn onderkomen had gezocht. Hij had zich niet verontschuldigd voor het binnendringen in de verboden vleugel. Op iedere vraag die hem werd gesteld over afkomst, familie of verblijfplaats reageerde hij met ondoorgrondelijke antwoorden. Het leken spreekwoorden die hij gebruikte, zegswijzen. Zijn zoekende spreken wekte soms de indruk dat hij ze ter plekke zelf verzon. Ik vond zijn manier van praten mooi, ik proefde zijn woorden en liet ze rondzingen in mijn hoofd.

De camera bonkte tegen mijn borsten toen ik onhandig de touwladder beklom. Ik hees me op de houten vloer en bleef een ogenblik staan luisteren. Toen snoof ik voorzichtig de geur op en nam de eerste foto.

Het nest lag als een reusachtige cirkel onder de dikke balken, het verse stro was stevig opgeschud. Er was voldoende ruimte om te staan en rond te lopen. Aan een rafelig stuk touw hing een spiegeltje, op wat voor de lichtman ooghoogte moest zijn. Een langwerpig scheermes en een schaaltje met een dikke kwast stonden op een kistje eronder.

Ik zoomde in op het midden van het nest. Het stro was er doorgewoeld en stond in harde, dof glanzende sprieten overeind. Aan de randen rondom was het omhoog geduwd. Dit was een plek waar je wilde gaan liggen, met opgetrokken benen en je rug beschermend om je buik gekromd. Niet verantwoordelijk te zijn. Niets te hoeven doen. Niets om na te komen.

De wollen dekens waren opgevouwen. Ik spreidde er een uit over het stro, ging liggen en trok de andere over me heen. De zoetige houtgeur dreef mijn neus binnen. Ik rook nog iets anders, iets gronderigs waardoor ik de lichte zwelling tussen mijn dijen opnieuw gewaar werd. Ik trok de deken strak tegen het zacht kloppende vlees. De lichtste aanraking van mijn hand was voldoende, binnen in me zoog en trok mijn baarmoeder.

Ook al was er geen zaad te halen, mijn schaamte opende en sloot zich als een vissenbek.

Moeder zweeg.

Ik moet in slaap zijn gevallen, want toen ik mijn ogen opende en besefte waar ik lag, hoorde ik het geluid van stemmen op het erf, een flard muziek.

Ze ging bijna beginnen, de voorstelling waar de regisseur zo lang naar had uitgekeken. Ik herinnerde me hoe hij vorig jaar uit het groene busje was gestapt en op zijn gemak naar het huis had staan kijken, leunend tegen zijn auto. Het opbollende gebloemde overhemd, zijn energie en enthousiasme, de natte lakens die wapperend tegen mijn blote benen hadden geslagen. Vrouwe van de hoeve, zoiets had hij gezegd. Ik herinnerde me zijn onverwachte naaktheid bij de eendenkooi, het plezier waarmee hij me zijn zaad gaf.

Zo regisseerde hij zijn leven.

In mijn leven voelde ik me een actrice in een stuk waarin mijn rol strak en heel precies voorgeschreven was. Vader had het script voor mij geschreven en ik had de rol aangenomen. We hadden het contract beiden getekend. Het was niet aan mij om het script te veranderen. Ik kon de scène met de belofte aan vader niet schrappen, het vel niet wassen, spoelen en leeg in de wind te drogen hangen. Ik stond op en kneep hard in mijn arm om de gedachte te verdrijven.

Nadat ik de dekens had gevouwen en het stro goed was opgeschud, klom ik de touwladder af. Het geluid van stemmen was verstomd, kennelijk was iedereen binnen.

De lage achterdeur tussen het melkhok en de grote ruimte van de zuidvleugel gaf gemakkelijk mee toen ik hem openduwde. Ik kwam binnen naast de zijmuur van neef Henks woning. Voor me zag ik de rug van de lichtman. Er klonk geroezemoes en het podium was donker. In het gele schijnsel van de hoge lampen zocht ik de gestaltes van mijn familie. Ik vond oom Arie en tante Wil links vooraan, ze zaten aan de zijkant. Naast hen zaten de broers van neef Henk. Hijzelf was nergens te bekennen. Tante Teppema zat pal achter hen, naast de postbode en de cafébaas. Er waren bekende gezichten, maar ook mensen die ik nooit eerder had gezien. Dat waren vast familieleden van de acteurs. De decorbouwers zaten achterin. Marijke zat helemaal vooraan, met haar moeder. De kinderen waren er niet. Het was vol, alle veertig gehuurde stoelen waren bezet. Er hing verwachting in de lucht.

De lichtman draaide zich om. Hij wenkte en wees op het krukje naast hem. Ik verliet mijn plek en ging naast hem zitten, mijn ogen strak op het paneel gericht.

Ik had daarnet zijn nest bevuild. Verlate schaamte stuwde het bloed omhoog naar mijn wangen en klopte in mijn slapen. Moeder kwam alsnog laten horen wat een vies kind ik was. Door me op het lichtpaneel te concentreren, wist ik moeders stem weg te duwen.

Er lag een stapeltje aan elkaar geniet papier op het tafeltje. In de kantlijnen waren in een slordig handschrift aantekeningen gemaakt.

'Mag ik?'

Ik stak mijn hand uit naar het script. De lichtman gaf het me. Er brandde een klein lampje om het paneel te verlichten, ik hield het papier zo dat ik kon lezen.

'Nog een paar minuten.'

Hij fluisterde, sloeg zijn armen over elkaar.

Op de achterkant van de eerste pagina was boven elkaar een aantal woorden geschreven die betrekking leken te hebben op de titel. Vruchtvlees. Vruchteloos. Vruchtbare dagen. Vruchtzetting. Vruchthout. Vruchtwisseling. Vruchtbodem.

De pagina's gleden door mijn vingers. Als ik sneller had kunnen lezen, had het stuk zich in een paar minuten ontvouwd, maar de doorhalingen en de vele onleesbare toevoegingen maakten dat onmogelijk.

Ik sloeg de laatste bladzijden op, mijn ogen vlogen langs de regels, haakten aan doorhalingen en uitroeptekens.

Epiloog:

Actrice A. Langzaam! (Als voorlezen van een sprookje.)

A. zit aan de keukentafel uit de eerste scène. Er ligt één ei op tafel. Ze zit frontaal naar de zaal. Tegen het zwarte achterdoek staan de andere acteurs naast elkaar. Ze bewegen traag wiegend als één lichaam heen en weer tijdens de monoloog. Hun ogen zijn gesloten.

Licht: Zaallicht uit. Spot op A.

Tekst:

...en niemand weet niemand weet
dat ze eigenlijk anders heet...

Ze was een wisselkind.
Oh, ze had niet minder huid of haar, niet minder zinnen.
Nee, gewoon tien vingers,
geen vliezen, vleugels, niks geen vinnen.
Gewoon een wisselkind,
gewonnen door te winnen.
Was dat wel echt? Kon een kind gewonnen zijn?
Men loerde uit ooghoeken en gaten,
er werd geoogst met veel te lange pauzes,
het vuil hoopte zich op, in de huizen en de straten.

Het kind, het kind, het kind!
Het fluisteren werd zoemen,
het zoemen loeien,
en het geloei liep uit de hand.
Oorverdovend riepen de mensen,
handen aan oren en ogen op steeltjes.
Wie had het kind ingezet?
Met wie was gesold?
Gewed, ingezet en gespeeld.
Verloren en gewonnen.
Welk een onbezonnenheid,
onder het dak van onze gemeenschap!
Schande, oh walgelijk heerlijke schande.

Zij wentelden zich in de vreugde
om hun eigen vlekkeloosheid.

Vergeten, de zwarte plekken in de eigen ziel,
de verborgen blakeringen,
de wonden, krassen, kreukels.
Opgelucht richtten hun ogen zich naar buiten.
Weg van het eigen geweten.
En het was toch ook erg? Zeg nou zelf.
Verschrikkelijk en oneerlijk,
dat de ooievaar die éne oversloeg?
De stilte in het grote huis moet ondraaglijk zijn geweest.
Maar toch, om dan... gewoon... te spelen?
Nee. Hoewel niemand zo'n lot verdiende,
zeker zij niet,
zo'n gewone, lieve vrouw.
Maar dan nog! Toch? Spelen om een kind?
En hij dan, haar man, de boer, haar baas?
Het was zijn broer!
Het bleef in de familie,
dat was tenminste iets.
Maar toch.
Zoiets deed je niet,
je eigen nest bevuilen.
Ja, dat was het eigenlijk.
Het was een lief kind,
daar niet van,
maar was er niet altijd al iets,
iets waarvan je dacht,
iets alsof ze niet helemaal klopte.
Ja! Jazeker, dat hadden ze allemaal bij nader inzien,
nu ze er eens goed over dachten.
Jazeker, er was altijd iets geweest.
En leek ze niet...?
Zag je eigenlijk niet... Die trekken?

Die mond, hè? Ja, die mond, die moedervlek, die hoekig-
heid.

De gemeenschap verschool zich bij elkaar,
bekrachtigd in gedeelde ontzetting.
Het onbegrip van een enkele gemangelde zette uit,
groeide tot grote woede.
Een wisselkind! Niet hier, niet bij ons.
Wij doen zulke dingen niet.
Wat wij niet willen zien, bestaat niet.
Eruit, eruit, eruit,
schop haar uit het nest!
De gemeenschap wentelde zich in het genot van gezamenlijk-
heid,
kronkelde zich tot een blinde kluwen.
Wij! Wij! Wij!
De veiligheid van de gemeenschap boven alles.

Zie!
Daarbuiten staat het kind.
Het ziet de bewegingen.
Begrijpt niet,
weet niet, kent niet.
Het spel werd gespeeld vóór haar geboorte,
het zaad geplant voor zij bestond.
De spelers zijn van het speelveld verdwenen.
Hoe kan zij weten?
Zij draait de haar toebedeelde baan,
onder het oog van sterren en planeten.
Haar naam verborgen,
in het donker van een nieuwe maan.

...en iemand weet, iemand weet,
dat zij eigenlijk anders heet...

Einde monoloog. Actrice A. blijft zitten.

Licht: Spot op klok tegen achterwand.

Geluid: Aanzwellend tikken van een klok. Tien seconden.
Geluid uit.

Actrice pakt het ei van tafel. Koestert het tegen haar borst.

Licht: Donkerslag.

De stem van de lichtman drong mijn bewustzijn binnen. Hij sprak fluisterend, dicht bij mijn oor en met zijn hand op mijn arm.

'Moon, een goede epiloog herbergt de proloog voor het vervolg. Als je goed leest, ken je de weg. Daar komt Ties, we gaan beginnen.'

De regisseur beende met grote passen langs het publiek op ons af.

'Nog een minuut, Chalid. Moon, lieverd, je zit op mijn stoel. Mag ik?'

Hij gebaarde dat ik op moest staan en dat deed ik. Voordat ik het script aan de lichtman teruggaf, scheurde ik de laatste pagina's los uit het nietje. Hij zou ze vast niet nodig hebben, ze hadden zo vaak gerepeteerd.

Oom Arie keek even om, ik ontmoette zijn blik. Ik schrok zo van het plotselinge contact dat ik langzaam achteruit naar de uitgang schoof. Het zaallicht doofde toen ik de deur onhoorbaar achter me sloot. Ik zou de voorstelling niet zien.

Buiten was het koel, het rood-witte lint wapperde in de opgestoken wind.

In de keuken stonden de resten van de lunch nog op tafel. Ik liep rechtstreeks naar boven, het bed kraakte toen ik me achterover liet vallen. Nogmaals, nu rustiger, las ik de laatste pagina's van het script, terwijl de woorden van de lichtman door mijn hoofd cirkelden. In de verte klonk een schot. Dat moest neef Henk zijn, hij leek een hoop lawaai nodig te hebben om mijn afwijzing, gisteren in de bijkeuken, te verwerken.

Het script in mijn handen werd vochtig onder de druk van mijn vingers. Ik las en herlas in een poging het verhaal te plaatsen. Wat was in hemelsnaam een wisselkind? Het zou toch niet over mijzelf en mijn familie gaan? Maar dat kon helemaal niet.

Er klonken meer schoten, ver weg in de velden. En geschater dichterbij, de bezoekers lachten om de voorstelling.

Vandaag was de dag van mijn eisprong. De lichtman zou me vast niet meer uitnodigen.

De regisseur zou tot diep in de nacht het café induiken. Neef Henk zou het proberen, hij zou een vuur bij me willen maken in de vuurplaats. Ik wist het zeker.

In de verte knalde het nu onophoudelijk. Neef Henk leek zich niets aan te trekken van het broedseizoen.

De laatste strofe intrigeerde me, zo zou de lichtman het gezegd kunnen hebben, deze woorden had hij kunnen kiezen.

Zij draait de haar toebedeelde baan, onder het oog van sterren en planeten. Haar naam verborgen, in het donker van de nieuwe maan.

Ik stond op, nam op de overloop de sleutel uit de vaas en opende de deur naar de donkere kamer. Toen ik de vellen papier ophing tussen de foto's, flitste het door me heen dat de regisseur me inhuizig had genoemd. Marijke en hij hadden me van de week willen overreden na de première mee te gaan naar de feestelijke nazit in het café. Ik had halsstarrig geweigerd, herinnerde me Marijkes verhaal over de bijna-ruzie tussen neef Henk en de regisseur een week eerder. Wat had ik in een volle kroeg te zoeken? Maar nu broeide er een vaag gevoel van urgentie in me, mijn eisprong had zaad nodig. De mannen zouden allemaal dáár zijn.

IK NAM NOG MAAR EEN EITJE. HET RODE ZILVERPAPIER ROLDE
ik tot een hard bolletje tussen mijn vingers. De melkchocola
smolt langzaam op mijn tong terwijl ik het café rondkeek. In
het zaaltje hierachter hadden we koffie gedronken na vaders
begrafenis, sindsdien was ik hier niet meer geweest. Ik verborg
me temidden van de drukte die het theatergezelschap maakte.
Het was een goede plek om er wel en niet bij te horen.

Marijke zat tegenover me, dicht tegen de regisseur aan.

'Ties nog een eitje?'

Haar lange nagels peuterden om het papier los te krijgen. Toen
dat gelukt was, stopte ze het witte ei tussen zijn lippen. Het zag
er naakt uit tussen haar zwarte laknagels. De regisseur zoog het
naar binnen en sloot heel even genotzuchtig zijn ogen.

'Nog wat geschoten vanmiddag, Henk?'

Hij was nauwelijks verstaanbaar, door de chocola in zijn
mond en door het lawaai van de volle kroeg. De tafel was be-
zaaid met glazen. Er werd flink gedronken, precies op tijd
kwam er steeds weer iemand een nieuw rondje bier brengen.
Links van me zaten de jongens van de decorploeg en rechts
zat Neef Henk. Hij stak rustig een sigaret op en blies een dikke pluim grijze rook omhoog.

'Ik schiet niet in het broedseizoen.'

'Je jaagt de dieren er toch mee op? Met dat lawaai dat je maakt?'

Terwijl de regisseur sprak, verscheen de jonge actrice met het korte haar met een nieuw blad bier. Toen ze zich over de tafel boog om de volle glazen uit te delen en de lege op het blad te zetten, streek de regisseur even over haar billen. Ik herinnerde me zijn hand onder mijn rok bij de eendenkooi. Hij was er goed in, met zijn hand over billen strijken. Hij zorgde ervoor dat je vanzelf opening.

'Heb jij daar last van dan?' Neef Henk spoog het antwoord naar de regisseur.

'Rustig maar, het was gewoon een vraag.'

'Rustig maar, het was gewoon een antwoord.'

Iedereen reikte naar zijn glas, het bier klokte naar binnen. Neef Henks adamsappel wipte op en neer.

Drie collega's van de regisseur die voor de première waren uitgenodigd, voegden zich bij ons aan tafel. De kring moest ruimer gemaakt worden voordat iedereen kon zitten. De regisseur was de grote man om wie ze zich verdrongen. Marijke leek idolaat van hem, ze knipoogde naar me toen hij zijn arm even om haar schouders legde. Ik had geen idee wat ze ermee wilde zeggen en glimlachte op goed geluk terug.

'Nou jongens, jullie kunnen ook maar beter schieten voor het broedseizoen. Wel goed mikken, anders valt er voor ons dames weinig te broeden, hè?'

Marijke lachte hard om haar eigen insinuatie en legde haar hand op haar bewegende boezem. Het decolleté van de paarse fluwelen jurk die ze droeg was diep uitgesneden, in de donkere gleuf tussen haar borsten hing een kruis. Ze zag eruit als een groot vruchtbaar dier. Ze wasemde pure bronst uit en maakte haar roodgeverfde lippen steeds maar weer nat en glanzend met het puntje van haar tong. Vier zonen had ze gebaard en nog leek ze niet verzadigd.

Mijn eigen buik lag strak en plat onder het zwarte jurkje dat ik samen met haar had gekocht voor de kerst. Ik droeg dezelfde kunstleren pumps, de dunne nylon kousen. Vanaf mijn plek aan de tafel kon ik de lichtman zien, aan de bar naast oom Arie. Ze leken in een serieus gesprek gewikkeld, hun hoofden dicht bij elkaar.

De lichtman had niet met ons willen meerijden. Hij hield niet van auto's, voelde zich erin opgesloten als een vogel in een kooi. Opeens had hij, klein en donker, in deuropening gestaan. Zijn aanwezigheid verraste me, ik had niet gedacht dat hij nog zou komen.

'Laat mij eens even naast de vrouwe van de hoeve zitten, Henk. Marijke is vast heel geïnteresseerd in je jachtverhalen.'

De regisseur stond op, kneep in Marijkes schouder en liep om de kring heen op ons af. Neef Henk maakte geen aanstalten op te staan.

'Kom op, Henk, over een week is ze weer van jou alleen. Laat mij nog even meegenieten van je buurvrouw. Je denkt toch zeker niet dat je zo'n prachtvrouw voor jezelf kunt houden, hè? Nee, onze Moon hier, dames en heren, is vrijgevig. Ja, gul en vrijgevig.'

Hij wankelde even en gebaarde breed met de hand waarin hij zijn glas vasthield. Het bier gulpte over mijn jurk. De schrik om het koude vocht in mijn hals deed me opspringen, en ik duwde de regisseur hardhandig op mijn stoel. Haastig liep ik weg van de tafel.

Om bij de toiletten te komen, moest ik langs de bar waar oom Arie en de lichtman zaten.

'Ah, Monica, wat een haast. Is er brand of zo?'

Oom Arie lachte en draaide zich naar de lichtman, zeker om te zien of zijn grap in goede aarde viel. Ik zweeg, sloeg mijn ogen neer en liep door naar achteren.

Het stonk. De handdoek, het bier, de wc, het afvoerputje – alles rook naar oude, gebruikte lucht. Lange zwarte haren lagen in de wasbak als barsten in het porselein. Maar het water uit de kraan was schoon. Ik maakte mijn vingers nat en waste mijn hals. Daarna droogde ik me met de doorweekte, tot op de draad versleten handdoek die naast het fonteintje hing. In de spiegel zag ik hoe moe ik eruitzag. Dikke plukken haar waren losgeraakt uit de staart die ik vanmiddag gemaakt had. Mijn ogen gloeiden in mijn bleke gezicht. De opmerkingen van de regisseur hadden me verlegen en nerveus gemaakt, ik hield er niet van wanneer ik het middelpunt was in een onbekend gezelschap. Zouden de regisseur en neef Henk van elkaar vermoeden dat ik met hen beiden samenlag? Twee hanen in een hok, nee, dat kon niet. Ik had ze niets verteld, maar ze hadden ogen. Misschien roken ze het wel aan me, droeg ik hun geur, werden ze ongemerkt opgefokt door vijandelijke feromonen.

De deur achter me ging open en de actrice met het korte haar verscheen. Ze lachte hartelijk en kwam naast me staan om haar handen te wassen. Ik deed een stap opzij.

'Goh Moon, nou hebben we zo lang op de hoeve gewerkt en toch heb ik jou nog nooit gesproken. Hoe vond je het stuk? Eerlijk zeggen, hoor, ook als je het niks vond. Als acteur moet je leren om met kritiek om te gaan.' Ze greep naar de versleten handdoek. 'Gadver, wat een ranzige doek.'

Ze draaide zich om, en rolde meters closetpapier van de rol om haar handen.

Wat moest ik zeggen over het stuk. Ik was in de war en had het gevoel dat ik de paar scènes die ik had gezien niet begreep. Misschien kon ik haar iets vragen. Waarom ook niet?

'Hoe komen jullie eigenlijk aan de titel van het stuk? Wie heeft die bedacht?'

De actrice rolde de repen toiletpapier af, spoelde ze door en kwam weer naast me staan. Terwijl ze met gespreide vingers haar korte haar kamde, keek ze me via de spiegel aan.

'Ties kwam ermee. Die had het er met die ouwe vent met dat witte haar, Arie, over gehad. Al hun gesprekken gingen alleen maar over erfrecht, eigendom, kinderen. Wat van wie is. Weet je wat vruchtgebruik betekent? Ik heb het opgezocht. Volgens het woordenboek is 't het zakelijk recht om een anders goed te gebruiken, om de vruchten daarvan te trekken alsof men zelf eigenaar is. Hartstikke mooie titel, toch? Vraag het anders nog aan Ties. Of Chalid, die weet echt veel. Nou, ik heb dorst, ik ga weer. We hebben tenslotte een geweldige première te vieren.'

En weg was ze. Het was haar niet eens opgevallen dat ik vanmiddag niet was gebleven. Ze leek ook niet bijster geïnteresseerd in mijn antwoord op haar vragen. Een echte actrice, vervuld van zichzelf.

Mijn haar viel slap naar beneden toen ik het lostrok. Het kon me niet schelen, ik wond het elastiekje strak om mijn vinger en ging terug.

'Monica, je loopt je familie toch niet gewoon voorbij?'

Dat was precies wat ik van plan was geweest, maar omdat de lichtman naast hem zat, liep ik naar oom Arie toe.

'Drink een biertje van me, Moon. Chalid, jij ook nog een?'

Oom Arie wenkte de barman en deed zijn bestelling.

'Dus, zo zien we elkaar weer eens. Je hebt voor heel wat leven in de brouwerij gezorgd. En, hoe bevalt het met mijn zoon op je erf? Gedraagt hij zich een beetje?'

De jurk die ik droeg had geen zakken en ik wist niet waar ik mijn handen moest laten. Toen de barman het bier getapt had en het voor ons neerzette, griste ik snel een glas van de bar. Ik besloot niet te reageren op de vraag over het gedrag van neef

Henk. Als oom Arie iets wilde weten, moest hij het zelf maar aan zijn zoon vragen.

De lichtman dronk alsof het bier een hete vloeistof was die je alleen met voorzichtige kleine slokjes kon innemen. Mijn blik gleed langs zijn hals naar beneden. Toen deinsde ik achteruit. Mijn fototoestel! Ik had mijn camera in het nest laten liggen, en nu droeg de lichtman hem aan een koord om zijn nek. Hij zag dat ik het gezien had en keek me recht aan. Ik wendde mijn hoofd af. Mijn hart sloeg hamerend, de angst kroop in mijn knieholtes, zodat ik moeite moest doen rechtop te blijven staan. Niet in staat iets te zeggen, draaide ik me om.

'Wij spreken elkaar binnenkort, Monica. Ik zou graag eens langs willen komen, om het over een paar dingen te hebben.'

Oom Aries stem galmde me achterna. Dat dacht ik tenminste, maar er was niemand die opkeek. Misschien hoorde alleen ik zijn stem zo hard, was het allemaal verbeelding. Ik vluchtte naar de tafel met de regisseur en zijn aanbidders.

Hij stond op toen hij me zag, spreidde zijn armen en ving me in een omhelzing.

'Ho ho, Ties. Je mag dan wel de regisseur van het spul wezen, maar van haar blijf je af. Wegwezen!'

Neef Henk was ook opgestaan en trok de armen van de regisseur hardhandig los. Mijn hart bonkte tegen mijn ribben en ik deed een paar stappen naar achteren.

Ze stonden tegenover elkaar.

'Waar bemoei jij je mee, man? Jij bent echt niet de enige met wie ze in bed ligt, vraag het haar zelf maar.'

De regisseur wees naar me en lachte bulderend. Neef Henk haalde uit met zijn rechtervuist. De regisseur viel achterover op de twee jongens van het decor.

'Zo, schrijf daar maar een stuk over.'

Neef Henk spoog op de grond naast de witleren schoenen van de regisseur en stapte uit de cirkel van gillende vrouwen en omvallende stoelen. Hij pakte mijn hand, klemde die goed vast en sleurde me dwars door de kroeg mee. Ik struikelde op mijn plastic pumps achter hem aan naar buiten. Het geluid van hakken op steen knalde als geweerschoten door de stille straat. Er stroomde woede door de hand die me vasthield.

'Stop, Henk, alsjeblieft.'

Hij leek te luisteren, want zijn pas vertraagde. Ik schopte de schoenen uit, de stenen waren koud onder mijn branden-de voeten.

'Henk, laat me los.'

Zijn greep verslapte. Onmiddellijk daarna pakte hij mijn arm en dwong me stil te staan. Ik durfde haast niet naar hem te kijken. Ik kneep mijn ogen tot spleetjes en keek door mijn oogharen. Mijn keel zat potdicht, slikken hielp niet. Ik was één brok bonkende angst.

'Waar ben jij zo benauwd voor, Moon?'

Het enige wat ik voor elkaar kreeg, was het ophalen van mijn schouders.

'Oh, je weet het niet? Zal ik het je dan maar vertellen? Je hebt tegen me gelogen. Ik heb je gevraagd om niet tegen mij te lie-gen, nooit. Weet je nog? Maar je hebt het wel gedaan, Moon. Daarom ben je bang.'

Hij liet mijn arm los.

'En dat ik de waarheid ten overstaan van iedereen moet ho-ren! Van Ties zelf, nota bene.'

Hij draaide zich om en liet me midden op straat staan. Zijn rug was gebogen, alsof hij het veld in ging. Met grote passen liep hij bij me vandaan.

Ik luisterde naar het wegebben van zijn voetstappen en her-innerde me hoe ik hier eerder had gestaan, na vaders begrafenis.

Toen waren het mijn eigen voetstappen geweest die hol hadden geklonken door de lege straat. Ik wilde niet denken aan wat de regisseur over mij gezegd had. Iedereen had het vast gehoord, ook de mensen aan de bar. Oom Arie. De lichtman.

Er was maar één plek waar ik nu wilde zijn. De vaart was vlakbij. Het water zou stil en donker zijn, het wier zou zacht tegen me aan wuiven en ik zou me alleen maar hoeven laten drijven.

'Moon?'

De stem van de lichtman leek uit het niets te komen. De stilte in de velden langs de vaart werd zo plotseling verbroken dat mijn hart stokte. Een kort moment slechts, toen sloeg het verder.

Op het moment dat ik omkeek, werd ik verblind door het witte licht van de flitser. Ik sloeg mijn handen voor mijn ogen, tegen het licht en tegen de angst. Wellicht verborg ik ook mijn schaamte. Alles liep door elkaar in een trillende kluwen verwarring.

Er volgde nog een flits. De lichtman schraapte zijn keel.

'Wilde je zo graag gevonden worden, Moon?'

De woorden die hij sprak, walsten zonder betekenis door elkaar – ik begreep zijn vraag niet. Er borrelde een lach omhoog, zo'n nerveuze, gorgelende stroom waarvan je weet dat hij niet te houden is, hoe graag je ook zou willen. Ik draaide me om naar de vaart, zodat ik de ogen van de lichtman niet hoefde te zien. Het flitslicht was allang verdwenen, toch zag ik het nog duidelijk achter mijn oogleden. Waar ik mijn blik ook op richtte, het volgde als een schaduw.

'Sorry, Chalid, ik kan er niets aan doen. Ik lach omdat ik zo dom ben. Omdat...'

Natuurlijk had ik geen flauw idee van het waarom van deze

achterlijke reactie. Dit lachen was schaamteloos, onstuitbaar brak het door mijn wil. Een lach als een golf braaksel.

'Chalid, echt, geloof me...'

De woorden kwamen hortend, een voor een tussen het hikken door. Ik gaf het op en zakte door mijn knieën in het zand. Waren dat tranen? Ach, ik kon net zo goed helemaal gaan liggen. Hoeveel pilsjes had ik eigenlijk op? Lachen en huilen leken op elkaar. Totdat je koos en een van tweeën doorzette, dan splitste het geluid en vond het zijn eigen klank.

'Kom, Moon. Adem, sta op en draag je tranen.'

Zijn uitgestoken hand waaierde boven me, nog verder omhoog was de lichtloze hemel. Ik hoopte dat het zou regenen. Ik zou mijn tranen dragen. Wie zou het anders doen?

'Waar is Ties?'

'Ties is waar hij is. Net als jij.'

Ik stond op en veegde bevend het zand van mijn handen en mijn jurk. De huid van mijn knie scheen bleek door een rond gat in de zwarte panty. Zandkorrels plakten op mijn wangen toen ik mijn tranen droogde met de zoom van mijn jurk. Daarna volgde ik de lichtman over het pad naar de hoeve, naar huis.

Ik ben Moon en ik houd mijn belofte.

Iedere gedachte aan oom Arie, de regisseur of neef Henk werd gesmoord in mijn geluidloze litanie. Ik ben Moon en ik houd mijn belofte.

Een keer stapte de lichtman opzij om in de vaart te urineren. Ik hurkte in de berm. Mijn schaamte veegde ik droog met een pluk gras en wat boterbloemen.

Bij de hoeve keek de lichtman niet een keer achterom. Hij liep door de poort en linea recta naar de deur van de noordvleugel. Hij liet deze openstaan, zodat ik achter hem aan naar binnen kon lopen. Hij liet me voorgaan langs de touwladder. Nam een slok water uit de fles en bood mij toen de fles aan.

Gaf me de camera. Stond tegenover me in het donker. En keek. De toppen van zijn vingers fladderden langs mijn wang, langs mijn mond en voorhoofd. Hij sloot mijn oogleden.

Moeder was geluidloos aanwezig in de zachte aanraking, in de adem over mijn huid.

Er lag een eitje te wachten. Verborgen, rijp en maar zeer beperkt houdbaar. Ik wilde dat de lichtman me opende, dat ik dat niet zelf zou hoeven doen. Ik schoof mijn heupen tegen de zijne en likte snel langs mijn vingers. Ik proefde het bitter van de boterbloemen en mijn urine. Mijn vingers vonden zijn bovenlip, ik wilde dat hij me rook, dat het hem lust gaf zijn zaad in me te lozen. Hij snoof nauwelijks hoorbaar, een heel licht zuchten, pakte mijn handen en hield ze gevangen tussen ons in. Ik opende mijn ogen toen hij sprak.

'Waar ik vandaan kom wachten man en vrouw. De vonk tussen hen wordt gevoed met het oefenen van geduld en het koesteren van het licht dat de liefde met zich meebrengt. Eerst in henzelf, daarna in de ander. Ik wacht op het licht in je, Moon. Zonder licht groeit er niets.'

Hij liet mijn handen los. Ze vielen zwaar naar beneden.

Ik begreep dat ik beter kon gaan, hier viel niets te halen. Zolang de belofte donker in mij huisde, zou ik het zaad van de lichtman niet krijgen.

Hij gebaarde dat ik mijn hoofd moest buigen en hing de camera om mijn nek. Slingerend daalde ik de touwladder af. Ik liep op kousenvoeten in het donker naar het lege woonhuis. Daar liet ik me op de bank vallen.

Na een hele tijd stond ik op en maakte een klungelig vuur. Bewegingloos zat ik daarna opnieuw op de bank. Ik staarde in de vlammen en warmde mijn voetzolen. Het vlamde en knetterde en ik kreeg brandende ogen van het felle rood en geel, maar ook van mijn gedachten. Hier zat de vrouwe van de hoeve, in angstige afwachting van de thuiskomst van haar neef en de gast die in de caravan logeerde. De derde logé had ze al naar zijn nest gebracht.

Ik nam een biertje uit de koelkast en schrok me wezenloos toen de bijkeukendeur openzwaaide. Het flesje gleed uit mijn hand en knalde kapot op de plavuizen, glas en vocht spatten in het rond. De regisseur verscheen in de deuropening met een fles champagne en twee glazen die hij uitnodigend omhoog hield. Uit de zakken van zijn colbert staken mijn pumps als weidevogels die met lange snavels nieuwsgierig de wereld inkeken.

'Liefje, ik heb iets goed te maken. Komt het gelegen, of heb je al bezoek?'

Zijn poging te grijnzen eindigde in een pijnlijke grimas. De linkerkant van zijn gezicht was opgezet en had een nare, gloeiende kleur. Er zat een randje opgedroogd bloed in zijn mondhoek. Ik keek naar mijn kapotte panty en voelde aangekoekt zand en zout in mijn ooghoeken.

'Geef eerst mijn schoenen maar, voordat ik in het glas stap.'

De regisseur kwam dichterbij en trok de pumps uit zijn zakken. Het kostte me moeite ze aan mijn voeten te krijgen, ze leken ineens een volle maat kleiner. Ik negeerde de regisseur en pakte de bezem. De scherven maakten een afschuwelijk krijsend geluid toen ik ze over de stenen vloer bijeenveegde.

Voor het haardvuur liet de regisseur de kurk knallend tegen het plafond stuiteren. Bij het inschenken gulpte er champagne over zijn handen op de grond. Ik had de gordijnen gesloten. We zaten naast elkaar met onze voeten op de lage tafel en keken naar het vuur.

'Je oom Arie waarschuwde me voor Henk. Waar is ie nu?'

'Geen idee. Henk kan een driftkop zijn. Wat zei oom Arie?'

'Arie heeft nogal wat verhalen. Als de helft waar is, is dat al genoeg.'

'Ja, maar dat waarschuwen, waar ging dat over?'

'Over jou eigenlijk, over eigendomsrecht. Arie zei dat jij min of meer Henks bezit bent. Dat de hoeve daardoor ook van hem is.'

Zo had ik er nooit over gedacht. Neef Henk mocht hier wonen in ruil voor klussen en groot onderhoud. Dat we ook samenkwamen, betekende niets meer dan dat. Ook dat hij me ten huwelijk had gevraagd, nam ik niet helemaal serieus. Ik zag neef Henk eigenlijk nog steeds als het kleine neefje. We woonden nu wat groter, maar in feite zaten we nog steeds naast elkaar in de boomhut en deden ieder ons ding. *Mijn neefje is bang voor mijn oom. Dat vind ik jammer voor hem, zo jammer voor hem.* Zo had het in het script gestaan.

'Nog een slokje, Moon?'

We speelden in de boomgaard. Hij was niet alleen. Zijn broers waren vechters, soms sloegen ze hem een bloedneus. Dat vond ik jammer voor hem, zo jammer voor hem.

De regisseur schonk weer in, de luchtbelletjes spatten open zodra ze aan de oppervlakte kwamen. Toen ik het glas dicht bij mijn gezicht hield, voelde ik de fijne druppeltjes als mist tegen mijn huid. Alles gaat voorbij, dacht ik. Wat had het allemaal voor zin gehad als ik niet zwanger raakte? De mannen zouden vertrekken en mij achterlaten.

Vanuit de zuidvleugel brak een storm van lawaai los. Dat moest neef Henk zijn. De regisseur en ik zaten verstijfd naast elkaar.

'Hier blijven, Moon, ik ga wel.'

De regisseur stond op en trok wankelend zijn witte schoenen aan.

'Nee Ties, jij blijft hier. Ik ga, voordat er nog meer ongelukken gebeuren.'

Voor de tweede keer die avond dwong ik hem te gaan zitten. Hij stribbelde niet tegen maar gaf zijn voornemen gemakkelijk op.

Eerst maakte ik overal licht, om aan te kondigen dat er iemand onderweg was. In de bijkeuken griste ik het dikke vest van de kapstok en schoot ik in mijn rubberlaarzen. Met trillende handen opende ik de deur naar de zuidvleugel.

Het geluid van versplinterend hout galmde door de ruimte. Neef Henk stond tussen de stoelen van het tijdelijke theater en sloeg ze een voor een tegen de grond. Hij had de metalen lichtmasten omgegooid, overal schitterden glassplinters. De gordijnen lagen als donkere molshopen op het toneel.

Vlak voor me lag een losgeraakte stoelpoot op de grond. Ik bukte om hem op te pakken. Neef Henk zag niets, in geconcentreerde blinde woede deed hij zijn verwoestende werk.

Het indrukken van de lichtschakelaar naast de deur zette de ruimte in het donker.

Donkerslag. Dat was het woord dat in het script had gestaan als aanwijzing voor Chalid bij het einde van het stuk.

Ik liet het twee seconden duren, toen knipte ik het licht weer aan. Neef Henk keek naar me en liet de stoel zakken die hij hoog boven zich had opgetild. In de stilte was alleen zijn hijgen te horen. Hij zette de stoel rechtop en ging zitten.

'Kom er gezellig bij, Moon.'

Ik liep met de stoelpoot in mijn handen naar hem toe. Op een paar meter afstand bleef ik staan. Hij veegde zijn haren uit zijn gezicht, er stond zweet op zijn voorhoofd. Zijn blik spoot donker vuur, maar zijn armen bungelden vrij langs zijn zijden naar beneden.

Ik moest denken aan die keer dat hij in de woonkamer had gestaan toen ik de Zaanse klok aan het slopen was. Wat had ik staan beuken met vaders wandelstok. Daarna had ik mijn hoofd lange tijd tegen neef Henk aan gelegd, uitgeput van de strijd.

Nu wilde ik zijn hoofd tegen mijn buik trekken, hem laten rusten in mijn schoot.

'Kom, Moon.'

Hij stond op en liep naar de strobalen achter het podium. Ik wist niets beters te doen dan hem te volgen. Hij trok me op zijn schoot en nam mijn gezicht tussen zijn handen. Zijn lichaam wasemde bier en tabak uit. Zijn rug was klam, net als de mijne. Hij legde me neer op het stro en stroopte mijn panty naar beneden.

'Wacht.'

Hij ging het licht uitdoen en kwam stommelend terug in het donker. Er prikte stro in mijn rug, het kon me niet schelen.

Hij trok mijn broekje uit en kwam naast me liggen. Zijn tong duwde hard tegen de mijne, onze tanden tikten tegen elkaar. Hij rolde me om tot mijn billen zijn geslacht raakten. Met zijn ene hand greep hij mijn haar vast, met de andere maakte hij me vanonder open. Daarna duwde hij zijn stijve geslacht in me. Ik deed niets om de peristaltische bewegingen op te wekken. Hij bewoog eindeloos lang in eenzelfde ritme, de haren in mijn nek kwamen overeind toen hij in mijn gespannen nekpees beet. Hij was een dier. Ik was zijn prooi. Hij kreunde, zoog zijn adem fluitend naar binnen en kneep hard in mijn borst. Toen liet hij los. Ik concentreerde me op het opnemen van zijn zaad.

Moeder was sprakeloos aanwezig.

4

Afnemende maan

DE LAATSTE VRACHT MET DECOR- EN BROKSTUKKEN VERDWEEN in de gehuurde vrachtwagen. De zuidvleugel was weer leeg. Niets was er meer te zien van het stuk dat uiteindelijk slechts één keer gespeeld was. De regisseur had zich niet meer vertoond op de hoeve.

In die verwoestende nacht na de première, nadat neef Henk mijn buik met zijn zaad had gevuld, was ik teruggegaan naar het woonhuis. In de woonkamer had ik de regisseur gevonden, liggend op de bank. Hij sliep bij het nagloeiende vuur. Ik had zijn loodzware lichaam voorzichtig een eindje opzij geduwd en me met mijn rug naar hem toe naast hem uitgestrekt. Er was net genoeg ruimte om niet van de bank te vallen. De regisseur had nauwelijks bewogen, maar zocht met zijn hand de blote huid van mijn hals. Mijn linkerhand reikte naar achteren en vond zijn gulp. Die ging gemakkelijk open, hij droeg een ruimvallende broek. Zijn geslacht was halfstijf toen ik het tevoorschijn haalde. Ik kneedde het een beetje en voelde hoe het zwol. De regisseur kreunde en gleed met zijn hand onder mijn jurk naar mijn billen. Toen hij hard genoeg was, tilde ik een been op en liet hem binnen. Hij mompelde mijn naam en begon langzaam te bewegen. Toen ik zijn zaadballen vastpakte, kreunde hij en versnelde aanzienlijk. Ik kneep mijn schaamte stevig samen om hem te helpen. Het duurde niet lang voordat zijn geslacht zich hoog in me oprichtte.

Moeders stem had maar even geklonken, veraf en krachteloos. Ze mompelde het eeuwige liedje van schande en schaamte. Ik zei haar dat het genoeg was. Ze had zich onmiddellijk teruggetrokken.

Ik was naar boven gegaan en had mijn matras en beddengoed naar de doka gesleept. Nadat ik de deur op slot had gedraaid, propte ik een kussen onder mijn billen en ging ik doodstil op mijn rug liggen, luisterend naar een mogelijke bevruchting.

De volgende ochtend was de regisseur verdwenen en had de lichtman samen met neef Henk de afgelasting van de voorstelling geregeld. Het rood-witte lint was verdwenen, waarschijnlijk had de regisseur dat zelf gedaan. Uit de caravan was alleen het meest waardevolle meegenomen. Neef Henk had de volgende dag een brandstapel gemaakt en een flinke fik gestookt van de achtergebleven spullen. Zelfs de gordijnen waren in het vuur verdwenen. De caravan stond als een kale kip onder de fruitbomen.

Via de lichtman had de regisseur drie dagen later laten weten dat hij me bedankte voor de gastvrijheid. Hij had een grote enveloppe voor me meegegeven met daarin het script van het stuk en een briefje met drie handgeschreven regels – eigenlijk vier, als je de aanhef meerekende.

Lieve vrouwe van de hoeve,
Het is tijd, zie de afnemende maan.
Niemand weet wat er gaat komen,
men moet weten wanneer te gaan.

Ik was blij met het bericht, het verschafte me de zekerheid dat het vertrek van de regisseur definitief was.

De lichtman had gevraagd of hij zijn slaapplaats nog even mocht aanhouden. Nu de boel opgeruimd was, kon hij ieder moment vertrekken, ook al leek hij af en toe te dralen bij de deur naar het woonhuis. Ik had niets bij hem te zoeken. Het was nog steeds donker in mijn eigen lijf, ik zag het in mijn ogen wanneer ik in de spiegel keek.

In neef Henk smeulde ingedamde woede. Hij maakte lange dagen, werkte met grote gebaren en veel lawaai. We spraken nauwelijks met elkaar. Soms zag ik hem met de lichtman samen in de moestuin, hun ruggen gekromd boven de spade. Er ontstonden donkere, verse voren, en na een paar dagen waren ze in de weer met jong groen en zakjes zaad. Ik vroeg niets, maar bracht grote koppen thee en koffie naar de tuin, die we naast elkaar op de tuinstoelen in de boomgaard dronken.

De lust tot eten was uit me verdwenen. Ik merkte dat mijn broek losser ging zitten naarmate de dagen voorbijgleden. Ik was verbaasd en teleurgesteld, ik zou juist dikker moeten worden.

Ik was eerder in mijn leven sterk vermagerd. Toen moeder dood was, had tante Teppema de eerste tijd voor ons gekookt. Slijmerige andijvie en spinazie met kapotgekookte aardappelen. Ze liet de vetranden aan het vlees zitten en maakte pap met klonten. Ik had haar eten geweigerd en schraapte het beetje dat ze me opschepte heen en weer over mijn bord. Vader zuchtte voornamelijk, maar tante Teppema hield niet op tegen me aan te praten. Kokhalzend zag ik moeders val in de rode kleur van gekookte bietjes. Het taai gebraden vlees bracht beelden van maden op moeder onder de grond. In het groen van boontjes verscheen het groen van het gras onder de waslijn waaraan moeder vroeger de lakens ophing. Alles wat op mijn bord verscheen, had met moeder te maken, ik kon niet eten wat een vreemde vrouw had klaargemaakt. Ik verachtte vader om zijn eetlust en gruwde van zijn mond die het eten vermaalde. Hoe kon hij nu eten?

'Eet je bord leeg, Monica.'

'Ik heb geen honger.'

'Monica, doe wat je tante zegt.' Zucht. Kauw. Maal. Slik.

'Ik heb geen honger.'

'Je wilt je vader toch niet nog meer verdriet doen, kind? Eet dan alleen de groente.'

'Noemt u dat groente, die smurrie? Moeder kon tenminste koken.'

'Monica, zo praat je niet tegen mevrouw Teppema!' Zucht. Hap. Slik. Kauw.

'Ik praat zoals ik wil. Ik praat tenminste!'

En dan vloog ik weer van tafel. Ik verstopte me in de boomhut of bij een sloot, tot vader me vond en me zwijgend mee terugnam naar de hoeve. Tante Teppema was dan al naar huis. Ik deed de afwas en vader las de krant. Ik overleefde op zachtgekookte eieren en dunne sneden witbrood.

De regisseur had met zijn bulderende aanwezigheid maandenlang de stilte opgevuld, ik was haast vergeten hoe het was om zo weinig te praten. Neef Henk en de lichtman leken graag in elkaars gezelschap te zijn. Op een middag vertrokken ze naar de velden, allebei met een buks schuin over de schouder. Mij werd niet veel verteld, ik vroeg ook nergens naar. Tegenover neef Henk leek ik mijn recht op vragen stellen te zijn verloren, ik was onbetrouwbaar gebleken. De lichtman wachtte tot het licht in me werd.

Ondanks het broedseizoen hoorde ik de hele middag schoten.

Als vanzelf aten we met zijn drieën in de keuken van het woonhuis. Ik vond het niet erg voor hen te koken, al at ik zelf weinig. Als het nodig was maakte ik 's ochtends een boodschappenlijstje dat neef Henk meenam naar het dorp. In de doos die later op de dag in de bijkeuken stond, zat altijd iets extra's waarom ik niet had gevraagd. Een doosje gedroogde vijgen, snoepgoed of een blik mandarijntjes op sap. Na het eten zette ik koffie en maakte een van hen een vuur. Tegen elven verdwenen ze naar hun eigen plek.

Ik had de foto's van het laatste rolletje laten ontwikkelen in de stad. Op de twee foto's die de lichtman van me had gemaakt, stond ik met mijn handen voor mijn gezicht geslagen. Ik had ze opgehangen aan de lijn. Naast de portretten van Marijkes jongens leken ze uit een andere wereld te komen. Door mijn vingers heen zag je de schrik overbelicht op mijn gezicht. De foto's die ik had genomen van de noordvleugel en het nest, had ik met een dichte keel, vol schaamte, aan de lichtman overhandigd. Ik wilde dat duidelijk was dat ik voor hem niets achterhield. Hij had er geen woord over gezegd. Toen ik voor hem stond en hij ze van me aannam, deed hij dat met een lichte buiging van zijn hoofd. Na een vluchtige blik had hij ze in zijn broekzak gestoken.

Er vlogen al enkele mezen af en aan met snavels vol nestvulling. Ze trokken dikke plukken haar uit de schapen verderop uit het land. Wat er 's ochtends achterbleef in mijn eigen borstel rolde ik in elkaar en gooide ik onder de struiken in de tuin. De mezen waren er dol op. Als ik in het najaar de nestkasten leegde, vond ik mijn eigen haren terug. Ik had het altijd een fijn idee gevonden dat er eieren uitgebroed werden in nesten van haar. Ook de zwaluwen waren teruggekeerd, en de lichtman vertelde dat hij bezoek had van de uil.

Ik probeerde me voor te stellen dat het de laatste keer was geweest. Dat ik zou stoppen met het najagen van zaad. Dat ik de belofte teruggaf. Als moeder nog leefde, wat zou ze zeggen? *Nu ben ik alleen. Mijn moeder is dood. Een meisje hoort niet alleen te willen zijn. Mijn vader zwijgt.* Ik kende hele lappen tekst uit mijn hoofd. Het manuscript dat de regisseur me had nagelaten, fascineerde me. De woorden deden me denken aan de taal van de lichtman, ik vond het prettig dat je niet onmiddellijk begreep wat er bedoeld werd, dat je moest proeven en kauwen om de betekenis los te weken uit de klanken.

Op een vrijdagmiddag, we hadden net onze middagboterham op, kwam Marijke om Joep te brengen en de lichtman te halen. We hadden afgesproken dat ik een middag op de kleine zou passen als zij met de lichtman naar de stad ging om stoffen uit te zoeken.

Een paar weken geleden was ze met het plan gekomen.

'Chalid is echt een man voor maatkleding. Ik zal hem eens pico bello aankleden.'

De lichtman had instemmend geknikt, hij liet het zich graag aanleunen. Ze had hem ter plekke zijn schoenen uit laten doen en van top tot teen opgemeten. Hij had rechtop en onbeweeglijk midden in de keuken gestaan, stijf als een beeld op zijn sokkel. We hadden erom moeten lachen. Hij droeg nooit sokken en de kleine teen van zijn rechtervoet ontbrak. Hij wilde er niet meer over kwijt dan dat het een ongelukje was geweest. Het zien van de lege plek aan zijn voet maakte me week. Net als de droge huid op de wreef, de nagels die plat op de tenen lagen. Het had me vreselijk geïrriteerd dat Marijke hem met zo veel gemak aanraakte. Ze scheen het niet te merken, voor haar was hij niet meer dan de zoveelste paspop. Ik had aan de keukentafel toe zitten kijken en langs de binnenkant van mijn hand gelikt. Mijn tong lag zwaar en jeukend in mijn mond.

Nu zou ze hem meenemen naar de stad.

'Dag allemaal. Kijk eens, Joep, daar zijn ze! Net klaar met eten, zie ik. Ga jij maar lekker bij tante Moon zitten.'

Marijke plantte het kind bij me op schoot. Hij sabbelde op een speen, op zijn voorhoofd plakten dunne haartjes.

'Ben je er klaar voor, Chalid?'

De lichtman knikte. Hij schoof zijn stoel naar achteren en bracht zijn bord en bestek naar het aanrecht. Joep zat zwaar en warm op mijn schoot, zijn ruggetje leunde tegen mijn buik. Neef Henk roerde met veel lawaai suiker door zijn koffie.

'Moet ik nog iets voor jullie meenemen?'

Marijke droeg een jas die ik niet kende. Hij viel wijd om haar heen en had een opstaande kraag en glimmende knopen. Ze boog zich naar Joep. Toen ze een kus op het hoofd van haar zoon drukte, rook ik haar zoete parfum. Ze legde haar hand op mijn hoofd en wenste ons veel plezier.

'Hier is de luiertas. Zijn fles en koekjes zitten erin, en een extra speen. Als hij huilt, zet je hem maar in de wagen, die staat in de bijkeuken. Van wandelen valt hij vanzelf in slaap. Ach, het is zo'n makkelijk joch. Hè, liever?'

Ze zette de grote tas naast me op de grond en liep achter de lichtman aan naar buiten. Bij het raam bleef ze staan om kushandjes naar ons te blazen. Even later hoorde ik de auto starten.

Neef Henk zat naar ons te kijken terwijl hij een sigaret rolde. Hij leunde naar achteren in zijn stoel, alsof hij meer afstand nodig had om ons te kunnen zien.

'Staat je goed, zo'n kleine.'

'Vind je? Ik ga een eindje met hem wandelen.'

Onrust dreef me de keuken uit. Ik zette de babytas op het rekje onder de wandelwagen en pakte het kind stevig in een wollen dekentje.

'Was jij even af, Henk?'

'Ik wou wel even meelopen.'

'Nee. Ik ga liever alleen.'

Het was een frisse dag, maar ik had genoeg aan het dikke vest.

Als ik iets tegen Joep zei, lachte hij soms, onverwacht en stralend. Het leek alsof zijn huid van binnenuit oplichtte. Onbekommerd. Het woord paste perfect bij het kind. Onderweg benoemde ik de dingen die we zagen. De muur van de zuidvleugel, de poort naar het witte pad, het gras, de eendenkooi in de verte, de kievieten en de wolken. Ik vertelde over het kerkhof waar we naartoe gingen en over vader en moeder. Over de ravage die neef Henk had aangericht en over het nest van de lichtman. Ik praatte over het zwemavontuur met zijn moeder, het vissenvel en de zwaan. Over de belofte aan vader. Joep zoog op zijn speen en luisterde naar het kabbelen van mijn stem. Hij was klaarwakker.

Het smeedijzeren hek van de begraafplaats knarste in zijn scharnieren toen ik het openduwde. Ik dempte mijn stem en sprak fluisterend verder, liep kriskras over de smalle paden en las de namen en jaartallen van de zerken aan het kind voor. We stopten bij het graf van mijn ouders. De plastic bloemen die ik in een vaas had gezet, leken te zijn vergrijsd. De tijd haalde de kleur uit de dingen.

Het kind was in slaap gevallen. Opnieuw verbaasde ik me over de parelmoeren oogleden en de lange wimpers. Ik ging op een hoekje van de grafsteen zitten en plukte wat onkruid bij mijn voeten. Het was gemakkelijker toen hij wakker was, zijn ogen hadden me uitgenodigd te vertellen. Nu leken de gesloten oogleden een dichte deur waarachter ik moest wachten. De kou trok omhoog door mijn spijkerbroek, ik trok mijn vest onder mijn billen.

Wie zou een dode willen verraden? Je leeft, lijdt en zwijgt. Zo hebben we het altijd gedaan. Dat vind ik jammer voor ons, zo jammer voor ons.

Hoe zou je een dode kunnen verraden? Ik ben Moon en ik houd mijn belofte. Een belofte aan een dode die eeuwig bindt. De baan waarin je draait.

Om mijn voeten legde ik cirkels van witte kiezels. Als ik de belofte schond, zou ik uit mijn baan schieten. En dan?

Maar: wat als het onmogelijk was? Onmogelijk, omdat het zaad geen vrucht wilde vormen. Omdat er niet nog een kind zonder vader mocht zijn. Omdat een neef verboden was. Omdat de regisseur niet meer kon. Omdat de lichtman niet wilde. Omdat er dus niemand was. Niemand.

De laatste woorden schreeuwde ik haast. Geschrokken hoorde ik hoe Joep in de wagen kreunde. Hij murmelde wat, maar leek verder te willen slapen. Ik hoopte zo dat hij mooie dromen had, van melk en vaders en zijn moeders geur.

Ik stond op, droogde mijn tranen en stopte het dekentje wat steviger om het kind heen. Het leek te glimlachen in zijn slaap.

Ik wandelde met knarsende voetstappen weg van mijn ouders. Naast het graf staken de cirkels scherp af tegen de zwarte aarde.

HET WAS VROEG IN DE AVOND, EEN UUR OF ACHT, EN WE HAD-
den alle drie zin gehad in een vuur. Neef Henk was aan de
beurt. Hij stookte en praatte. '...een hele grote klus, breken en
bouwen. We zijn door de week weg, het is een flink eind Duitsland in. Het hele koetshuis moet in de oude staat teruggebracht
worden. Ik neem Chalid mee, ze betalen goed.'

Hij gooide een nieuw stuk hout in de vlammen.

'We kunnen maandag beginnen. Ben je mooi een paar weken van ons af, Moon.'

Hij grijnsde naar me en pookte een vonkenregen los. De
lichtman zat kaarsrecht toe te kijken op de bank en rolde een
sigaret tussen zijn fijne vingers. Neef Henk had hem leren om-
gaan met vloeitjes en tabak. Ik vond de lichtman allerminst
op een bouwvakker lijken. Te tenger, te schoon. Hij droeg nog
steeds zijn oude kleren. Het colbert en de broeken die Marijke voor hem had gemaakt, hingen in de bijkeuken onder een
uitgescheurde plastic tas aan een hangertje. Eronder stond
een paar glanzend zwarte schoenen. Ook die waren nog niet
een keer gedragen. De lichtman bewaarde de kleren, zo zei hij,
voor 'een gelegenheid'.

De komende tijd zou het door de week stil zijn op de hoeve.
Ik zou alleen zijn met nestelende vogels en opkomend groen.

In mijn baarmoeder was het doodstil. Ik had geen idee of daar iets gebeurde, ook al was ik drie dagen over tijd.

Ik zou al moeten bloeden, maar mijn broekje bleef schoon. Het zaad van de een of de ander had me misschien bevrucht. De een of de ander.

Een wisselkind, dat zou het zijn, met inwisselbare vaders.

Zie! Daarbuiten staat het kind. Ziet de bewegingen. Begrijpt niet. Weet niet, kent niet. Het spel werd gespeeld vóór haar geboorte, het zaad geplant voor zij bestond.

Wat had de regisseur allemaal geweten? De vreemde teksten konden op allerlei manieren worden uitgelegd. Had hij met opzet geschreven over eieren en een neefje? Hij had de verhalen van de mensen gebruikt, dat was wat hij zei. Vandaar al die avonden doorzakken in het café, de gesprekken met oom Arie en de anderen.

'Als dit een boek werd, vrouwe van de hoeve, dan werd het een streekroman. Laten we zeggen: een scháámstreekroman!'

Hij was van zijn stoel gegleden van het lachen toen hij zichzelf de vondst hoorde vertellen. Ik vond het ook grappig, maar had me onmiddellijk zorgen gemaakt over dat schamen. Waar schaamte is, worden dingen verborgen, dat kon wat mij betreft maar beter zo blijven.

Wat had de regisseur bedoeld? Hij was een stoker, een broeier. Hij was niet voor niets gevlucht.

De lichtman likte langs het vloeipapier met een glanzend puntje tong.

'En wat ga jij bij dat koetshuis doen, Chalid?'

'Iedereen heeft licht nodig, Moon. Deze mensen willen zelfs licht in het water van hun zwembad.'

Hij zoog het vuur in zijn sigaret met een gloeiende houtsplinter.

'Hoelang denk je dat die klus gaat duren, Henk?'

'Een weekje of vijf, zes, dat ligt eraan hoe snel we werken.'

Hij zat tegenover me, de vlammen tussen ons weerkaatsten oranje in zijn gezicht.

'Gaat het lukken, Moon, alleen op de hoeve?'

'Zo ben ik ook begonnen, weet je nog? Ik red mij best.'

Zijn vraag verraste me. De bezorgdheid die erin klonk, maakte dat ik minder zeker was dan mijn antwoord deed geloven. Ik had het zaad genomen, maar niet de man. Het kwam me ineens onwerkelijk voor dat ik had durven denken dat een zwangerschap van hem geen consequenties zou kunnen hebben. Belofte maakt niet alleen schuld, maar ook blind. Hij was mijn volle neef. Onze vaders waren volle broers. Het zaad dat ik in me droeg, was erfelijk belast. De regisseur was een stoker en een vluchter, neef Henk was directe familie. Wat had ik me eigenlijk in mijn hoofd gehaald?

'Nog bier?'

We mompelden bevestigend. Neef Henk nam de lege flesjes mee naar de keuken.

'Wat eet jou op, Moon?'

Ik dacht even dat ik de lichtman niet goed verstond. 'Wat zeg je?'

'Wat is het dat jou verduistert? Je schijnt vals licht. Zorg dat je je eigen licht terughaalt, Moon. Doe het voor je dooft.'

De lichtman sprak terwijl hij in het vuur staarde. Hij leek zijn woorden uit een onzichtbaar script te lezen. Ik herkende de tekst niet uit *Vruchtgebruik*, maar meende de strekking van zijn opmerking heel goed te begrijpen.

Ik stond zonder iets te zeggen op. In de keuken trok ik een flesje uit neef Henks hand en zette het aan mijn mond. Terwijl het bier langs het brandende zuur in mijn keel stroomde, dacht ik aan Marijke.

Ik had hier vorige week precies zo met haar gestaan, leunend tegen het aanrecht. De mannen waren er niet en Marijke was onverwacht langsgekomen.

'Even bijkletsen, Moon, na alle toestanden.'

Na de koffie waren we overgegaan op biertjes en ik verwachtte ieder moment dat ze zou beginnen over wat de regisseur in het café over mij had gezegd. Maar het gesprek was vooral over de kinderen gegaan en hoe moeilijk het werd om bij haar moeder in te wonen. Ze klaagde over de vaders van de kinderen en mannen in het algemeen. Toen kwam het.

'Dus jij ging toch met Ties naar bed?'

Ik had mijn schouders opgehaald.

'Ach, zo veel stelde dat niet voor. Hij maakte overal zo'n ophef over.'

'Sorry hoor, maar dan heb je wél tegen me gelogen. Hij zei tegen iedereen dat jij niet wilde. Dat je niet *zum haben* was. En jij beaamde dat gewoon.'

'Hij zei wel meer. Geloofde jij alles wat hij beweerde?'

Ik draaide er maar wat omheen, maar ze had het door en pikte het niet.

'Moon, ik dacht dat we vriendinnen waren, dan lieg je daar toch niet over? Bovendien had ik het hartstikke leuk voor je gevonden dat je eindelijk eens met iemand naar bed ging. Echt waar, dat gun ik je van harte. Ik zei nog wel dat je op slot zat. Dat was dus niet zo. En ik maar vertellen over met wie Ties het allemaal deed. En jij maar zwijgen, zogenaamd onschuldig.'

Ik had haar niet aan durven kijken en was naar het toilet gegaan. Toen ik terugkwam, zat ze in de kamer.

'Zand erover, Moon. Behalve dat Henk de boel in elkaar heeft geslagen, dat vind ik echt erg. We hadden er zo lang aan gewerkt. Maar ja, de grote mond van Ties moest een keer gesnoerd worden, daar kon je op wachten. Eerlijk gezegd hoopte ik soms dat het wat zou worden tussen Ties en mij. De jongens waren helemaal gek van hem, we hebben zo gelachen met elkaar. Maar hij pakte wat hij krijgen kon. En zulke heb ik eerder gehad.'

Ze had diep gezucht en me aangekeken.

'En Henk? God, wat was die fel op Ties... Volgens mij was Henk eigenlijk jaloers op hem. Jammer dat het je neef is, Moon.'

Ze had maar doorgekletst en vragen gesteld die het bloed door mijn aderen joegen. Het ene na het andere biertje verdween in haar bewegende mond. Ze haalde ze zelf uit de koelkast, zocht iets te knabbelen in de keukenkastjes en smeerde uiteindelijk boterhammen die ze royaal met ham en kaas belegde.

'Denk je dat Henk iets voor mij zou zijn? Of Chalid? Dat is ook geen gekke vent, ook al zegt hij van die onbegrijpelijke dingen.'

Ik werd misselijk toen ik me voorstelde hoe Marijke met de lichtman op de vliering in zijn nest zou liggen. Toen ik daarna bedacht dat ze daarvoor de touwladder zou moeten beklimmen, begreep ik dat het onmogelijk was.

'Chalid heeft al een vrouw, iemand, ergens,' loog ik. 'En Henk... Ik weet het niet.'

Ze vertrok kort daarna, nadat ze me op beide wangen gekust had en me verzekerd had dat onze vriendschap niet had geleden onder de hele toestand. Dat Joep dol op me was en de andere jongens ook. Dat ze hier graag wilde blijven komen en dat het bijzonder was dat we elkaar al zo lang kenden. Dat we een goede man voor mij en haar zouden zoeken. Dat ze gauw terug zou komen.

'Moon! Moon, hallo, is er iets?'

Geschrokken van zijn stem keek ik recht in neef Henks ogen. Terwijl ik aan Marijkes laatste bezoek dacht, had ik blijkbaar het flesje bier in mijn hand in een paar gulzige slokken leeggedronken. Het brandende gevoel was verdwenen uit mijn keel. In de woonkamer wachtte de lichtman.

'Nee, niets, er is niets. Ik had ineens heel erg dorst. Nemen we er nog eentje mee?'

Terug bij het vuur zeiden we niets meer. Om elf uur gingen de mannen ieder naar hun eigen plek. Er spookte een scène door mijn hoofd.

Ik deed alle lichten uit en ging naar boven. In de doka zocht ik de pagina in het script.

Scène vijf

Toneelbeeld:
Gedekte eettafel met dampende pannen. Man en vrouw zitten tegenover elkaar en gebruiken het avondmaal. Ze bewegen langzaam en geconcentreerd, de hoofden diep over hun bord gebogen. Ze zwijgen.
Achter ieder van hen staat een god. De goden staan recht tegenover elkaar, en profil voor de toeschouwers, hun blik is gericht op het echtpaar aan tafel. Zij spreken.

Licht:
De enkellange witte gewaden van de twee goden worden van binnenuit verlicht, waardoor ze lijken te zweven.
Een brandende kaars staat tussen de man en de vrouw, precies in het midden op tafel.

Dialoog:

God links: Zie, het licht brandt tussen hen.
God rechts: Vanbinnen is het licht gedoofd.
God links: De vlam herinnert aan de hoop.

God rechts: Het licht flakkert schaduwen op hun gezicht.

God links: Schaduwen van hoop en wanhoop.

God rechts: Schaduwen van haar daad.

God links: Er is vreemd zaad in haar gezaaid.

God rechts: Verboden zaad.

God links: Zij weet niet of het wortel zal schieten in haar buik.

God rechts: Of het vrucht zal brengen.

God links: Of zij vruchtdragend zal zijn.

God rechts: De vrouw kauwt haar aardappelen tot pap.

God links: De man snijdt zijn vlees in kleine stukjes.

God rechts: Zo maken ze de dingen makkelijker verteerbaar.

God links: Zie haar hand, verborgen onder tafel, tegen haar buik.

God rechts: Zie zijn hand, in het volle zicht, geklemd om zijn vork.

God links: Het licht – het leeft en beweegt tussen hen.

God rechts: Zij zien het niet.

God links: De vrouw houdt haar hoofd gebogen.

God rechts: Verbergt de daad die zij beging.

God links: Haar bovenlichaam kromt zich om de schaamte.

God rechts: Hij, de man, eet argeloos.

God links: Onwetend van haar verboden daad.

God rechts: Het verboden zaad heeft vrucht gevormd.

God links: Zij weten het nog niet, zij weten nog niets.

God rechts: De vrouw zal hem een kind baren.

God links: Hij zal zich vader wanen.

God rechts: En zij laat dat gebeuren?

God links: Zij laat het gebeuren.

God rechts: En de bevruchter?

God links: Zij zullen beiden zwijgen.

God rechts: En het kind? Wat vertellen ze het kind?

God links: Zij nam alleen het zaad. Niet de man. Zij nam alleen het zaad.

Licht: Donkerslag.

Ik liet het script openliggen en staarde naar de foto's rondom me. De zinnen zoemden in mijn hoofd: *Wat vertellen ze het kind? Zij nam alleen het zaad. Niet de man... alleen het zaad.*

Ik kleedde me uit en stapte met alleen een onderbroekje aan in bed. Toen ik de gestikte deken over me heen trok, kondigde een trekkend gevoel in mijn onderbuik het maandelijkse bloeden aan.

Moeders stem klonk in de verte, ze leek een nieuwe toon aan te slaan. Mijn hemel, kind, godzijdank.

Ik propte het slaapshirt tussen mijn dijen en sloot mijn ogen.

DE MANNEN WAREN DE MAANDAG DAAROP OM VIJF UUR IN DE ochtend vertrokken.

Nadat ik de portieren dicht had horen slaan en de auto het erf af was gereden, had ik niet meer kunnen slapen.

Na een uur was ik opgestaan en had ik mijn dikke vest aangetrokken. Ik liep een rondje om het huis, inspecteerde mijn bezit als een boer zijn land. Er zeilden enorme wolken door de winderige lucht.

Iedere zondag, tot zijn benen hem niet meer wilden dragen, had vader rond de hoeve gelopen. Met zijn handen in elkaar gevouwen op zijn rug ging hij stap voor stap over zijn grondgebied. Speurend naar oneffenheden en verval. Zijn handen jeukten om reparaties onmiddellijk te verrichten, maar op zondag werd er niet gewerkt. Ook al gingen we niet naar de kerk, 's zondags bleven kleding en handen schoon. Als ik naast hem meeliep, vertelde hij over de dingen die hij zag. Zo had ik vogels leren zien en barsten in het voegwerk. Als we terugkwamen had moeder de koffie klaar. Ze had zelfgebakken koekjes op het zondagse schaaltje gelegd, voor mij was er een beker ranja. Wat we tussen koffie en lunch deden, kon ik me niet herinneren. Misschien luisterden we naar de radio, vlocht ik een krans van madeliefjes of maakten we dieren van kastanjes. Moeder had me vast punniken geleerd, of me geholpen met een breiwerkje. Daarna was er soep met vlees, en pudding na. Moeder kookte donkerrode bessensaus en gaf mij na het kloppen de garde met opstaande pieken slagroom. Ik had mezelf aangeleerd met minieme likjes te eten, zodat ik er zo lang mogelijk over deed. Zo snoepte ik ook de room van de melk uit de kelder, telkens één stiekem vingertopje. 's Middags kwamen oom Arie en tante Wil met de jongens. Mijn neven en ik gingen naar buiten tot we werden geroepen voor de thee. Oom Arie wist me altijd op schoot te trekken en me onaangenaam stevig vast te houden. De grote mensen moesten lachten om mijn gespartel om los te komen. Dat was het sein voor oom Arie om me languit over zijn bovenbenen te leggen en me zogenaamd een pak voor mijn billen te geven. Hij sloeg nooit echt, hij raakte me nauwelijks aan geloof ik, maar mijn jurk schoof altijd omhoog en ik wist dat je mijn onderbroek kon zien. Hij kietelde me daarna zo hard dat ik moest lachen en huilen tegelijk. Dan zette hij me rechtop, fatsoeneerde mijn jurk en trok aan mijn vlechten. 'Had ik maar zo'n lief meidje als jij, Monica. Had ik maar zo'n lief meidje.' Dan zuchtte hij zogenaamd verdrietig en sloeg zijn borrel in een keer achterover. Iedereen lachte en moeder schonk zijn glas opnieuw vol.

Na haar dood kwamen ze niet meer zo vaak.

Hoe het kwam wist ik niet, maar oom Arie heeft me daarna nooit meer zo gekieteld of vastgepakt. Wel bleef hij me aanhalen als hij me zag. Er was iets in zijn blik wat mijn weerzin opriep. Hij kwam te dichtbij, was te hebberig. Niemand leek het te merken, dus ik hield mijn mond. Na moeders dood durfde ik vader niet nog meer te belasten.

Na mijn ochtendinspectie rond de hoeve had ik niet geweten wat te doen. Ik had de kleine scheurtjes opgemerkt die hier en daar in de muren ontstonden. Ook was er een stuk uit de houten bekisting van de dakgoot rond het woonhuis losgeraakt. Een paardenbloem groeide in een lange scheur in de granieten stoep bij de voordeur. Daar belde nooit iemand aan, iedereen kwam achterom.

Me douchen en aankleden leek uren te kosten, er was in mijn hele lijf geen greintje energie te vinden. De hoeve was leeg, mijn buik was leeg, ik was leeg.

Op woensdagavond werd ik wakker gebeld. Het was pas negen uur, maar ik lag al in bed en schrok op van het gerinkel van de telefoon beneden. Ik vloog mijn bed uit en stormde naar beneden. Marijke. Ze wilde langskomen met de jongens. Of morgen schikte? De kinderen waren de hele dag vrij en zijzelf moest er even tussenuit. Ik had teleurgesteld toegestemd, had gehoopt op een mannenstem. Een cryptische opmerking van de lichtman was me het liefst geweest.

Ze waren om een uur of tien het erf op komen rijden. Ik zag door het keukenraam de portieren openzwaaien en drie kleine kereltjes naar buiten buitelen. Marijke stapte moeizaam uit, ze leek met de dag dikker te worden. Ze verdween achter de auto en wandelde even later met de kinderwagen het tuinpad op. Toen stonden de jongens al stralend in mijn keuken om me te begroeten.

Ik leefde die hele donderdag in een bel van geluiden en beweging.

Marijke zou een jurk voor me naaien, ze had haar naaimachine uit de auto tevoorschijn gehaald en me een slap pakketje overhandigd.

'Alsjeblieft Moon, wat denk je van een zomerjurk?'

In het pakje zat een lap gebloemde stof waarin ik onmogelijk een jurk kon zien.

'Kijk, kies maar een model uit.'

Ik bladerde door het blad met patronen en koos een simpele rechte jurk met grote opgenaaide zakken waarin ik mijn handen zou kunnen verbergen.

'Ga je die in één dag maken?'

'Ja, als jij Joep voor je rekening neemt.'

Het kind lag stil op zijn speen te zuigen, zijn ogen volgden al onze bewegingen. Marijke begon me op te meten. Net als de lichtman stond ook ik doodstil in het midden van de keuken. Ze hield het meetlint langs mijn lichaam en noteerde getallen op een briefje.

'Je bent mager, Moon, je mag wel wat van mij overnemen.' Ze grinnikte met het potlood dwars tussen haar tanden.

Joep sabbelde en keek. Zijn broers voetbalden in de boomgaard.

'Hoe is het hier eigenlijk, zonder de mannen?'

'Gewoon.'

'Waarom zoek je geen baan? Dan ben je er eens uit. Ik snap echt niet hoe je het uithoudt hier in je eentje, ik zou me helemaal kapot vervelen. Fotografeer je nog? Doe je armen eens omhoog, ja, zo. Je kunt toch niet eeuwig hier zitten zonder iets te doen? Als je kinderen had, ja, dan begreep ik het wel, maar zo alleen... Brrr, ik moet er niet aan denken.'

Het fijne van Marijke was dat ze geen antwoord verwachtte. Als je lang genoeg stil was, begon ze vanzelf opnieuw te praten.

'Klaar. Als jij Joep een fles geeft, dan ga ik hiermee aan de slag.'

Ze begon de tafel af te ruimen om de stof te kunnen knippen. In een pannetje warmde ik Joeps flesje op. Ik schudde af en toe een druppel melk op de binnenkant van mijn arm om de temperatuur te controleren en dacht na over werk. Geld had ik meer dan voldoende. Bejaardenverzorgster wilde ik niet meer zijn. Aan het najagen van de vervulling van mijn belofte had ik mijn handen vol.

'De thuiszorg, Moon, is dat niet iets voor jou?'

Joep liet zich uit zijn warme wagen tillen en klemde de fles tussen zijn handjes. Gulzig zuigend kromde hij zich in mijn arm.

'Je gaat behoorlijk over de tong, Moon. Iedereen praat over de afgelaste voorstellingen, en dat Ties met de noorderzon is vertrokken. Mijn moeder hoort natuurlijk alles, die kletst wat af. Van mij horen ze niets, hoor. Ik snap niet van wie ze het hebben, je kunt hier niks doen zonder gezien te worden. Nou ja, er gebeurt natuurlijk ook nooit wat. Ik zal blij zijn als ik hier weg kan. Weet je nog dat we vroeger speelden dat we op wereldreis gingen?'

Joep was even gestopt met drinken, zijn oogjes vielen langzaam dicht. Ineens schokte hij wakker. Hij begon onmiddellijk opnieuw te zuigen, op zijn ronde voorhoofd verscheen een vochtige waas. Ik wilde hem meenemen naar het nest van de lichtman, maar ik zou hem nooit de touwladder op krijgen.

'Moet hij al een schone luier?'

'Als je niks ruikt is het goed.'

Joep zoog nu alleen nog lucht, zijn voorhoofd rimpelde in een boze frons. Hij zette het op een krijsen. Het huilen leek hem zwaarder te maken en ik had moeite het gespannen lijfje vast te houden.

'Neem hem maar even mee naar buiten. Dat leidt hem af.'

Er klonk een luide boer en er gulpte melk op mijn schouder. Marijke stond al klaar met een spuugdoekje, ze veegde ons schoon. Het kind hield geschrokken op met huilen en keek zoekend om zich heen.

'Hier is een dekentje, gaan jullie even lekker samen wandelen. Dan zet ik ondertussen koffie.'

Buiten waren de jongens bezig met het stapelen van stukken hout.

'Moon, mogen we in de caravan?'

'Ja hoor, de deur is open.'

Ze verdwenen rukkend en trekkend aan elkaar naar binnen.

Ik liep naar de zuidvleugel en opende de deur. Joep zat ongedurig op mijn arm en ik wilde dat ik hem in de kinderwagen had gelegd. Bij de kleine zijdeur stond een gloednieuwe ladder. Dat was waar ook, die was aangeschaft om de lampen in de metalen masten op te kunnen hangen.

'Ga maar even hier zitten, Joep.'

Ik legde het dekentje op de grond. Het kind zat met een kaarsrecht ruggetje, ik hoopte dat het niet zou vallen. Ik wilde niet denken aan het geluid van bot op steen. De ladder was licht en ik liep er zo snel ik kon mee naar buiten. Ik bleef tegen het kind praten, ook toen ik de binnenplaats overstak en de noordvleugel binnenging. De ladder paste perfect, hij stak nog een heel eind boven de vliering uit. Toen ik weer in de zuidvleugel kwam, zat Joep nog precies zoals ik hem had neergezet.

'Kom maar, lieverd. We gaan op wereldreis.'

Er wolkte stof met de deken mee omhoog. Voordat we de noordvleugel betraden, klopte ik de deken op de binnenplaats goed uit. Het kind vond het allemaal prachtig, het lachte en maakte vrolijk stemmende geluidjes. Ik sloot de deur achter ons.

Joep trappelde wild en sloeg met zijn armpjes toen ik naar het midden liep en hem hoog boven mijn hoofd tilde. Ik draaide hem rond, zodat hij van alle kanten zichtbaar zou zijn. We dansten naar de ladder. Joep had zijn handje stevig om een pluk van mijn lange haar geklemd. Met zijn andere hand leek hij de maat te slaan van een onweerstaanbaar lied dat hij ergens hoorde.

'Sst Joep, we gaan naar de andere wereld. Let op en houd je goed vast.'

Mijn arm lag strak als een bankschroef om zijn romp, met mijn andere hand hield ik me vast aan de trap. Het kind leek te begrijpen wat de bedoeling was, want het zweeg plotseling en lag stil tegen me aan. Lichte ademstootjes vlinderden tegen mijn hals.

'Kijk eens, Joep, een mensennest.'

Ik legde het dekentje erin, stapte over de rand van stro en ging zitten met het kind tussen mijn benen.

'Hier woont de lichtman. Dit is zijn huis, hij heeft het zelf gebouwd. Kijk eens wat een uitzicht!'

Helemaal in de nok meende ik de uil te zien.

'Kijk, de uil is er ook. Misschien is moeder er ook wel. Hier is ze gevallen, helemaal alleen en in het donker. Daarom woont de lichtman graag hier. Omdat moeder hier is. En de uil. De lichtman houdt van vogels, net als moeder. Ze horen bij elkaar. Dat wist jij nog niet, hè?'

Ik hield me vast aan het kind, trok hem dichter tegen me aan.

Het aardappelkistje leek leeg, de scheerspullen waren verdwenen. Ook het spiegeltje hing er niet meer. Op de zijkant van het kistje was iets vastgeprikt met een rode punaise. Het was een foto. Mijn nagel scheurde toen ik de punaise probeerde los te wrikken. Ik trok wat haren uit mijn hoofd en rolde ze ineen tot een dun strengetje. Het lukte me om daarmee achter de punaise te komen. Voorzichtig, om de haren niet te breken, zette ik kracht. Eindelijk liet de punaise los.

Het was behoorlijk schemerig en ik moest even turen voordat ik zag dat ik zelf op de foto stond. De lichtman had me van achteren gefotografeerd, toen ik in het café bij hem en oom Arie vandaan gelopen was, op weg naar de regisseur en neef Henk. Mijn schouders waren gekromd en mijn haren hingen slordig naar beneden. Ik herinnerde me hoe ik er een paar minuten eerder, voor de spiegel bij het toilet, het elastiekje uit had getrokken. Het gezelschap op de achtergrond zag er verhit uit, de tafel waaraan ze zaten stond vol met glazen.

Joep probeerde de foto uit mijn hand te trekken. Ik strekte mijn arm zodat hij er niet bij zou kunnen. Hij worstelde om los te komen. Ik schoot in de lach om zijn vasthoudendheid.

'Het is alleen maar een plaatje van tante Moon. Kijk maar, niets te zien.'

Ik prikte de foto terug op zijn plek. Met Joep op mijn buik liet ik me achterovervallen. De geur van de lichtman mengde zich met die van het kind. Mijn hand streelde het stevige ruggetje, speelde met een zijdezacht oorlelletje – en ik begon mijn tot dan toe stille smeekbede geluid mee te geven.

Ik zong. Het kind lag stil en deinde mee op mijn adem.

'Ik ben Moon.'

Moeders fluisterzingen kwam vanuit de nok. Ze antwoordde: 'Jij bent Moon.'

Ik liet haar woorden binnen en durfde toen verder te gaan.

'En ik houd mijn belofte.'

'En jij houdt je belofte.'

Ik hapte lucht, aarzelde, maakte meer volume.

'Kijk, moeder.'

'Kijk, kind.'

'Hier ben ik!'

'Hier ben je.'

'Zie je het kind?'

'Ja kind, ik zie je.'

De woorden achtervolgden elkaar als zwaluwen in een duikvlucht. Het geluid zoemde in enorme spiralen door de hoge ruimte. Joep kraaide, brabbelde even mee en legde zijn hoofdje weer neer.

Het geluid trok zich terug in de schemerige hoeken onder het dak, de woorden landden in het nest. Ik luisterde tot ik alleen nog het bloed in mijn oren hoorde ruisen. Mijn ogen dwaalden rond, hopend op een schim, een verandering van licht. Behalve ikzelf en Joep was er niemand. Ik speelde mijn eigen vraag- en antwoordspel en hield me vast aan het kind.

De zware nestgeur mengde zich met die van Joep. Ik sloot mijn ogen en herinnerde me hoe de regisseur zich ooit over de kinderwagen had gebogen en zijn hoofd diep onder de kap had gestoken. Hoe hij daarna verbaasd had opgekeken en iets had gemompeld over het kind als een belofte. Over een onbeschreven blad. Ik verlangde er hevig naar zelf onbeschreven te zijn. Aan zijn ademhaling hoorde ik dat Joep in slaap was gevallen. Ik stelde me voor hoe hij dwars door mijn vel naar binnen zonk. Dat ik een vrouw was die een kind in haar buik droeg. Ik vouwde mijn handen beschermend over ons heen.

OP DE VRIJDAG DAT IK HEN VOOR HET WEEKEND VERWACHTTE, liet neef Henk weten dat hij en de lichtman niet thuis zouden komen. De klus bleek groter en zwaarder te zijn dan ze hadden gedacht. Omdat ze voor de zomer klaar wilden zijn, zouden ze ook de weekenden doorwerken. Ze bivakkeerden in een stacaravan op het bouwterrein. Er was hun ook al nieuw werk aangeboden. Toen hij vroeg hoe het mij verging, vertelde ik dat Marijke af en toe kwam.

'Dat is fijn, Moon. Het is niet goed voor je om zo veel alleen te zijn.'

'Dus volgend weekend komen jullie ook niet thuis?'

'Het lijkt erop. Ik laat het je wel weten.'

'Groet Chalid van me.'

Ik had de lichtman willen spreken om te vertellen dat ik in het nest had gelegen en strengetjes haar had achtergelaten. Dat het stil was op de hoeve en ik een nieuwe gebloemde jurk droeg. Maar ik zweeg en verbrak de verbinding.

De winkeljongen die twee keer per week de boodschappen op de hoeve bezorgde, reed in net zo'n busje als de regisseur. Telkens wanneer de groene auto de oprit op kwam, klopte mijn hart in mijn keel. Een fractie van een angstige seconde geloofde ik dat de regisseur terug was gekomen om wraak te nemen.

Sinds het vertrek van de mannen was er een onrust onder mijn huid gekropen die niet weg te denken viel. Ook de lange wandelingen die ik maakte hielpen niet. Soms verbeeldde ik me dat mijn hart een slag oversloeg, maar zodra ik erop lette, leek het ritmisch en normaal te kloppen.

De kat liep me voortdurend miauwend voor de voeten, dat had hij niet eerder gedaan. Misschien miste hij de mannen, ze hadden hem vaak aangehaald. Ik pakte hem op als het me uitkwam, maar even zo vaak duwde ik hem geïrriteerd van me af.

Het was de laatste dagen ongewoon warm geweest voor juni. Ik droeg mijn nieuwe jurk iedere dag. Marijke was niet veel meer geweest, haar moeder was ziek geworden. Nu was ze haar oppas kwijt en had ze er eigenlijk een kind bij. Drie weken waren de lichtman en neef Henk niet naar de hoeve teruggekomen. Neef Henk had gevraagd of ik zijn post wilde doorsturen naar Duitsland. Ik had een pakketje voor hem gemaakt, met een kort briefje waarin ik schreef hoe de tuin erbij stond. Ook voor de lichtman had ik een briefje geschreven. Ik had het in een gele enveloppe gestopt die ik dichtplakte. Hem vertelde ik dat ik de foto in de noordvleugel had gevonden, dat Joep het er prachtig had gevonden en dat ik de uil had gezien. Op de achterzijde had ik hem gevraagd wanneer hij terugkwam. Er was nog geen antwoord gekomen.

Enkele dagen nadat ik de brieven had gepost, werd het ongewoon vroeg donker. Het vuile geel van de aanzwellende wolkenbank deed denken aan zwavel. Zwavel, hel, noodweer. Het kwam uit het westen en ik maakte een rondje om de hoeve om deuren en ramen te sluiten. Er stak een vlagerige wind op die uit alle richtingen tegelijk leek te komen. Na de inspectie trok ik in de bijkeuken het dikke vest aan over mijn jurk. De onrust stak en jeukte, leek met de minuut te groeien.

Ik trok de stekkers van de televisie en de radio uit het stop-contact. Dat hadden we altijd gedaan. Ook moest ik uit de buurt van de haard blijven, want moeder had ooit als kind een vuurbol door de kamer zien gaan. De bolbliksem was door de schoorsteen naar binnen gekomen, langs de meubels en de tafel gerold en verdwenen langs dezelfde weg. Moeder was nooit de schroeilucht vergeten die was blijven hangen. Als zo'n bliksem door een kolenkachel kon, dan zou hij zeker door de open haard kunnen.

In de verte rommelde de donder. Ik besloot de vloer te schrobben en veel lawaai te maken om het geluid van buiten niet te hoeven horen. De stoelen gingen op tafel en ik maakte een emmer heet sop. Ik voelde me klein en onbegrijpelijk alleen, alsof mijn adem uit me geperst werd onder het zware wolkendek. Bliksemschichten schoten heen en weer tussen de grond en de wolkenbrij. De wind joeg groene en zilveren vlagen door de populieren. Ik lag op mijn knieën en kletste de dweil hard en doornat tegen de plavuizen. Bij de eerste felle knal schoot ik met bonzend hart rechtop. Het werd zo donker in de keuken dat ik ook het grote licht aan moest doen.

Toen begon het tokkelen. Het jonge groen boog onder het gewicht van de dikke druppels. Ik concentreerde me op de vloer, boende en wreef tot de plavuizen glommen. Aan het aanrecht maakte ik een boterham met ham en mosterd. Ik dronk staand een beker melk en zette koffie. Het huis leek te beven onder de zware slagen, een gordijn van water vertekende de silhouetten van de bomen in de boomgaard.

Pas na lange tijd nam het noodweer wat af. De regen bleef onverminderd vallen, maar de tijd tussen het weerlichten en de slagen werd langer. De inspanning die het schoonmaken kostte, had de spanning onder mijn huid slechts deels verdreven. Ik dronk nog meer hete koffie en nam ondertussen de keukenkastjes onder handen. Ik durfde de stekkers niet in de stopcontacten te steken voordat het onweer helemaal voorbij was.

Het bleef rommelen, onrustig en vaag hoorbaar door het geweld van het almaar vallende water. Ik liet alle lichten branden en ging naar boven. Bang als ik was voor het weerlicht deed ik ook daar alle lampen aan. Op de overloop en in mijn kamer klonk de regen luider. Het vest en mijn sokken trok ik uit, maar ik hield mijn jurk aan in bed. Het was een uur of tien en de regen stroomde nog steeds. Met mijn hoofd onder de dekens probeerde ik het lawaai te vergeten. Tot er een nieuw geluid tot me doordrong. Onder de dakkapel spatten dikke druppels op het zeil. Er schoten tranen in mijn ogen, er was niemand die me kon helpen. Ik haalde de emmer uit de keuken, het rook er fris naar schoonmaakmiddel. In het voorbijgaan zag ik mijn weerspiegeling in het raam. Slordige lange haren langs een wit gezicht, een gekreukte jurk en stakerige armen. Mijn schouders hopeloos naar voren gekromd, de zinken emmer bungelend in mijn rechterhand.

Boven had zich een roestbruin plasje gevormd op het zeil. Ik zette de emmer onder het lek en kroop terug in bed. Het tikken maakte me gek en ik stopte de punten van het laken in mijn oren. Het geluid ging er dwars doorheen. Met iedere tik in de emmer mengde mijn woede zich met mijn bloed tot een kokendhete stroom die angstaanjagend zwarte beelden voortbracht.

Het uitdagende gezicht van de regisseur in het café, de vuist die zijn hoofd opzij sloeg. Neef Henk, die me met toegeknepen ogen beschuldigde van leugens, zijn hand als een bankschroef om mijn pols. De flits van de camera toen de lichtman een foto van me nam op het witte pad. Neef Henk met opgeheven stoel temidden van de ravage in de zuidvleugel. Oom Arie loerend achter een boom. De slagen van vaders wandelstok tegen de Zaanse klok. Deinende geweerlopen over schouders. De scène uit het script waarin het kind alleen staat. Mijn wanhoopsduet met moeder in het nest van de lichtman. De kapotvallende eieren.

Kapot.

Het woord wrikte zich los uit de wirwar van beelden en geluiden en bleef zich opdringerig herhalen met iedere druppel die hard in de emmer spatte.

Het was een vlaag pure woede die me tot actie aanzette. Die me uit bed dreef en me het raam deed openen. De ijskoude regen die tegen mijn gezicht kletste, wakkerde het laaiende vuur in me alleen maar aan. Ik zette een voet op de vensterbank, klemde mijn handen stevig om het kletsnatte kozijn. Toen ik mijn andere voet optilde, gleden mijn handen weg en verloor ik alle grip. Ik tuimelde het donker in, mijn hoofd schampte iets hards. Bot op steen. Ik zag niets, voelde alleen maar hoe mijn lijf bonkend en stotend volgde, tot ik stilviel.

Ik lag kletsnat vastgeklemd in de dakgoot, een nauwe loden bak. Waar waren ze, mijn redders, mijn ridders? Zoals ze kwamen, waren ze gegaan: verschenen en verdwenen uit en in het niets.

Een windvlaag vuurde een druppelsalvo af. Ik sloot mijn ogen tegen het donker. Er kwamen jankende klanken uit mijn keel, alsof er een gewond dier in me woonde.

Het leek alsof de regen iets minder dicht viel. Waarom moest ik zo nodig midden in de nacht uit het raam klimmen? Wat had me ineens bezield om te willen dat het lekken ophield? Het was het gekmakende getik in de zinken emmer. En dat woord. Kapot.

Tik, kapot, tik, kapot, tik, kapot.

Het hout van de kozijnen moet door en door rot zijn geweest. Ik trapte er zomaar doorheen. 'Chalid, waar ben je? Maak me licht.'

Hé, zat daar iemand op de grote tak? Dwars door mijn oogleden heen kon ik zien dat daar iemand was. Hij lachte en zwaaide met een donker voorwerp. Een luchtbuks, een klauwhamer. Hij kwam omhoog. Ik wilde schreeuwen en gillen, maar er kwam geen geluid.

De gestalte verdween even plotseling als hij verschenen was, loste op in het diepe nachtzwart.

Er was niets dan lege lucht tussen de takken. Als ik mijn ogen helemaal naar boven en naar achteren draaide, kon ik een stuk van het dak zien. Ook daar was niets. De wind nam weer toe en ik wachtte op het moment dat de goot volliep en ik vanzelf boven zou drijven.

Ik dacht aan de bijzondere scheepjes die vader had gemaakt: papieren constructies, schalen van zwaneneieren met een donsveer als zeil, een oude steunzool. Mijn hemel, als ik nou ook nog ging liggen janken... Mijn oogbollen waren keihard gespannen, het huilen deed zeer.

Neef Henk schraapte het vruchtvlees uit pompoenen tot er een flinterdunne schil overbleef die hij in de vorm van kano's sneed en versierde met strootjes en late zomerbloemen. We waren ermee over het witte pad gelopen, helemaal tot aan de stuw. Sommige bootjes overleefden de waterval, andere niet. Het was de vraag of ik het er zelf levend vanaf zou brengen vannacht. Er was gewoon te veel water.

Het leek alsof ik iemand hoorde fluiten. 'Dat hoge geluid dwars doorheen het ruisen, hoor!'

Mijn stem waaide uit mijn mond.

'Stil, hoor, nu weer lager. Moeder?'

Nee, het was het water. Het water zong.

HET ZOU VANZELF WEER LICHT WORDEN.

Wat als ik gewoon bleef liggen en niemand me vond? Mijn god, waarom hadden ze me verlaten?

Denk aan dahlia's! Beneden me, precies onder de plek waar ik lag te verdrinken, bloeiden in de herfst de dahlia's. Ik moest voor me zien hoe ze stonden te gloeien in de nacht. Ik moest iets van hun hitte in me voelen, anders raakte ik onderkoeld.

Het leek me zo fijn om helder te weten waar iets begint. Water verdampt en valt ergens anders weer neer als regen. Het verdampt opnieuw of trekt in de grond, om misschien eeuwen later omhooggestuwd te worden door een beving of een andere ramp, waarna het aan de oppervlakte opnieuw de kans krijgt te verdampen.

Ik kon me niet bewegen om het water van mijn gezicht te vegen. De regen had zich verdicht tot de fijnste soort motregen, de wind leek eindelijk in kracht af te nemen. Ik dacht dat ik zou verwateren. Toch zou ik tot stof vergaan, nadat ik grotendeels verdampt was.

Hoe deden ze dat toch in crematoria? Wat zou het sissen – als het niet voldoende gedroogde loof in de oktobervuren, de witte stoomwolken wijd uitwaaierend boven de kaalgeschoren

landerijen, boven de vochtige, zwarte diepte van versgeploeg-
de voren. Stof zijt gij en in damp zult gij opgaan.

Terug waar ik begonnen was, drijvend in het water. Vrucht-
water.

'Help. Is daar iemand?'

Zelfs mijn stem verwaterde. Hij spoelde weg langs mijn
stembanden, sijpelde langs het verzamelde speeksel onder
mijn tong.

'Help, help me alsjeblieft. Iemand!'

Ik wist niet meer of ik fluisterde of dat ik werkelijk schreeuwde. Het vuur! Denk aan het vuur in de haard! De warmte, het
geknetter van de vlammen en het drogen van de natte jassen,
het rijtje doorweekte wollen wanten aan een lijntje. De druipende brieven aan de gekleurde knijpers. De warme chocola-
dedamp boven de groene mokken die de ogen van neef Henk
twee tinten groener maakten.

Ergens schreeuwde een vogel. Waren dat slierten wier langs
mijn gezicht?

Had ik deze val verdiend? Hoe was de wet van oorzaak en
gevolg hier werkzaam? Om me heen nog steeds het diepe zwart
van de nacht, geen spoortje ochtendschemer of het gloren van
een nieuwe dag. Het zou kunnen dat er na deze nacht geen
nieuwe dag meer kwam.

Gek, zo'n dorst in al dit water.

'In de maneschijn. In de maneschijn, klom ik op een ladder
in het raamkozijn.' Nauwelijks hoorbaar zong ik het kinder-
versje.

Moeder, heb je aan mij gedacht, tijdens je vlucht? Waren
je armen gespreid omdat je mij wilde vangen? Stond je mond
open omdat je mijn naam riep? Je lippen waren altijd zo lief
om de o gevouwen, alsof je me midden in mijn naam een kusje
gaf. Ben je dicht bij vader? Je vertelt hem over mij, toch?

Vruchteloze verwachting. Het binnensijpelen van de schuld. Opnieuw sloeg het water met kracht op me neer. Ik zou vannacht verdwijnen. Ach, al dat loze zaad.

Een natte ijsvlaag ranselde mijn gezicht. Geen dier, geen mens, geen god, geen dode. Niemand die me hier zou kunnen horen.

Ik wachtte op de terugblik, op het versneld terugspoelen van mijn levensfilm. De lichtman had gelijk: de zwarte kameel gaat aan geen deur voorbij. Op een dag doe je open en staart het noodlot je aan. Je sluit de deur, vervolgt je baan. Zodra de rook is opgetrokken, neem je het slagveld in ogenschouw. Je wast je handen, herneemt jezelf, heft je hoofd en gaat.

Ik wilde nog niet dood. Niet hier. Niet zo alleen.

Zo koud. Wie de kou niet kent, is onbekend met warmte. 'Henk. Ties. Chalid, waarom? Waartoe?'

Op zaterdag in de teil, voor de kachel in de keuken. De hele smerige week werd weg gewassen. Een schone onderbroek, mijn kousenvoeten wrijvend tegen die van vader. Het meten, het onschuldig vals spelen, glijdend in zijn klompen en moeders zondagse halfhoge pumps.

De gebarsten voetzolen van de lichtman. Waar waren mijn eigen voeten?

Er zoog iets aan mijn adem. Een tinteling kietelde mijn rug. Iets van licht en duizeling. Ik had de sensatie omhoog te vallen, uit mijn baan te slingeren. Ik dacht dat ik al gevallen was, maar het kon dieper, verder. Er was het vermoeden van licht, opgetild te worden.

Niemand om vaarwel te zeggen. Geen mens die me uitgeleide deed.

'Ik ben Moon. Ik houd mijn belofte.'

Er verschenen lichtwezens om me heen. Ze zweefden tussen de takken van de linde. Sommige gedaantes waren donker goudgeel, andere bijna wit. Ik zag ze zelfs met gesloten ogen. Ze kwamen zo dichtbij dat ik ze aan zou kunnen raken. Eentje maakte een koprol. De verschijningen boezemden me geen enkele angst in. Ze deden me denken aan een groepje staartmezen, zoals ze over elkaar heen buitelden en door de boom schoten.

Een immens gevoel van verlangen erbij te horen bekroop me. Ik zou willen roepen, maar ik had geen stem. Mijn lichaam trok koud aan me, het besef alleen te zijn klopte hamerend in mijn bloed. Ik wilde uitvloeien, opgenomen worden in al die lichtheid.

Ik had ieder woord van oom Arie duidelijk verstaan, maar ik kreeg geen grip op de betekenis. Ik gaf het op en trok me zo ver mogelijk terug in mijn stervenskoude lichaam.

'Laat het zaad, laat de belofte, laat het leven.'

De zwarte kameel kwam en ging – maar als hij eenmaal was geweest, kon je wachten op het onheil.

De boodschapper had zijn bericht achtergelaten. Wat gezegd werd, was gehoord. Wat gehoord werd, was niet altijd gezegd. Men fantaseert maar wat. Borduurt verhalen in zijn hoofd. Naait stukken aan elkaar. Broddelt, breit en broeit. Wat waren die flarden die ik zag? Ze waren als de kleren die Marijke droeg, wapperend en waaiend aan haar lijf. En die beweging in de wind, was het mist of nevel die verwaaide?

Verhalen van heinde en verre, van heimwee en vellen, van vissen en vliezen, van wissel en kind.

De witte cirkels naast het graf. Daar was ik, daar stond ik, daar heb ik ooit gestaan. Je laat je sporen na, in banen en beloftes, je draait om de hete brij. De schil is broos. Dat maakt het ei niet minder ei. Dat ik jullie koos, maakt mij niet minder mij.

Zie, de wezens wenkten.

'Neem me mee, mee uit de goot, uit de kou en uit mijn nood.'

Ze dansten om me heen, dwars door het water waarin ik lag, dwars door het lood. Ze reikten naar mijn handen, hun licht ging helemaal door me heen. Ik voelde hen niet en ik voelde hen wel, maar het was anders dan alles wat ik kende. Ze rukten aan mijn lijf en trokken aan mijn voeten. De kou verdween, het was alsof ik meedreef uit mezelf.

De wezens wenkten en ik zweefde moeiteloos met hen mee omhoog.

Beneden me zag ik iemand liggen. Ik vond het een wonderlijke plek voor een vrouw, die overstromende dakgoot. Ze lag heel stil, zou ze dood zijn? Ik hoorde, voelde en zag alles. De druppels van de bladeren die op haar naakte huid uiteenspatten, het kippenvel op haar armen. De vreemde hoek waarin ze lag, het donkere haar dat als natte slierten aan haar bleke voorhoofd plakte, de gebloemde jurk.

Er welde een allesomvattende compassie voor haar in me op. Ik wist wie ze was. Ik kende haar angsten en haar zorgen, de capriolen die ze uithaalde om te krijgen waar ze zozeer naar verlangde. Ik kende het gewicht van de belofte die ze deed, de niet te voorziene consequenties van een keuze. Ik kende haar goedheid en haar slechtheid. Haar verdriet en worstelingen. Ik was haar. Moon. Het was goed, genoeg. Ik wilde haar achter me laten.

Het licht om me heen veranderde. Nu zag ik dat het al die tijd niet donker was geweest. Het was nacht, zonder sterren, zon of maan – en toch was er dat licht dat overal vandaan leek te komen. Langzaam dreef ik verder bij mezelf vandaan, een luchtstroom zoog me weg. Ik voelde geen angst, ik liet de vrouw in de goot achter in het volste vertrouwen dat iemand voor haar zou zorgen. Een pulserende stroom zachtgroen licht kwam voorbij, ik hoefde niets te doen om voort te glijden door deze wereld. Er was geen voor of achter, geen boven of onder. Geen afstand – en van tijd had ik geen enkel besef.

Ergens, ver weg, trok een geluid mijn aandacht. Het was een stem. Ik zweefde naar de bron van het geluid. Er hing iemand uit het raam, een man. Hij boog zich ver voorover om mijn lichaam te kunnen zien. Op zijn gezicht las ik pijn. Hij strekte zijn armen wanhopig uit. De afstand tussen het raam en de goot was veel te groot. Het was oom Arie, zijn witte haar plakte op zijn voorhoofd. Keer op keer riep hij mijn naam.

'Monica! Moon, meisje, hoor je me?'

Het was zo gek dat hij in mijn kamer was, daar was hij nooit eerder. En dat midden in de nacht.

Mijn lichaam reageerde niet op zijn bede, de stof van mijn jurk golfde opbollend in het stromende water. De kleuren van de gebloemde stof waren vaag zichtbaar in het licht dat door het openstaande raam viel. Als er bloed van schaafwonden was, dan was dat allang weggespoeld. Mijn huid was overal even bleek.

'Moon, leef je nog? Monica? Nu is het verdomme te laat. Waarom heb ik zo lang gewacht? Op een dag had je het moeten weten. Ik had het moeten vertellen, veel eerder. Of je moeder, zij had het moeten doen. Waarom ik? Waarom liet ze het aan mij over en ging ze zelf veel te vroeg? Hoor je me?'

Ik hoorde alles wat oom Arie zei en ik kon hem duidelijk zien. Hij sprak met een vertrokken, verkrampte mond. Het leek wel of hij huilde.

Hij verveelde me. Ik wilde terug naar het licht, naar de kleuren en de warmte. Het ging niet, ik bleef waar ik was. Ik moest eerst nog naar oom Arie luisteren. Zijn lichaamstaal verraadde hopeloosheid, ik bespeurde angst.

'Je had moeten bellen, Monica, zulk noodweer is niks voor een mens alleen. Ik kwam langs om te kijken hoe het je verging. Dat doe ik vaak, ook al weet jij dat niet. Het licht brandde, dus ik dacht dat alles goed was. Toen hoorde ik het raam klapperen, hierboven. Dat kan niet, dacht ik, dat open raam klopt niet. Heb je me niet horen roepen, kind? Nee, dat kon je niet horen vanaf hier. Misschien was je direct bewusteloos. Ik heb de sleutel van het woonhuis altijd in mijn zak. Je vader had me gevraagd of ik een oogje in het zeil kon houden als hij er niet meer was. Maar jij wilde me niet zien, je wilde me niet kennen. Je hebt me altijd ontweken en Henk tegen me opgezet. Samen tegen mij. Ik was misschien niet altijd goed, maar ik ben ook geen slecht mens, Monica. Dat had je moeder je moeten vertellen, dat had ze moeten zeggen voordat het te laat was. Heb je Ties begrepen, kind? Ties praatte en vroeg en trok het uit me... Voordat ik het wist, vertelde ik het. Hij kon luisteren, eindelijk was er iemand die naar me luisterde. Hij beloofde mijn verhaal te verstoppen, tussen de woorden in het stuk. Heb je het gezien, Monica? Heb je het gehoord? Is Henk daarom vertrokken? Oh Moon, beweeg, zeg iets. Ik ga nu een ambulance bellen!'

De lucht om hem heen deinde terwijl hij wegliep. Ik had ieder woord dat hij sprak duidelijk verstaan, maar ik kreeg geen grip op de betekenis. Er werd aan mijn voeten getrokken, alsof een onzichtbaar touw me naar beneden haalde. Ik wilde niet terug naar mijn lichaam, ik wilde naar het licht.

Daar verscheen hij weer. Een windvlaag kreeg vat op het raam en sloeg het dicht. Oom Arie duwde het met kracht open en boog opnieuw ver naar buiten om mijn lichaam in de goot te kunnen zien. Er sijpelde wanhoop uit zijn handen. Daar waren de wezens weer, ze dansten zo dicht om me heen dat ik ze aan kon raken.

'Nu ben je gevallen, net als je moeder. Niemand weet het, alleen zij en ik. Mijn broer was onvruchtbaar, Monica. Je moeder heeft gewacht, gewacht en gewacht, en toen de moed opgegeven. Alles wat zij wilde was een kind. Ik kon het niet meer aanzien, al dat verdriet in haar ogen. Als wij met de oudste twee op de hoeve kwamen, zag ik hoe ze zich verbeet. Ze verschrompelde, Monica. Zo'n prachtige vrouw, ze verschrompelde en dat kon ik niet aanzien. Toen Wil voor de derde keer in verwachting was en onze Henk werd geboren, is je moeder ingestort. Ze wilde een tijdje weg van de hoeve. Jij weet daar allemaal niets van, hè? Nee, wij hielden de dingen voor ons, ook later, toen het allemaal achter ons lag. Ik heb je moeder naar een nicht gebracht, ergens op de Veluwe. Ze huilde de hele weg. De hele weg had ze haar handen voor haar gezicht geslagen en drupten de tranen tussen haar vingers door. Het maakt niet uit hoe of wat, maar ik kon het niet aanzien en heb haar... Zij vroeg me of ik... Ik heb haar gegeven wat ze nodig had om zwanger te worden. Twee keer maar, een keer op de heenweg en een keer op de terugweg. Negen maanden later kwam jij. Als mijn broer zelf een rijbewijs had gehad, was het nooit gebeurd. Als je vader haar zelf had kunnen brengen...'

Vanuit de verte zag ik een blauw zwaailicht dichterbij komen. Met een schok schoot ik terug in mijn lichaam. De kou benam me de adem, het was verschrikkelijk om me niet te kunnen bewegen.

Een begin van begrijpen ontrolde een donker tapijt van verdriet in me. Ik gaf het op, ik wilde niet meer.

Oom Aries stem brak dwars door het geluid van de sirene heen. 'Ik ben je vader, Monica. Ik heb mijn broer geholpen. Het bleef in de familie, ik dacht dat het geen kwaad kon. Daarna was je moeder de gelukkigste vrouw op aarde. Zo veel geluk heb ik nooit meer gezien. Niemand heeft ooit iets gevraagd. En niemand weet... Zo is het, Monica. Zo is het gegaan.'

Oom Arie stopte met praten, de sirene stopte met gillen. Ik hoorde autoportieren slaan. Een koud blauw licht streek ritmisch langs de bladeren. Ik hoorde mannenstemmen roepen en met elkaar overleggen. Er werd iets tegen mijn hals gelegd terwijl ze onophoudelijk tegen me bleven praten. Het was genoeg.

Ik trok me zo ver mogelijk terug in mijn stijve, stervenskoude lichaam.

5

Nieuwe maan

EEN VOOR EEN VERSCHENEN ZE AAN MIJN BED TIJDENS DE DA-gen die ik in het ziekenhuis doorbracht. Neef Henk, Marijke met Joep, tante Teppema, Oom Arie en tante Wil. De lichtman kwam pas op de derde dag, vlak voordat Marijke me zou halen. Ik had met gesloten ogen op haar liggen wachten toen er iemand binnenkwam. Toen ik mijn ogen opsloeg stond de lichtman naast mijn bed, onwennig in zijn nieuwe pak. Dit was kennelijk de gelegenheid waarop hij had gewacht. Hij legde mijn camera in mijn handen. 'Ik dacht dat je die misschien wilde hebben.'

'Dank je wel. Ik mag straks al naar huis, Marijke haalt me op.'

Door de lens zag ik de donkere vlek van zijn gezicht tegen het felle wit van de muren. De verticale rimpel boven zijn neus benadrukte de ernst in zijn ogen.

'Ik ben blij, Moon.'

Ik nam een foto van zijn mond. Ik wist niet wat ik moest zeggen en durfde niet te vragen wat hij bedoelde.

'Dan ga ik maar. Ik zie je op de hoeve.'

Hij draaide zich om en liep naar de deur.

'Chalid?'

'Ja?'

'Wat hoor ik toch? Is dat een kind? Het kraken van te nieu-we schoenen?'

Ik dacht dat de teksten uit het script me zouden helpen me tot hem te verhouden. De lichtman zou ze zeker herkennen. Hij bukte en trok zijn broekspijpen omhoog. Zijn enkels staken bruin en bloot in de schoenen die zo lang in de bijkeuken hadden staan wachten op een gelegenheid. Hij draaide zich naar me toe en liet zich rustig bekijken. Toen lieten zijn handen de broekspijpen los en keek hij me recht aan.

'De schil is broos, Moon. Wees voorzichtig.'

Hij stak zijn hand op en verdween door de deur. In gedachten volgde ik hem door de velden, kaarsrecht fietsend in zijn streepjespak, de glimmend zwarte schoenen aan zijn voeten.

Ik had geen blijvende schade opgelopen aan mijn lichaam, maar in mijn hoofd stormde het, de woorden zwierden langs elkaar. De kat was voortdurend in de buurt. Hij draaide rondjes om mijn benen of lag spinnend op mijn schoot. De lichtman en Marijke zorgden ervoor dat ik at, sliep en voldoende bewoog. Ze namen me mee op wandelingetjes door de moestuin en de boomgaard. Soms liepen we een eindje over het witte pad, langs de vaart. Ze voerden me zachtgekookte eitjes, witte boterhammen en versgesneden fruit. Marijke nam het kind voor me mee, zette het bij me op schoot en legde mijn fotocamera opzettelijk in het zicht.

Mijn hand raakte Joep aan. Ik aaide over zijn ruggetje en rook aan het gleufje in zijn nek. Zonder iets te zien keek ik door de lens van de camera. Er zat ruimte tussen mijzelf en de wereld. Ik zag en hoorde alles, maar ik voelde nagenoeg niets. Het was onmogelijk uit te leggen dat ik domweg geen idee had hoe ik die ruimte zou moeten oversteken.

Direct na mijn thuiskomst uit het ziekenhuis had neef Henk me gevraagd of ik het erg vond als hij opnieuw naar Duitsland vertrok. Niet in staat te antwoorden had ik mijn schouders op-

gehaald. Niet veel later had hij de hoeve verlaten. Ik was opgelucht geweest toen hij weg was.

Het verlangen terug te keren naar het licht overschaduwde
alles. Ik leefde in een donkere bel van verwarring over wie ik
was en wat ik had gedaan. De informatie die oom Arie me in
zijn biecht had gegeven, paste nergens in. Niet in mijn hoofd
en niet in mijn lichaam.

Op een dag nam de lichtman me mee naar de noordvleugel. Ik had de hele ochtend met mijn camera rond de hoeve ge-
dwaald, zonder een enkele foto te nemen. Na zijn uitnodiging
volgde ik hem zwijgend naar binnen. De touwladder hing er
nog, ernaast stond de ladder waarop ik met Joep naar de vliering was geklommen.

'Durf je, Moon?'

De lichtman stond tussen de twee ladders en wachtte met
zachte ogen zonder dwang.

Schouderophalend maakte ik een onduidelijke beweging
met mijn hoofd. Het kon van alles betekenen, hij moest maar
kiezen.

Hij koos de touwladder en ging me voor.

De lichtman paste zich aan mijn tempo aan en we klommen
naast elkaar omhoog. Het nest lag adembenemend groot in de
schemer. Hij ontvouwde de dekens en legde ze in het stro.

'Ik wil je iets vertellen.'

Hij gebaarde naar de dekens en ik begreep dat ik het nest
mocht betreden. Ik deed mijn schoenen uit en stapte over de
hoge rand naar binnen. De lichtman nam tegenover me plaats.

'Waar ik vandaan kom, geloven de mensen in de heilzame
werking van het zwijgen. We leren te begrijpen wanneer het
tijd is voor iemand om zich terug te trekken in de stilte. We leren diegene met rust te laten. We leren ook te zien wanneer iemand over de rand van de stilte dreigt te verdwijnen. We her-

kennen de signalen die vertellen dat er een verlangen ontstaat om terug te keren naar de wereld. Ik zie jou, Moon, jou en je camera. Ik dacht te zien dat je misschien hulp nodig had om terug te komen.'

Zijn woorden kwamen traag en fluisterend, hij had de tijd. Ik staarde in de ruimte onder de nok, dacht aan mijn gesprek met moeder, hoe de woorden hadden rondgecirkeld. 'Ik zie je, kind.' Ik dacht aan Joep, die zijn hoofdje op mijn borst had gelegd. Het was zo stil geweest, het aandachtig luisteren van het kind. De lichtman wachtte. Toen vond ik zomaar enkele woorden en begon ik voor het eerst na mijn val te vertellen.

'Het licht. Voordat het licht kwam, was het zo donker. Na het gevecht in het café, de aftocht van Ties, de ravage in de zuidvleugel en jullie vertrek naar Duitsland voelde ik me zo alleen. Toen kwam het noodweer en werd het verschrikkelijk zwart en angstaanjagend eenzaam. Toen viel ik en kwam het licht, Chalid, en het was zo prachtig. Het was overal om me heen. Het licht droeg me, vroeg niets. Er waren geen beloftes, geen schuld, geen aanspraken, geen kou. Ik kon vader en moeder vergeten, er was helemaal niets wat op me drukte. Het licht riep me...'

Meer woorden had ik niet, het vervolg van mijn verhaal loste op in het niets. Ik zweeg, sloeg mijn armen om mijn knieen en sloot mijn ogen. Neef Henk was mijn broer. Ik had het verboden zaad van mijn broer genomen. Vader bleek niet mijn echte vader. De belofte was hierdoor misschien ongeldig, al had vader van niets geweten. Hoe moest ik uitleggen dat ik begreep waarom moeder zo tegen me tekeer was gegaan? Moeder was bang, ze overschreeuwde haar eigen angst. Moeder had het zaad van de broer van vader genomen. Zij kende het gevaar van verboden zaad. De schaamte die zij gevoeld moest hebben voor haar schandelijke daad echode galmend mee wanneer ik ook maar een enkele gedachte in die richting had.

Niet de man. Zij nam alleen het zaad, niet de man.

De regisseur had het niet beter kunnen verwoorden.

Zie! Daarbuiten staat het kind. Het ziet de bewegingen. Begrijpt niet, weet niet, kent niet. Het spel werd gespeeld vóór haar geboorte, het zaad geplant voor zij bestond. De spelers zijn van het speelveld verdwenen. Hoe kan zij weten? Zij draait de haar toebedeelde baan, onder het oog van sterren en planeten. Haar naam verborgen, in het donker van een nieuwe maan. ...en iemand weet, iemand weet...

Ja. Oom Arie wist het.

En ik wist het nu ook. Ik was een echte dochter van mijn moeder. Ook ik had alleen het zaad genomen.

Mijn adem stokte ergens in mijn borst. Ik hijgde en kokhalsde onverwacht hevig. Een golf braaksel spoot over de rand van het nest en spatte op de planken van de vliering. Mijn bovenlichaam schokte, er volgde een nieuwe golf. En nog een. Ik klauwde in het stro en boog me ver over de rand. Opnieuw bevuilde ik het nest van de lichtman. Dat deed me werkelijk verdriet. En dat verdriet, over het bevuilen van het nest, bracht het andere op gang. Eindelijk kwamen mijn tranen, ik braakte mijn afschuw en schreeuwde het uit met snot en tranen. De lichtman was mijn getuige. Uiteindelijk fluisterde ik alleen nog – nauwelijks verstaanbaar, de kracht ontbrak me mijn stem volume mee te geven.

'...daarom ben ik zo vies, omdat ik met mijn broer samenlag. Ties wist het. Dat verhulde, ik ben zo moe van het verhulde. Al die leugens, de geheimen. Ik wil niet meer zwijgen. De belofte... Ik voelde me zo schuldig, vader, ik wilde betalen. Maar vader, is het nu genoeg?'

Ik was niet in staat het nest te verlaten. De lichtman daalde de ladder af en haalde een emmer zand om het braaksel mee te bedekken. Hij ging daarna nog een paar keer weg. Hij kwam terug met schoon water, zakdoeken en de deken van de bank in de woonkamer. Hij sprak niet, hij was er gewoon. Na lange tijd werd ik stil en uiteindelijk was ik in staat de ladder af te dalen. De lichtman legde me in mijn eigen bed en ik sliep de klok rond.

De volgende dag betrok Chalid de woning in de zuidvleugel. Neef Henk zou voorlopig toch niet terugkomen. Toen ik hem had gebeld met het plan, had hij zijn toestemming zonder aarzelen gegeven. Hij vond het een fijn idee dat ik niet alleen op de hoeve woonde.

Chalid had het nest afgebroken en het stro in de tuin verbrand. De wollen dekens had ik voor hem gewassen. De vliering was weer leeg. Eén ding was wel veranderd: de deur van de noordvleugel was niet meer op slot. Maar niemand waagde zich er binnen, zelfs de jongens van Marijke voelden dat ze er niets te zoeken hadden.

Ik zocht het gezelschap van Chalid steeds vaker. Ik vertelde, Chalid luisterde zwijgend. In zijn stille aanwezigheid kon ik het gewicht van de belofte makkelijker dragen en leek ik beter in staat na te denken over de betekenis van oom Aries biecht. We konden uren door de velden lopen en maakten er een gewoonte van de avonden door te brengen bij een vuur. Hij had een vuurplaats gemaakt aan de rand van de boomgaard. Daar zaten we bij droog weer tot een van ons opstond om naar bed te gaan.

Weken gleden voorbij, tot ik op een dag laat in augustus besloot dat ik ook tegenover oom Arie mijn zwijgen moest doorbreken. Ik belde hem en vroeg hem met me te komen praten. Hij had me na mijn val opgezocht in het ziekenhuis en gevist naar wat ik gehoord had van zijn biecht.

'Dus je herinnert je niets?'

'Nee, ik was helemaal van de wereld.'

'En gehoord? Heb je helemaal niets gehoord van mijn roepen?' Het had hoopvol geklonken.

'Nee, niets. Echt niet. Wilt u me voorlopig met rust laten?'

'Goed dan, Monica. Veel beterschap. Als je iets nodig hebt, dan ben je welkom bij ons. Zoals altijd.'

Al die tijd had ik hem niet gesproken. Maar nu had ik hem nodig.

Hij kwam de volgende dag, op de fiets. Ik stond voor het keukenraam en zag hem aankomen. Met een enorme zwaai van zijn rechterbeen stapte hij af.

De hele nacht had ik wakker gelegen en bedacht wat ik hem wilde zeggen. Toen ik opstond was er aan de horizon een vaalblauwe gloed zichtbaar. In de doka had ik vaders brief van de muur gehaald. Het script pakte ik uit de la. Zonder me aan te kleden was ik naar beneden gegaan. Met het dikke vest over mijn slaapshirt geslagen liep ik naar de zuidvleugel. Chalid had met slaperige ogen de deur voor me geopend en ik was hem naar binnen gevolgd.

Hij zette thee terwijl ik naar de brief en het script op tafel staarde. Toen we allebei een dampende kop voor ons hadden, schoof ik de brief naar hem toe. Hij las, ik blies in mijn thee en wachtte. Het duurde lang, ik vond dat ik iets uit moest leggen.

'De man aan wie ik mijn handtekening heb gegeven, blijkt dus niet mijn echte vader te zijn. Oom Arie is mijn vader. Mijn moeder heeft met hem, mijn vaders broer dus, samengelegen. Toen kwam ik. Henk is mijn broer. Halfbroer. Oom Arie heeft het opgebiecht toen ik in de goot lag, toen hij dacht dat ik dood was. Ik ben dat kind uit het script, Chalid, mijn moeder is de vrouw en mijn vader de man, de broer. Begrijp je, Chalid? Daarom kwam oom Arie altijd zo dichtbij, omdat ik zijn dochter ben. Maar hij moest er natuurlijk over zwijgen. En moeder moest zwijgen. Ik heb dat zwijgen van hen geërfd. Maar nu komt oom Arie hier, en vraag ik me af of ik hem moet vertellen dat ik hem wel gehoord heb.'

De lichtman legde de brief neer. Nadat hij een slok thee had genomen, pakte hij het script op. Hij bladerde, legde het open voor me op tafel en keek vlak langs me heen. Hij wees naar de passage die hij uit zijn hoofd begon voor te dragen.

> 'God rechts: Hij, de man, eet argeloos.
> God links: Onwetend van haar verboden daad.
> God rechts: Het verboden zaad heeft vrucht gevormd.
> God links: Zij weten het nog niet, zij weten nog niets.
> God rechts: De vrouw zal hem een kind baren.
> God links: Hij zal zich vader wanen.
> God rechts: En zij laat dat gebeuren?
> God links: Zij laat het gebeuren.
> God rechts: En de bevruchter?
> God links: Zij zullen beiden zwijgen.
> God rechts: En het kind? Wat vertellen ze het kind?
> God links: Zij nam alleen het zaad. Niet de man. Zij nam alleen het zaad.
> Donkerslag.'

De lichtman hief twee handen hoog en liet ze zakken als een denkbeeldig doek.

'Ik ben dat kind, Chalid!'

'Uit liefde gemaakt. Uit liefde geboren. De rest is verhaal, Moon.'

Hij schonk de koppen opnieuw vol.

'Wat moet ik tegen oom Arie zeggen? Dat ik het toch gehoord heb?'

'Je draait je eigen baan, Moon.'

'Ja, mijn eigen baan...'

Ik nam de brief van tafel, vouwde hem zo klein mogelijk op en stopte hem in de zak van mijn vest. Het script was te groot, dat rolde ik strak op tot een harde koker.

'Wil je me even vasthouden, Chalid?'

De lichtman stond op en liep om de tafel naar me toe. Hij was warm en rook naar het houtvuur van de vorige avond. Ik legde mijn hoofd tegen zijn schouder. Zo stonden we lang dicht tegen elkaar aan.

Toen oom Arie 's middags zijn been over de stang zwaaide, wist ik wat ik wilde zeggen.

Hij volgde me naar de keuken.

'Koffie?'

'Ja, Monica, graag.'

'Ik wilde u nog een keer bedanken. Zonder u had ik het misschien niet overleefd, die nacht. Melk of suiker?'

'Allebei. Nou ja, het was zulk raar weer. En de mannen waren immers in Duitsland. Dus ik dacht: ik moet eens even kijken op de hoeve. Vandaar.'

'Plakje koek?'

'Alsjeblieft. Wat fijn dat je er niets aan overgehouden hebt.'

Zou hij dat werkelijk menen? Dat ik er niets aan overgehouden had? Mijn wereld was voorgoed veranderd. Ik had er meer aan overgehouden dan hij zich kon voorstellen.

'Eh, Monica, herinner je je misschien nog iets? Achteraf... Je hoort weleens dat mensen zich plotseling toch nog dingen herinneren als er tijd overheen gegaan is.'

'Hield u van moeder?'

'Hoe bedoel je?'

'Ik bedoel precies wat ik zeg. Hield u van moeder?' Mijn knieën trilden onder de tafel en ik ging op mijn handen zitten.

Hij roerde in zijn koffie. 'Ja, nou ja, je moeder was mijn schoonzuster. Familie.'

'Ik weet alles. Ik heb uw biecht woord voor woord gehoord.'

Ik hield het niet meer en stond op. Met mijn rug naar hem toe ging ik voor het raam staan. Even bleef het doodstil achter me. Plotseling miste ik het tikken van de Zaanse klok. Ik hield mijn adem in.

'Maar je zei...'

'Ja, ik zei dat ik me niets kon herinneren. Maar een paar weken een leugen volhouden lijkt me niet zo erg.'

'Nee. Misschien niet.' Hij mompelde, ik kon hem nauwelijks verstaan.

'Dat is niets vergeleken bij een leugen van jaren, toch?'

'Nee.'

'Wist vader het?'

'Je vader...'

De woorden bleven in de lucht hangen. Het woord 'vader' klopte niet meer. Dat had ik me gerealiseerd toen ik het zonet uitsprak. Hij waarschijnlijk ook.

'Ze heeft hem niets verteld, dat zei ze. Nee, hij kan het niet geweten hebben.'

'Zag u moeder nog, later, toen ik er al was?'

Nu mompelde ik ook. In de moestuin begon het loof al te vergelen. De laatste tuinbonen hingen dik aan de uitgegroeide stengels. Ik verlangde naar een stille oktoberdag, het bijeenharken van het loof, een stomend vuur. Ik wilde dat de tijd terugdraaide en moeder me vroeg samen met haar de lakens op te vouwen. Ik zou de punten keurig tegen elkaar leggen en daarna op haar af lopen om mijn deel op het hare te leggen. Netjes en precies. De geur van buiten gedroogde lakens op mijn bed. Vaders klompen naast de mijne in de groentebedden. Wortels trekken en boontjes punten. De vreugde voelen bij het verschijnen van de eerste zwaluwen. Een sliert eendenkuikens in de vaart. De volle maan boven de velden, de witte wieven en de hazen in het voorjaar. Alles ging voorbij, niets kwam ooit terug. Niet hetzelfde.

'Ik zag je moeder op verjaardagen en de zondagmiddag. Gewoon.'

'Oh.' Ik wist niet meer hoe het verder moest.

'Monica, ik hield van je moeder. Niet zoals mijn broer dat deed. Maar ik hield van haar en kon haar verdriet niet verdragen.'

'Ieder het zijne. Zij het hare.' Ik klonk verdomme net als tante Teppema. Maar ik had niets beters in huis.

'Dat zal wel. Maar ik kon het niet verdragen. En zij stemde ermee in.'

Zijn stem had luider geklonken. Zekerder. Ik draaide me naar hem toe. Hij zat met zijn handen om de groene beker geslagen en keek recht voor zich uit.

'We hebben niemand kwaad willen doen. Dat jij kwam was haar grootste geluk. Voor haar en voor... je vader.' Hij keek me aan terwijl hij praatte.

'En Henk? Wist die ervan?' De spanning gaf mijn stem een jankend toontje.

'Niemand wist iets. Ook Wil niet, alleen je moeder en ik.'

Niemand? Ha, de regisseur wist het!

'Oh ja, en Ties dan? U hebt het wel aan Ties verteld. Uitgerekend aan die fantast, aan die leugenaar, hebt u het verteld, zodat iedereen het zou horen.'

Het gif in mijn woorden spoot over tafel in de richting van de man die mijn vader bleek te zijn. Die kneep zijn ogen samen en vertrok zijn mond.

'Ja. Ik heb Ties het uit me laten trekken, in een zwak moment. Het spijt me.'

Hij sloeg zijn handen voor zijn gezicht en begon te snikken.

'En nu? Wie weten het nu allemaal?' Ik kwam naar de tafel en bleef achter mijn stoel staan.

'Ties weet het, verder niemand. Niemand heeft het gehoord zoals wij. De mensen begrepen niets van het stuk. Ze zagen het als een sprookje, Monica. Een verzinsel. Ties had het goed verstopt. Maar, het spijt me, Monica.'

Hij sprak tussen de snikken door. Zijn ogen lagen diep verborgen tussen rimpels. Ik liep naar het aanrecht en gooide de theedoek over zijn schouder.

'Hier. Draag uw tranen.'

Dat was een uitspraak van de lichtman. Het hielp dat je je tranen droeg terwijl je ze droogde. Mijn hart klopte zo snel dat ik het met mijn adem nauwelijks bij kon houden. Ik hield mijn polsen onder de kraan en dwong mezelf diep en rustig te ademen. Ik schudde mijn handen en veegde ze droog aan mijn broek.

'En ik weet het nu ook.'

Ik keek naar zijn achterhoofd. Mijn vader was dood, maar daar zat hij, recht voor me op een keukenstoel.

'Ja, kind, jij weet het nu ook. En ik weet nu dat jij het weet. Daar zal ik mee moeten leven. En jij ook.'

Het lukte me niet me te verroeren. Ik kon geen woord uitbrengen. Hij kwam omhoog uit zijn stoel en liep naar het raam.

'Ik heb je op zien groeien als de dochter van mijn broer, het nichtje van onze jongens. Ik heb mijn best gedaan je niet als mijn kind te beschouwen, Monica. Ik heb van je gehouden, op mijn manier. Onhandig en van een afstand. Je was je moeders grootste geluk.'

'En nu?' Ik wou dat hij ging. Dat het voorbij was en ik kon gaan liggen.

'Ik weet het niet, Monica. Ik weet het niet.'

'Ik ook niet.'

Hij kwam langzaam in beweging en liep vlak langs me heen. Even dacht ik dat hij aarzelde, dat hij me aan zou willen raken. Maar hij liep door, slofte door de bijkeuken naar buiten.

Even later fietste hij weg. De brede rug over het stuur gebogen, zijn hoofd diep tussen zijn schouders getrokken.

Ik liet me op de grond zakken tot ik met mijn rug tegen de keukenkastjes zat.

'Genoeg.' Ik fluisterde het woord zacht voor me uit.

Ik hees me met moeite overeind en sleepte mezelf naar de bank in de kamer. Vanaf hun trouwfoto keken vader en moeder naar me, vol liefde. Dat was wat ik meende te zien. Ik was er niet bij geweest toen de foto gemaakt werd. Misschien had oom Arie de foto wel genomen en keken ze zo liefdevol naar hem. Naar de broer. Hij deed het voor haar. Uit liefde. Ik moest onbedaarlijk huilen en het duurde lang voordat ik in een onrustige sluimer viel.

Een paar uur later werd ik wakker. In de keuken schrokte ik drie boterhammen met pindakaas naar binnen. Nadat ik mijn pijnlijk gezwollen oogleden met koud water had gebet, trok ik mijn vest aan en ging naar buiten. In het stukje grond bij de voordeur bloeiden de dahlia's volop. Ik sneed zeven van de donkerste bloemen af en bond ze bij elkaar.

Er hing een laag wolkendek, maar het was niet koud. Het water in de vaart lag glad tussen de oevers. Het witte pad leek korter dan anders, ik was zomaar bij het kerkhof.

De witte kiezelcirkels die ik gelegd had, waren verdwenen. Er lag een bos asters op het graf, aan moeders kant. Ze waren schitterend paars, met in iedere bloem een gloeiend geel hart, en zo vers dat ze hier nog maar kort konden liggen. Oom Arie? Ik ging op de rand van het graf zitten, precies tussen vader en moeder in, en staarde naar de dahlia's in mijn hand. Ik was gekomen om iets te zeggen, maar de woorden verborgen zich achter een ondoorzichtige sluier ergens in mijn hoofd. Ik stond op en legde mijn bloemen in het midden. Daarna liep ik een paar rondjes om de steen. Vaders brief lag klam en verfrommeld tussen mijn vingers in de zak van mijn vest, ik rolde de prop rond en rond.

Ik keek omhoog naar de lege lucht en zag vaders gezicht boven me. Het was alsof de mist in mijn hoofd plotseling optrok, een geluid doemde op in mijn oren. Steeds luider en krachtiger. Het beeld van vader vervaagde tegelijk met het aanzwellen van het geluid. En ik verstond het, hoorde wat er gezegd werd. Ik sprak de woorden hardop uit.

'Het is genoeg, vader. Het is genoeg.'

Toen boog ik mijn hoofd. Lange tijd stond ik doodstil en gebogen voor mijn ouders.

Een rondscharrelende merel wekte me. Ik rechtte mijn rug en verliet de begraafplaats.

Onderweg begon het te motregenen. De contouren van het landschap vervaagden terwijl ik over het witte pad naar huis liep.

Bij de vlonder bleef ik staan. Ik haalde vaders brief tevoorschijn en vouwde hem helemaal uit. Het plankier was nat, maar dat kon me niet schelen. Ik ging zitten, legde de open brief op mijn handen en wachtte. Er zwommen eenden voorbij en een keer zag ik de gladde donkere rug van een muskusrat. Verderop stond al die tijd een reiger, rechtop en roerloos. Ik wachtte tot de regen de inkt vervaagde en het blauw overliep in het wit. Toen de inkt voldoende vervloeid was, doopte ik het vel in het water onder me. Ik hield het druipende vel omhoog en duwde het opnieuw onder. En nog eens en nog eens. De woorden verdwenen. Het vel was leeg.

Ik stond op en liet het natte papier los. Schoon en stil lag het op het water, het deinde een beetje, heel lichtjes maar.

De rest van de weg legde ik af met opgeheven gezicht. De regen viel koel en zacht op mijn wangen. Er groeide een ongekend, duizelingwekkend gevoel van ruimte in mijn lichaam. Ik voelde het in mijn borst, mijn keel en in mijn buik. Mijn armen begonnen vanzelf te bewegen en ik versnelde mijn pas. Ik sprong en maakte een paar wonderlijke draaiingen, spreidde mijn armen wijd en zoog de lucht met enorme teugen diep naar binnen. Ik rende door de poort, kletsnat en huppelend als een kalf. Ik kon niet ophouden te lachen.

DRIE DAGEN LATER NODIGDE IK DE LICHTMAN UIT IN DE DOKA.
Ik had de gestikte deken van mijn bed gehaald en op de vloer
uitgespreid. We lagen op onze rug en ik toonde mijn universum aan hem. De foto's glansden zwart-wit aan de wanden en
de lijnen boven ons.

'Chalid, denk jij dat ik mijn ouders levend heb willen houden?'

Ik had me vastgebeten in het nakomen van mijn belofte met
eenzelfde soort verbetenheid als waarmee ik de leegte na moeders dood had proberen te vullen. Maar het was tijd dat ik mijn
eigen baan ging volgen.

Onwillekeurig schoot ik in de lach. 'Ik zie opeens twee zwaluwen met in elkaar gehaakte staarten. Ze willen ieder een kant
op, maar juist doordat ze uit alle macht hun vleugels uitslaan,
houden ze elkaar op dezelfde plek. Ik moet de verbinding verbreken, Chalid, pas dan kan ik in mijn eigen baan schieten.'

Chalid nam mijn vingers en streelde ze, een voor een. Hij
volgde de lijnen in mijn handpalm met zijn duim en keek me
aan.

'Evenals de waarheid heeft de liefde vele gezichten. Kijk maar.'

Vanaf de grote foto in het midden schitterden Joeps ogen in
zijn ronde gezichtje. Ik kon niet anders dan glimlachen wanneer ik het kind zag.

Nu nam Chalid mijn vingers en legde ze tegen zijn lippen. Een huivering trok omhoog langs mijn rug, verlangend naar meer sloot ik mijn ogen. Hij zoog het topje van mijn wijsvinger een eindje naar binnen. Heel kort, maar echt. Toen durfde ik zijn hand te nemen. Ik kuste de vingertoppen, de palm – en ging toen verder omhoog langs zijn arm, tot het kuiltje in zijn hals. Hij proefde mijn wangen en gleed met gesloten mond van mijn lippen naar de zijkant van mijn borst. Ik ging op mijn knieën voor hem zitten en kleedde hem uit. Ik keek, overal, zag hoe hij langzaam helemaal tevoorschijn kwam. Hetzelfde deed hij met mij. Hij pelde me af en verliet me geen moment. Voorzichtig legde hij me neer. We kwamen zo dicht bij elkaar dat er geen ruimte meer tussen ons was. Zijn lichaam lag vol tegen het mijne, huid op huid, bot op bot, benen en vingers ineengestrengeld. Ogen in elkaar. We ademden als één lichaam, in een verstilde dans vol vocht en zware geuren. Het was weldadig, wellustig, zonder gedachten en stemmen.

Ik nam de man. Ik nam hem helemaal.

'Ik ben Moon.'

Onverstaanbaar lispelde ik tegen zijn hals.

'Chalid, ik ben Moon. Ik draai mijn eigen baan.'

Ik wilde de woorden uitspreken en horen. De betekenis ervan proeven op mijn tong.

Hij legde zijn hand onder mijn kin en zocht mijn ogen.

'Ik zie het licht in je, Moon. Waar ik vandaan kom, brengen we een pasgeborene hoog op onze handen naar het eerste morgenlicht. Opdat het kind de rest van zijn leven het licht zal kunnen vinden en weten waar het vandaan komt.'

Zijn woorden brachten een trilling in mijn borst teweeg.

'Moon, laat me wonen in jouw licht. Het is er prachtig.'

De beweging zwol aan tot een machtige golf vreugde die haast te groot was voor mijn lach. Ik schoof onder hem vandaan en ging schrijlings op hem zitten. Ik gooide mijn hoofd in mijn nek en lachte. Noemde zijn naam keer op keer, torende boven hem uit en lachte tot ik niet meer kon. Al die tijd was hij onder me, met een glimlach om zijn lippen en licht in zijn ogen.

Ik liet me voorover vallen en hij ving me op. Kuste me, streelde me en hield me vast. We verstilden, mijn hoofd lag tegen zijn borst. Onder zijn ribben bonsde zijn hart. Het geluid vermengde zich met het ruisen van mijn bloed.

Heel even meende ik de draaiing van de aarde te kunnen voelen.

~

DANK!

Hoewel op de covers van mijn romans alleen mijn naam prijkt, zijn er vanaf het begin een aantal mensen nauw betrokken bij het creëren. Bij het verschijnen van mijn derde roman is het tijd om een aantal van hen publiekelijk te noemen en te bedanken.

Allereerst Adriaan Krabbendam, hij zette me op het schrijverspad. Als hoofdredacteur bij uitgeverij Vassallucci nodigde hij me in augustus 2004 uit een boek te gaan schrijven.

Dank aan mijn trouwe meelezers, Marja Wijnsma en Jeanne Dohmen. Voor de bemoedigende reacties en hun commentaar op de eerste versies die ik hun stuurde.

Rob Heiligers, mijn man, dank ik voor zijn ideeën en inspirerende scenario's die hij zo gul met me deelt.

Mijn redacteur, Maaike Molhuysen, dank ik voor haar liefdevolle precisie en vakmanschap. Haar streven naar de hoogste kwaliteit daagt me uit en maakt mijn werk beter.

Dank aan Yoko Heiligers, mijn dochter, voor het prachtige coverontwerp van Tussen zussen.

Koosje van Zeelst, mijn moeder, en Alberta Berghoef, mijn schoonmoeder, dank ik voor de eindeloze stroom prachtige verhalen die ze me vertelden.

Dank aan de mensen van de uitgeverij, voor de fijne manier waarop we samenwerken. Zij weten mijn boeken zodanig in de wereld te zetten dat deze hun weg vinden naar vele, vele lezers.

Marc van Gisbergen, mijn uitgever, wil ik speciaal bedanken. Voor zijn geloof en vertrouwen in de ontwikkeling van mijn schrijverschap.

RITA SPIJKER

KREUKHERSTELLEND

KREUKHERSTELLEND

VOORDEELEDITIE VOOR SLECHTS € 4,95

Esmee is een getrouwde vrouw, die niet weet hoe ze de leegte in haar leven moet vullen nadat haar zoon en dochter op kamers zijn gaan wonen. Ze zoekt haar heil bij vriendinnen, in spirituele groeigroepen en in seksuele escapades.

Na een fitnesstraining vind ze een dagboek en neemt het mee. Ze twijfelt, gaat toch lezen en herkent zichzelf in de beschreven thema's: liefde, leugens, moederschap en dood. Esmee wordt hierdoor onherroepelijk geconfronteerd met haar eigen verleden. Ze gaat op reis en dwingt zichzelf de waarheid onder ogen te zien.

Kreukherstellend, elfde druk, november 2008
Paperback, 240 pagina's € 4,95
ISBN 978 90 8669 048 0

'Wat een lekker boek.' – Margriet

RITA SPIJKER
TUSSEN ZUSSEN

TUSSEN ZUSSEN

Tussen Zussen vertelt over vier vrouwen die op een keerpunt in hun leven staan. Renate, de oudste, is gescheiden en heeft als halfzus nog steeds een moeizame relatie met de familie. Haar stiefvader heeft ze nooit kunnen accepteren. Marit, zo gelukkig met haar eigen gezin, krijgt te maken met het overspel van haar man. Tessa is de vrijgevochten kunstenares die tegen de grenzen van haar vrijheid oploopt. Jongste zus Anne moet, om te herstellen van een burnout, een traumatische jeugdervaring onder ogen zien.

Het naderende verjaardagsfeest van hun moeder zet het leven van de vier zussen op scherp. Ze worden gedwongen stil te staan bij hun onderlinge band en ieders plek in het gezin.

Tussen Zussen is verschenen in september 2007
Paperback, 352 pagina's, € 10,00
ISBN 978 90 4940 005 7

'Rita Spijker heeft me met haar schrijfstijl betoverd. Wat was dit een prachtig boek. Echt zo'n boek dat je in één ruk uitleest.'
– Vrouw.nl

'"Tussen zussen" belooft al net zo'n bestseller te worden als "Kreukherstellend".'
– Esta

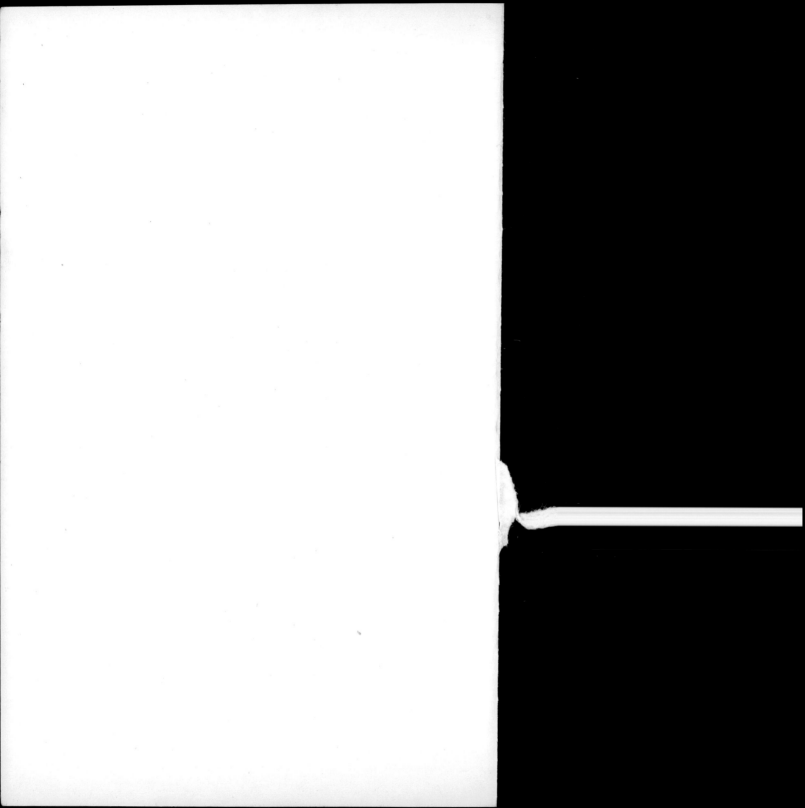

Copyright © 2009 by Rita Spijker en Strengholt United Media BV
Redactie: Maaike Molhuysen (de Lettervrouw)
Correctie: Cynthia van der Hoogte
Omslagontwerp: Bart van den Tooren
Foto omslag: Getty Images, FPG
Foto auteur: Dagblad van het Noorden/Corné Sparidaens
Zetwerk: V3-Services, Baarn
Druk: FINIDR, s.r.o., Český Těšín, Tsjechië
Eerste druk februari 2009

ISBN 978 90 4940 032 3
NUR 301

Voroproiding in België via Van Halewyck, Diestsesteenweg 71a, 3010 Leuven, België.
www.vanhalewyck.be

Een uitgave van:

STRENGHOLT
UNITED MEDIA

Strengholt United Media BV
Hofstede 'Oud-Bussem'
Flevolaan 41
1411 KC Naarden
Tel.: +31 (0)35 69 58 430
Fax.: +31 (0)35 69 58 440
E-mail: unitedmedia@strengholt.nl
www.strengholt.nl